事故調

伊兼源太郎

角川文庫
22289

1

動かし続ける両腕は張り裂けそうなほど熱く、丸太のように重い。もはや指先には、ほとんど感覚がなかった。呼吸は乱れ、視界も歪んでいる。

長田は歯を食い縛った。

肺が破裂しようが、指がもぎ取れようが、腕だけは動かし続けねばならない。何があろうと、この憎らしい砂をかき出さねばならない。右手、左手、右手、左手――。冷たい砂が爪に、目に、口に入った。

砂は減らない。いくらかき出しても、たちまち周囲の砂が掘った穴に流れていく。

くそ。くそくそくそ。鋭利な潮風が急き立ててくる。一分、あるいは三分。いや、もう五分は経ったのかもしれない。時間の感覚がない。

タイムリミット。嫌な言葉が脳裏をよぎり、腕が震え出した。疲労からなのか、絶望からなのか。

おにい……。

傍らでは、楓がしゃくり上げている。長田は胸が苦しかった。こんな幼い子供が心に深い傷を負ってはならない。負っていいはずがない。まだ四歳なのだ。何より秀太を、何としても息子を助け出さねばならない。どんな些細な事柄でもいい、助ける手がかりが欲しい……。長田の頭の中では数分前に起きた、いまだに信じがたいこの砂浜での光景が渦巻いていた。

自分の三メートルほど前を、秀太と楓が手を繋いで歩いていた。カモメが鳴き、波が静かに打ち寄せていた穏やかな三月の日曜。秀太は一週間後に行われる少年野球で、初めて先発メンバーで出場するんだ、と胸を張って楓に説明していた。

もちろん、楓は理解していなかっただろう。それでも真っ赤な頰を緩めていた。おにい、よかったね。そう笑っていた。

秀太は遊園地に行きたいと言わない。ゲーム機はおろか、玩具を欲しいとも言わない。とても九歳には思えない。ただし、キャッチボールだけは違った。どんなに仕事で遅く帰った日でも、ベッドから抜け出して、せがんできた。たった一球だけの日もあれば、延々と二時間以上投げ合う日もある。自分にはでき過ぎた子供。二人が歩く姿を眺め、そんなことを考えていた。

その時だ。急に二人の背が縮んだ。同時に秀太が楓を突き飛ばした。

そして、秀太の姿が消えた。

何が起きたのか理解できなかったけれど、慌てて駆け寄った。砂が中心に向け、流れ落ちていた。

その中心に右手だけが見えた。秀太の手。強い球を投げ返してくる手。人差し指と中指にマメのある手。先ほどまで楓と繋いでいた手。

倒れこむように砂に這いつくばり、息子の手を掴み上げようとしたものの、長田の右手は虚しく空を切った。秀太の手は砂に呑みこまれ、あっという間に消えた。砂に手を突っ込んでも、秀太の手はなかった。

秀太は何も悪いことをしていない。それなのに、どうして。なぜ秀太がこんな目に遭わなければならないのか。

暗いだろう。苦しいだろう。寂しいだろう。怖いだろう。……砂が憎い。砂が邪魔だ。砂なんて、この世から消えてなくなればいい。

秀太を返せ、秀太を返してくれ、秀太を返して下さい——。

長田は叫んでいた。叫ばずにはいられなかった。

2

顔は背けなかった。目も開いたままでいたかったが、黒木は反射的に瞑っていた。派手な音がした。……冷たい。水を浴びせられるのは初めての経験だ。

ゆっくり瞼を上げる。

向き合う男の顔は引き攣り、息も荒い。目も揺れている。怒り、哀しみ、戸惑い、恐れ。感情が入り混じった色が浮かんでいる。これまで何度も向き合った種類の目。もう二度と向き合う機会はない。そう考えていた種類の目。

とても自分より二つ上の四十歳には見えない。頰はこけ、眼は窪み、髭は剃られておらず、髪はぼさぼさで顔色も悪い。かろうじて己を保っている様子が見て取れる。いや、三日前までは四十歳にふさわしい容貌だったのだろう。この歳で戸建てを構えたのだ。気概と責任感に満ち、意気揚々と暮らしていたはずだ。

それが今、平日の昼間なのに家にいる。

水が顎から滴り落ちていく。黒木はそれを拭わないまま、口を開いた。

「本日は、ご報告に参りました。志村市としても、今回の事故は大変残念に思っております。原因究明に全力を尽くす所存です」

「なぜ市長が直ちに来ないんですか。事故から、もう四日目ですよ」

「原因究明に向けた体制作り、対応などで手間取ったのが原因です。どうかご理解下さい」

「対応？　被害者は蔑ろですか。謝罪すらないのは、どうしてですか。だいたい報告と言うが、来たのは責任者でもないあなたと若い女性の二人だ。単なる茶番でしょう」

背後でたじろぐ気配があった。無理もない。難しい接触だった。謝罪はするな。そう言い含められている。

「帰ってくれ。不愉快だ」

ドアが勢いよく閉まり、腹に響く乱暴な音を浴びた。視界に入る表札に刻み込まれた文字が目に痛い。

長田太郎　景子　秀太　楓

鋭い風が吹き抜けていく。水滴ごと肌を削ぎ落としていくような風だった。春が近づいている気配はあるのに、温もりはまるでない三月の風。黒木はドアに背を向けた。ひとまず、やるべき仕事は終えた。中から女の子の泣き声が漏れ聞こえてきた。母親はここではなく、病院で息子に付き添っているのだろう。だから幼い娘の面倒を見るため、長田は会社を休んでいる。そんな一家の事情が透けて見え、黒木は深く息を吸った。

「黒木さん、どうぞ」

宮前が白いハンカチを出してきた。悪いな、と受け取り、門扉を閉めた。その錆びついた音は泣き声にも聞こえる。

「水、大丈夫ですか」

「水をかけられても、怪我はしないさ」

「いくら息子さんの意識が戻らないといっても、水をかけるのは……」

「宮前に水をかけない分別が残ってるだけ、長田さんは人格者なんだよ」黒木は水を拭ったハンカチをポケットに入れた。「洗って返す」

濡れたジャケットを脱ぎ、シャツの上から薄手のコートを羽織って、まだ新しい住宅街を歩いた。足元をビニール袋が転がっていく。

路上駐車していた車に乗り込み、黒木はハンドルを握った。

「付き合わせて悪かったな」

「わたしも広報課ですから」

市役所までの道中、二人は無言だった。

庁内はひっそりしていた。この三日間、火が消えたように静かだ。業務は通常通りに行っているが、職員の顔も暗い。黒木は自席に戻る前に、広報課を管轄する市民部の部長席に向かった。佐川が書類から顔を上げてくる。

「ご苦労さん」

黒木は水をかけられた点も含め、長田とのやり取りを話した。

「仕方ない。ひとまず顔を出した行為自体に意義がある。それに宮前を連れて行ったからこそ、水をかけられる程度で済んだんだ。計算通りだよ」

宮前を連れて行け。宮前がいれば手荒なことはされないだろう。佐川の指示だった。

「なぜ市長自身が来ないのかと、ご立腹のようでした。なぜ謝罪すらないのかと」

「非を認めるのにもタイミングがある。そもそも海岸を管理していても、現段階では市に責任があるかどうか定かでないんだ。それにしても、黒木がいて良かったよ。事故被害者の家族と接した経験がある職員なんていないからな」

朝、市長直々に指示がきた。そろそろ向こうも落ち着いた頃だ、慣れているだろうから被害者家族の対応にあたってくれ、と。

黒木は話題を変えることにした。

「私の留守中、広報課の状況はいかがでしたか」

「少しは中村（なかむら）に仕事をさせればいい。あいつは二回目の広報課だ。今は課長という立場でもあるしな。おい、そんな顔をするな」

「顔？　自分の顔は見えないので」

「期待薄と言いたそうな顔だよ。広報課長だった俺の姿を、部下だった中村は見ている。俺がやった後、あえて同じ仕事をやらせた時もある。課長の役割を心得てるはずだ」

ふっと佐川が表情を緩めた。

「まあ、中村ならすぐに俺に丸投げしてくるさ。いまのところ、マニュアル外の厳しい問い合わせはないんだよ。喫煙所に籠（こ）もって煙草を吸い続けてるだけかもしれないが」

中村はヘビースモーカーで、普段も二十分に一度は煙草を吸いにいく。外出時には、あちこちにポイ捨てする悪癖でも有名だ。佐川が書類を整え、立ち上がった。

「戻ったばかりで悪いが、ちょっと来てくれ」

佐川の背中を追い、薄暗い廊下を歩いた。壁や柱は薄汚れ、ひびも入り、それらを隠すように啓蒙ポスターが貼られている。

着いたのは市長室だった。

執務机の権田が顔を上げた。机上には新聞の切り抜きが散らばっている。この三日間のものだ。毎朝、市に関係する記事を秘書課が切り抜いている。普段は県版ばかりで、全国版に市の名前が出る日など一年に一度あるかないか。……この三日間は違う。県版のみならず、一面や社会面を賑わせている。

「座ってくれ」

権田が顎で応接セットを示してきた。深い皺が刻まれた顔に不釣り合いなほど黒々と染めたオールバックの髪から、整髪料の強いニオイが散っている。黒木は一枚板の応接テーブルを挟み、向き合った。

権田が応接テーブルに切り抜きを苦々しげに置いた。

「市は悪者だよ。うるさい市議もいる」

黒木は切り抜きを手に取り、目を落とした。太い活字の仰々しい見出しが次々に目に飛び込んでくる。

志村市人工海岸で陥没事故

九歳少年が意識不明

市の管理体制に問題か

県警「今は事態を見守る」

各紙が大扱いするのは無理もない。このような事故は前例がなく、ニュース価値がある。黒木は切り抜きをテーブルに戻した。

「この状態が一週間は続きます」

「その後は」

「その事件事故の大きさによりけりです。もっと大きな事件が起きれば、吹き飛びます。マスコミにとってはニュース価値が第一ですので。人命や事案はその一要素に過ぎません。もっとも、節目ごとに報じられるのは免れえませんが」

「不謹慎だが、祈るしかないわけか。むろん、祈るだけではいかんな」

それで、と隣から佐川が言った。

「こういう場合、県警はどの程度動くんだ？　見出しにもあるが、『今は』という言葉に含みがありそうだな」

「所轄が通常の事故捜査をした上で、しばらくは静観するでしょう」

すでに黒木は所轄の捜査員と何度か顔を合わせていた。長田秀太が落ちた穴は直径が約八十センチで、深さは約二メートル。誰かが掘った落とし穴の可能性は低い。その上、原因の特定も難しく、検証は専門家に任せるしかない。解明された結果、事件性が窺えれば、県警本部が本格的に捜査に乗り出す。そんな構えだった。現段階では来るかもしれない日に備え、一応の資料は調えておく程度の動き。つまり少年が亡くなっても、即座に業務上過失致死で本部の捜査一課が動き出す事態にはならない。そう喉元まで出かかったが、口に出すと本当に少年が死んでしまいそうで、そこまでは言えなかった。

なるほどな、と権田が顎を引いた。

数秒、部屋に沈黙が落ちた。黒木は視線を逃がした。市長室の壁には歴代市長の写真が飾られている。ここ二十年、新しい写真はない。

権田はこの二十年間、市長の座を守っている。あと二期は続ける腹積もりだろう。後継者を育てている気配はないし、市議会にいる子飼い議員はどれも小物だ。運送業から身を起こし、県内で大きな問題である硫酸ピッチの不法投棄を市内から一掃したその手腕は簡単には引き継げない。ここ十年で掲げる、環境派という看板も大きい。

権田と視線が絡んだ。

「事故原因を探ってくれ」

黒木は身を硬くした。なるべく関わりたくない。人の生き死にとは距離を置きたい。だから転職もしたのだ。

「市長である私も市の職員である君も、今は市への打撃を最小限にする方法を考え、実行しなければならない。その一手を考えるためだ」

「事故調査委員会を設置するのでは」

黒木は絞り出すように言った。その発表を明後日にする。委員会のメンバーや趣旨を記した会見資料を今、広報課で準備している最中だ。その担当は黒木と宮前だった。

権田が指先で二度、軽くテーブルを叩いた。

「それはそれ、これはこれだよ。事故調査委員会に提出する資料も、市が用意する。それ用の人員も確保する。この事故調の準備室は委員の言われた通りに動き、資料を集める存在にしなければならない。勝手に動けば色々と言われるだろ？　とはいえ、指をくわえて見てるだけじゃなく、先手を打てるのなら打たないとな」

先手。あからさまな意図を口に出さない分、本気度も伝わってくる。

いいかね、と権田がテーブルに肘をつき、両手を組んだ。

「今回の陥没事故は流れ弾に当たったようなものだ。その傷の手当てはしなければならない。全ては市のためなんだよ。市の謝罪を求める声があるのは知ってるが、まだ何も検証されていない段階だ。今、すべきなのは謝罪ではない」

黒木は権田が今回の陥没事故をどう見ているのか理解した。

「もう一つある」佐川が割って入ってきた。「県警の動向を探ってくれ」

県警の動向をスパイしろ――。言い換えれば、そうなる。黒木は拳を握っていた。

「君の経験を市のために生かすんだ」

権田の口調は強かった。

黒木は拳を解いた。血がじわりと手の平に流れ出す気配を感じた。思いのほかきつく握っていたらしい。……感情を殺すのには慣れている。拾ってもらった恩もある。

「承知しました。できる限りのことはします」

「頼むぞ。報告は基本的に佐川君にしてくれ。関係部署には佐川君から話をしてほしい。作業部屋も別館に用意している。聞き取り調査、資料の精査をはじめ、業務は多岐にわたるだろうが、元捜査一課の腕を存分に揮ってくれ」

すでにレールは敷かれていたのか。

「一つ確認させて下さい。私の存在が外部に漏れた場合は面倒です。市は隠蔽しようとしている。そんな風評が立てば、市への打撃は悪化します」

「提供資料の下準備役。あるいは広報課として事前に説明を受けていたとでもすればいい」

妥当な言い訳だ。

市長室を出ると、佐川が肩を叩いてきた。

「市のためだ。職員の家族のことも考えてくれ。明後日の会見資料は宮前に任せればいい。面倒は俺が見る」

職員の家族。佐川が言うと説得力があった。

広報課に戻ると、電話が鳴り続いていた。広報課員四人が応対に追われている。

――市では調査を進め、市民の皆様の安全を確保するために対策を行います。

各自、マニュアル通りの返答をしていた。広報課だけではない。隣の課も、その隣も対応している。各課の番号が公開されているためだ。

課長の中村が黒木を睨んできた。

「この忙しい時にピクニックなんて、いいご身分だな」

その歯にこびりついたヤニの臭いがぷんと漂った。黒木は返事をするのも億劫だった。軽く頭を下げて自席に戻ると、隣席の宮前がちょうど受話器を置いた。

宮前、と声をかける。

「明後日の資料、佐川さんと仕上げてくれ。俺は別口の仕事ができた。しばらく広報課も離れる」

「どちらに？」

「遠くだ。資料は多めに刷っておけ。明後日は地元の記者だけじゃないはずだ」

新聞各社、志村通信部が志村市の行政も警察も管轄している。普段の会見にはその五人ほどしか参加しない。今回は案件が案件だ。テレビ各局も来るだろう。新聞各社も本社から記者を出してくると想定しておかねばならない。

「わかりました。任せて下さい」宮前が声を潜めた。「課長には言ってあるんですか」

「心配するな。佐川さんから話がある。明後日の準備は任せた」

別室に持っていくべき資料はない。文具くらいだろう。適当に見繕っていると、佐川が広報課にきた。こちらに目配せして、中村に歩み寄っていく。

「宮前、何かあれば携帯に電話をくれ。出られる範囲では出る」

「大丈夫ですよ。これでも三年目ですから」

「もう三年目か。ついこの間まで新人だったのに」

「おじいちゃんみたいなセリフですね」

足音がした。佐川だった。黒木は宮前に頷きかけ、立ち上がった。くそ、敵前逃亡かよ。中村の吐き捨てる声を背中に浴びた。

市役所本庁舎を出ると、バス通り一本を挟み、市民用の駐車場とほとんど使われていない第二庁舎がある。一階は教育委員会、二階は選挙管理委員会、三階と四階は倉庫や空き部屋。その四階に部屋が設けられていた。窓はあるが、空気は澱んで埃っぽい。スチールデスクが四台固められたシマに、一台のパソコンと電話。それだけの部屋だった。

「パソコンはネットに繫がってるし、電話回線も生きてる。それだけあれば十分だろ」

「ええ。まず資料に目を通したいのですが。事故調の準備室でしたね」

「俺も行こう。その方が話は早い」

3

志村海岸は、かつて十五キロの砂浜に松並木が続く景勝地だった。だが、沿岸流や波によって砂浜の浸食が進み、管轄する国が昭和五十年代に護岸工事に乗り出し、その後も台風の高波などを防ぐため、逐次、消波ブロックや離岸堤などの整備が進められた。

一方、工事で景観が悪くなり、地元民も近づけなくなった海に価値はない。そんな強い声が住民からあがり、市は地域環境の向上と地域活性化に繋がる整備を模索していた。

そこで二十年前、志村市は市長となった権田の号令で本格的に動き出して、まずは県と志村海岸整備基本計画策定委員会を設置し、続いて海岸一帯を管理する旧建設省との間でも整備協議委員会を発足させた。

そして十六年前、人工海岸構想が国の整備事業に認定される。より一層の海岸保全機能の充実、市民に憩いの場を提供。その二本柱を掲げ、さらに五年の計画期間と約二百五十億円もの予算、三年間の工事を経て、志村海岸は八年前の五月、全長約二キロ、四十ヘクタールの人工砂浜として生まれ変わった。

海岸一帯が国の管轄地域なのは今も変わらないが、志村市は占用の同意を国から得て、日常管理を行っている。いまや海岸には地元民だけではなく、近隣市からも釣り人や家族連れが足を運び、夏には近隣でも最大規模の花火大会が開かれ、人口約十万人の志村市で、年間延べ七十万人もが利用する観光地となっている。

黒木は紐綴りの資料を閉じ、目元を揉んだ。海岸の概略は頭に入った。まさに権田の肝煎り事業だ。良かれと作ったその砂浜が、市民に牙を剥いた。皮肉な話だ。人工海岸を整備しなければ、陥没事故は起きなかった。

何もしなければ、何も起こらない……。

缶コーヒーを口にした。暖房をつけていても部屋は冷え、あと数日で四月なのに冬の空気が居座っている。首を振ると骨が鳴り、誰もいない部屋に響いた。

机上に広げたままの古い広報誌に目を落とした。倉庫から引っ張り出したのだ。頭のページには、志村海岸施工の様子を切り取った写真が掲載されている。広報課撮影。写真の絵解きにはそう記されていた。この頃、誰もこんな事故が起きるとは予想しなかっただろう。インターネットで検索しても、今回のような事故は世界的にも例がない。

黒木は次の資料を手に取った。担当の海岸治水課は資料をまとめている最中だったが、直近の経緯については断片的な報告書がすでにあり、それを印刷している。目を落とした。

まずは海水浴シーズンが過ぎた昨年八月末。今回の事故現場とは別の二か所で五十センチ程の陥没が発見されている。掘削調査では砂浜の下に埋まる防砂板に亀裂が見られ、そこから波に合わせて海水が入っていたという。その耐用年数から不良品だったとされ、新しい防砂板に張り替え、土嚢で背後を固める処置がとられている。

九月中旬には、またしても三か所で陥没が見つかった。この時は防砂板の亀裂は現認されていない。各穴が砂で埋め戻された翌日、度重なる陥没を受け、市は国の整備局出張所に抜本的な対策を要望する。同月末には、市が海岸の日常管理を委託する志村海岸公園協会が、市職員の見守る中、ブルドーザーで砂浜を整地した。

今年一月、国から専門コンサルタントを入れて対応したいと回答があるも、二月には二か所で新たな陥没が見つかってしまう。そこで市は国をせっついた。国からの返答は『工事を検討中』という、もどかしいものだった。そうこうするうち、今月初旬にも陥没が見つかる。するとこの段階にしてようやく、国が一歩進んだ回答をしてきた。年度明けには工事をする、と。

しかし、遅かったのだ。黒木は背もたれに体を預けた。

五時半を過ぎてほどなく、ドアが開いた。海岸治水課課長の村山だった。話したことはない。顔だけは知っている。

「お時間を割いて頂き、ありがとうございます。どうぞお座り下さい」

村山はのっそりとした動きで椅子を引くと、眼鏡のブリッジを上げて冷ややかに部屋を見回し、スチールデスク越しに目を合わせてきた。

「こんな部屋でアンタと向き合いたくないな。取り調べを受けるみたいだ」

確かにこの部屋は取調室に似ている。テレビドラマや映画では二人の刑事が一人の被疑者に向き合うが、現実には一対一のケースも多い。今の状況と同じだ。

額の周囲は熱いのに、すっと血が冷える感覚。忘れていた感覚だった。落としの島さん。名物刑事がいた。どの県警にも一人はいる犯行を供述させる名人だ。その教えを久しぶりに胸中で反芻した。

――高圧的になるな、焦るな、目を逸らすな。

黒木は村山の目を見据えた。

「ご経験が？」

「あるわけないだろ。まったく、このくそ忙しい時に。佐川部長から聞いた。アンタが色々とやるんだって」

村山の口調は年齢を意識したもの、と黒木は見た。自分の方が上。意識的にしろ無意識にしろ、優位に立とうとしているのだ。裏返せば、触れてほしくない何かがある。

「聞かせて頂きたいのは、その忙しい理由についてです。国の対応も遅かったようですが、待つ間に市で抜本的な対応ができなかったのでしょうか」

「無理だ。金がないし、本来は国が管轄する浜なんだぞ。市の権限は日常管理の範囲内でしかない。越権行為になる」

「ブルドーザーでの整地、砂の埋め戻し。これらは日常管理の一環、その範囲内の応急処置だと？」

「ああ。精一杯だ。誰もさぼっちゃいない。自分のできる範囲で仕事をやってた」

「防砂板の亀裂はよくある事例なんですか。素人目にも致命的だと思えるのですが」

村山は眉（まゆ）を寄せた。

「志村海岸の構造は特殊だ。日本で三例しかない。同じ構造の人工海岸を持つ各自治体に問い合わせたところ、過去に台風で砂を失うことはあっても、陥没が出たケースはなかった。事故調の結論を待つべきだろうけど、亀裂がよく発生するとは考えにくい。市は抜本的な対応を国に要望してもいた」

「志村海岸の構造を、少しご説明願えますか」

まだ構造の資料に目を通せていない。簡単な概略を読んだだけだ。作業中だからと拒まれ、詳細部分は印刷が認められなかった。

ああ、と咳きのような声を発すると、村山は説明を始めた。

「志村海岸の縁には、基礎捨て石の上に、コの字形に中がくり抜かれたケーソンが並べられてる。ケーソンってのはコンクリートの箱だ。そのケーソンの口が開いてる側が、ほぼ直角に海側を向き、波を吸収する構造になってる。口が開いてない側に砂浜が広がってるわけだ。ここまではいいか」

「ええ」

「そのケーソンの継ぎ目である目地部分から砂浜の砂が漏れないよう、ケーソン背面の目地部分には、厚さ五センチの防砂板を張ってる。加えて、養浜材として平均潮位の高さまで小石を積み、その上に二メートル五十センチの砂を入れた。しかも、波が強い海岸という現実を考え、ケーソンから海側八メートル地点には消波ブロックが設置されてもいる」

一つ頷き、村山が続ける。

「ケーソンは波や地震で不等沈下して、目地部が開く恐れがある。対策として防砂板は、その開きに対応できる、ゴム製のU字形が使用されてるんだ。ケーソン設置は志村海岸の肝だ。整備事業の仕上げとして、最後の一年のうち半年をかけて丁寧に行われた。要するに万全の設計であり、施工だったんだ。事故が起きるなんて誰も予想できないよ。前例がないんだ。お手上げなんだよ。想定外ってやつさ」

にわかに黒木は体温が上がった。前例がない。市役所に入り、よく耳にする言葉だ。どんな物事にも最初があるのに、前例を気にする。無闇に進むのもどうかと思うが、恐れていては何もできない。少なくとも、この陥没事故で口に出すべき言葉ではない。

頭の奥で警報が鳴り、我に返った。

資料に目を落として、間をとるべく慎重に捲り、胸裏で軽く首を振る。……関係ない。余計なことを考えなくていい。感情を排し、歯車として動くだけでいい。黒木は戸惑っていた。まだ自分に熱くなる血が残っているとは――。いや、取調室に似た環境が、そう仕向けただけだ。視線を村山に戻した。

「資料によると、最初に陥没が見つかったのは昨年の八月ですね」

村山が目を逸らした。

顕著な反応だった。黒木は待った。何か思案しているようでもあり、逃げようとしているようにも見える。ここで言葉を継ぐ必要はない。居心地が悪ければ、勝手に口を開く。

ほどなく村山は視線を天井にやり、戻してきた。

「それが違うんだ。二年前の一月。公園協会の管理員による海岸パトロールでだった」

「その時はどのような対応を？」

「さてな。公園協会の日誌に陥没を発見したとの記録はあるが、対応したのかは不明だ。日誌には何も書かれてない。当時の管理員も退職して、亡くなってる」

　志村海岸公園協会は定年後の勤め先だ。亡くなっていても不思議ではない。

「発見にしろ、対応にしろ、市に報告する規則はないんですか」

「ない。砂遊びの穴、はたまた風の仕業と思ったのかもしれない。海岸整備課から引き継ぎもなかった。今回の事故を受け、俺が公園協会に聞き取りをして、日誌の存在をようやく摑(つか)んだくらいだ。それだって誰も過去の日誌置き場を知らず、昔のは二日前にやっと見つかったばかりでな」

　二年前の四月、部署の統廃合に伴い、海岸工事を担当する土木局の海岸整備課から、環境局の海岸治水課に担当部署は変わっている。詳細な記録をつける規則も日誌の提出義務もない以上、引き継ぎがないのも当然か。

「その後、昨年八月まで陥没は確認されてないんですか」

　村山は軽く首を振った。

「二年前の三月も公園協会の海岸パトロールで二か所の陥没が発見されてる」

「それも日誌以外に記録はない、引き継ぎもない、というわけですか」

　そうだ、とゆったりした声だった。

「海岸治水課が担当してからはいかがです」

「一年前の二月下旬、住民からの通報で志村署が陥没を確認して、市も出動した。その時は付近の水道管の漏水が原因だと考えて調べたんだ。異常もなく、それ以上、原因を追究せずに埋め戻した」

「水道管の漏水？　なぜ原因を追究しなかったんですか」

「それまでに何度か陥没があったのを知ってたら、やっただろう」

「その時、公園協会の人間は来なかったんですか」

「来た。来たが、入ったばかりの職員だった。当然、一年前の日誌も見てなかった」

村山に切迫感はなかった。自分が引き起こした事故ではない、所詮は他人事。そんな考えを抱いているように黒木には感じられ、ふつ、と体内で何かが煮える音がした。

いいか、と村山が口を開いた。

「うちの課はやるべきことはやった。そこが海岸整備課とは違う。その二週間後に同じ箇所が陥没した時、我々は速やかに立ち入り禁止措置をとり、課員がスコップで掘り返し、目視で点検した。何も異常が発見されなかったので、翌日に砕石でしっかり埋め戻しているんだ。国の出張所には埋め戻しについてと、しばらく様子を見ると口頭で連絡してもいる」

「口頭？　その後に書類で正式な連絡をされてるんですね」

「いいや。書類は色々と手続きがあって面倒だからな。よほどの出来事か事情がない限り、口頭連絡のみだよ。国の出張所も同意している。慣例だな」

面倒、慣例、前例。いくつかの単語が脳裏をよぎった。簡素化された慣例が悪いのではない。原因不明の砂浜の陥没は、よほどの出来事や事情に該当するはずだ。

村山が軽く身を乗り出した。

「それから海開きまで点検体制を強化した。休み返上で、海水浴シーズンが終わるまで強化体制を続けたんだ。八月末まで何も起きなかった。市民が海岸を有意義に活用するため、海岸治水課はできる限りの対応をしたんだよ」

「陥没の原因を探るべきだという意見は出なかったのですか」

「それなら結果が出るまで封鎖するしかない。春から海水浴シーズンにかけ、志村海岸は大勢で賑わう。花火大会もあるんだ、できるわけがないだろ。もちろん海開きまでに新たな陥没が発見されれば、封鎖も考えただろう。けどな、二月の処置以降は何も起きなかったんだ。何も起きてないのに市民から憩いの場を奪えないし、予算もかかる」

「何かが起きてからでは遅い、という批判もできます」

村山が目を細めた。

「黒木君、一ついいか」

「何でしょう」

「俺以外にも話を聞くんだろうが、自分がどっちの味方かわきまえろ。そりゃ、俺たちは公務員だよ。だけど、サラリーマンだ。就職先として志村市役所を選んだに過ぎない。責任外の多くを求められても困る」

村山の言う通りだ。仕事はそうあるべきだ。誰よりも身に染みている。黒木は大きく深呼吸した。立ち位置を見誤るな。余計なことは考えるな。過去をわきまえろ。自分に言い聞かせ、喉（のど）の力を抜いた。

「資料はその後、揃いましたか」

「まだ関係書類を庁内でかき集めている段階だ。なかなか見つからない資料もある」

「順次、見せて頂きます」

「勝手にしろ」

聞き取りを終え、村山が出ていくと窓を開けた。冷気が頬に心地よかった。陽が沈み、影になりつつある景色を眺める。本庁舎ではすでに電気の消えている部屋もある。庁舎の裏口から続々と職員が帰宅していた。

胸がざわついていた。一度は頭の奥で鳴る警報を聞いた。あの後も、何度か鳴ったはずなのだ。それが聞こえなかった。加えて、あの何かが煮える音……。

黒木は目を閉じた。試されている気がした。

4

午前十時、向き合う男はよく陽に焼けていた。七十歳間近なのに、色の黒さが年齢を感じさせない。島崎（しまざき）はぐるりと部屋を見回し、言った。

「殺風景な部屋ですな」

「役所ですから」と黒木は応じる。

「ここは潮の香りもしない。志村市で勤める意味がありませんね」

「島崎さんは前職も志村市内でしたか」

いやいや、と手を振ると島崎は隣の神浜（かみはま）市を口にした。日本でも有数の繁華街がある。県警はその中心地にあった。

「志村市は海と山があり、都会にも近いのが最大の美点です。その一つを黒木さんは失ってしまってるね」

「そうかもしれませんね。早速、お話を聞かせて下さい。島崎さんは何年前から公園協会にいらっしゃるので？」

「二年前の四月かな」

「では、その直前の話になりますが、二年前の三月に陥没が発見されてるんです。それはご存じでしたか」

「全然。前任者の日誌を読んでなかったからね。引き継ぎもなかったし、読む規則もない。前任者たちの日誌が保管されてたのだって、最近知ったくらいさ」

そうして聞き出した島崎の話は、昨日の村山とほとんど同じ内容だった。

「定期検査や海岸管理パトロールとは、具体的に何をするんです？」

「歩いて、何か異常がないかをチェックするんだ。若い連中が無茶する時があるから。

割れたガラス瓶やら粗大ごみがある時もある。そういうのを撤去したり、場合によっては通報したりもする」

「日誌の管理は協会に任されてるのですか」

「ああ。犬のフンがあった、割れた瓶があった、テレビが捨てられていた。そんな報告を出す必要があるかい？　市や国も、そんな内容を読みたいとは思わないでしょ。だいたい日誌には記入のフォーマットもないくらいでさ。私は日付といま話したようなことをメモしてるだけだよ。代々この程度じゃないの」

「島崎さんが陥没を発見したことはありますか」

「あるよ。あれは去年の六月だったかな」

六月？　黒木は記憶を辿（たど）った。資料にも村山の話にもなかったはずだ。

「間違いない。六月下旬だ。海開き前の点検だった」

「それについて市に連絡していませんよね」

「ああ。今回みたいな事故が起きてたのなら話は違うけど。深さからして、どうせ砂遊びで掘った穴だと思ったんだ。わざわざ連絡する必要ないだろ」

「そのご判断は島崎さんがされたのですか」

「そりゃそうさ。まだ耄碌（もうろく）してないからね」

島崎が連絡していれば、一連の陥没の一例として国の動きが早まり、今回の事故は防げたかもしれない。そもそもたった一人で歩き、何か異変があっても連絡せずに状況を判断するのは、検査とも管理パトロールとも言えない。ただの散歩だ。

思考の合間、黒木は己の内面を見つめた。警報は鳴っていない。凪いでいる。機械に徹せられている。いい状態だった。

おう、どうだ。島崎を帰した十分後、佐川が別室に顔を見せた。連絡が欲しい。そうメールが入っていたため、黒木から電話を入れていた。

佐川が缶コーヒーを投げてきた。ホットだった。手が温もり、黒木は自分が冷えていたのだと気づいた。もうすぐ四月なのに冷えるな。佐川は呟いた。本当に今日も寒い。外に出る時は厚手のコートが要るほどだ。

黒木は村山と島崎からの聞き取りを伝えた。

「これは人災です」

「だとしても、ジャッジするのは黒木の役目じゃない。それは事故調の仕事だ」

そうだった。口に出す必要もない。黒木は缶コーヒーを口にした。ブラックではないのに苦みが強く感じられた。

「いずれにしても、市へのダメージは大きいだろうな。怠惰な組織だというレッテルを貼られ、職員は白い眼で見られる。その家族にも白い眼は向けられる」

「仕方ない気もします。結果の前には必ず原因があるわけですから」

「さすが元捜査一課。情は不要ってわけか」

「情の問題ではありません」

「黒木の見解も理解できなくもないが、俺たちは組織の人間だ。志村市役所なんて清掃や用務などの技能労務職、水道局やガス局の企業職を合わせても千人足らずの、ちっぽけな集まりだ。それでも組織である現実に変わりはない。組織の一員である以上、個人的に何を思おうと、志村市のための行動を求められるんだ。市役所は市民のためにある。その市役所を守ることは市民を守ることになる。一人の少年が意識不明になっているにせよ、この基本は変わらない。打つべき手は打つべきだ」

佐川以外が言えば、嫌悪感を抱いただろう。佐川の過去を考えれば、何も言えない。自分には嫌悪感を抱く資格もない。

「無駄な正義感は不要だと知ってます。私は市の部品として行動するだけです」

「そうか。それはそうと、事故調のメンバーが固まったぞ。総勢十二人。大学や専門機関の偉いさんばかりだよ。委員長は予定通り、神浜大学工学部の佐藤教授だ。佐藤教授は業界でも重鎮で、その一言が重い」

含みのある言い方だった。

「いいか、志村海岸と同じ構造の人工海岸では、現実、台風の後などを除けば陥没は発見されてない。構造の欠陥は考えにくいんだ。たとえあるとしても、何も起きてない段階で予想するのは無理だ」

黒木は黙って続きを待った。佐川の目が力を帯びたように見えた。

「佐藤教授を説得してくれ。たとえ欠陥があったとしても、市は予想できなかった。その方向に持っていけ」

「場合によっては隠蔽になります」

「事実は事実だ。それを利用するだけさ」

「原因を探り、先手を打つ方針だったのでは？」

「まだ先手を打てる状況じゃない。今は打撃を最小限に留められる手を、思いつく限り打つべき時期だ。市長の承認も得てる。むろん、引き続き原因は探ってもらうが」

汚れ仕事だ。こういう時のために雇用された面も黒木は自覚していた。市にとってみれば、今こそ簡単に動じない元警官の使い時か。……仕事なのだ。従っておけばいい。

佐川の視線が尾を引くように窓に流れていく。

「黒木とも長い付き合いになるな」

「私が県警の環境犯罪課にいた頃からなので、もう十年前です」

「お互い、若かったな」

佐川の横顔が翳った。かける言葉が見つからず、缶コーヒーを口にやり、しばらく二人とも無言でいた。ようやく黒木から沈黙を破った。

「どうして再就職の口利きをしてくれたんですか」

「黒木は信用できたし、似た境遇だった。まあ、同情の押しつけだ」

「私には有り難い話でした。県警を辞めた後の行き場を決めてませんでしたので」

「そりゃ、良かった」

「……似た境遇、か。もしあの時間に戻れたら、もう一度、同じ行動をとりますか」

佐川から返答はなく、それが雄弁に胸の内を物語っていた。

「話を戻しましょう。余り時間はないですね」

事故調の会合はおよそ十日後。それまでに佐藤教授に食い込み、意見を植え付けなければならない。

先立つ判例でもあれば、それとなく水を向けられるが、そんな判例は存在していない。納得させる何かが必要だ。市に責任はない。それが証明できれば手っ取り早い。ただ、それを検証するための事故調査委員会だ。たとえ証明できるにせよ、十日ほどで組み立てられそうもない。第一、市に責任はある。聞き取りが進んでいなくても、人災だったという感触はある。少年が生きているのが不幸中の幸いだ。

「悪いが、人手は出せない」

「わかってます」

「周囲の意見を総合すると、佐藤教授は人格者だ。悪く言う人間もいない。しかるべきステップを踏み、今の地位を築いている。事故調の委員長にはぴったりだ」

黒木は記者会見用の資料にまとめた佐藤の基本情報を、頭に浮かべた。特に引っかかる点はない。当たり前か。書かれていた情報は肩書程度だった。

「これは黒木にしかできない仕事だ。頼んだ」

佐川が深々と頭を下げた。

「部長に頭を下げられると、なかなかいい気分になるんですね」

佐川が緩やかに頭を上げる。

「茶化すな」

「そういうつもりではありません」

佐川が出ていき、インターネットで佐藤について調べていると、いつの間にか午後二時を過ぎていた。黒木は市役所内の食堂に向かった。席に着くと、背後からテレビの音声が耳に入り込んできた。

長田秀太君の自宅は、今もひっそりと……。

思わず目を向けた。ワイドショーだった。画面が長田秀太の通う小学校に切り替わり、神妙な顔つきのレポーターがマイクを男子児童に向けている。光の加減で、昨日のうちに撮影された映像だと推測できる。さすがに児童の顔にはモザイクがかかっていた。

僕もあの砂浜で遊んだことあるから、怖いな。早く良くなってほしい？　うん。秀太君はどんな子なの？　優しいよ。みんなと仲がいいし。児童の背後では、ピースサインではしゃぐ高校生くらいの集団がいた。

画面が次の女子児童にかわった。

――親と手を繋いでなかった長田君も悪いし、長田君のお父さんにも問題があったんだと思います。うちのお父さんなら、絶対に手を離さないと言ってました。

大人びた口調だった。

画面が長田家の前に戻った。

――児童の間でも意見差があるようです。今回の事故をきっかけとして児童の心にひびが入り、その人間関係が壊れてしまわないか、慎重に見守る必要があるでしょう。

レポーターはもっともらしく締め括（くく）っていた。

黒木は箸（はし）を下ろし、そのままぼんやり画面を眺め続けた。

「A定食か。まずいのか。箸が進んでないぞ。実は鯖（さば）アレルギーだったとか」

そう言って正面に座ってきたのは、きつねうどんをトレーに載せた大熊（おおくま）だった。中途採用の同期だ。専門商社からの転職組で、今は商工振興課にいる。

ご覧の通り、骨と筋しかないのにこの名字だ。名前負けしてるだろ？　初対面の時、そう笑いかけてきた。線の細い体形は今も変わっていない。小学生らの社会科見学の説明役の際、針金と呼ばれるのも見た。歳は黒木よりも上だけれど、初出勤の日に釘（くぎ）を刺されていた。同期だから敬語は使うなよ、と。

「別にアレルギーでも、まずいんでもないさ」

「わかってるよ。ワイドショーだろ？　ちょっとひどいな。心に傷をつけてるのは、おたくらだと言いたくなる」

黒木は頷（うなず）いた。事件事故は当事者、被害者家族を傷つけるだけではない。波紋のようにその周辺にも影響は広がっていく。

「お互い、遅い昼食だな」大熊がうどんを勢いよくすすった。「聞いたぞ。大変な役割だな。黒木にしかできないだろうが……」

「地獄耳だな。誰に聞いたんだよ」

「村山さん。さっきまでイベント関係で会議があってな。桜まつりだよ。今年は志村海岸も会場の一つにするって話だったから。結局、志村海岸でのイベントは中止だ」

ここにも余波が及んでいる。地元商店街など、半年前から準備した市民もいるはずだ。

大熊が軽く身を乗り出してきた。

「うちの課でも、他にも色々と事故の余波があってさ。商工組合やら何やらが責めてきてるよ。他の課も色々とあるらしい。交流都市解消だとか市長賞の返還だとか」

「そうか」

「他の課とも協力して、仕事の範囲外でも何とかしようと思う。ここで食い止めないと、市民に影響が出るぞ。黒木もできる限り力を尽くしてくれ。胸を張って仕事するためにさ」

言葉に詰まった。まあな。遅れて、ようやくそれだけ言えた。

大熊は事故の余波を全身で食い止めようとしている。市役所にもこういう人間はいる。

一方、自分は……。

黒木は口に放り込んだ鯖を嚙み締めた。関係ない。自分は自分、他人は他人だ。仕事へのスタンスはそれぞれだ。

昼食後、黒木はさらにインターネットで佐藤教授について調べた。特に説得に使えそうな材料はなく、四時、事故調査委員会準備室に佐川と出向いた。細切れだった資料を閲覧するためだ。市役所の書類は順次電子化されているものの、志村海岸の施工記録はその対象にまだ入っていない。その事実を知った時、佐川が言っていた。

――お粗末だな。広報課で撮影した写真ですら、デジカメを使い出した十年前から全データをCD－Rに保存してるし、忘年会や新年会のデータまで保存してるってのに。

狭い部屋の片隅には、新たに十冊以上もの分厚いファイルが積み上げられていた。図面や施工記録だ。

施工記録のファイルには通し番号がふられているが、そのうち一冊だけがなかった。完成前年の十月から十二月にかけての施工記録だった。仕上げ段階の重要な時期といえる。共同企業体から提出義務のある書類である以上、必ず庁舎のどこかにあるはず。それなのに見つからないんだよなあ。準備室の担当者がのんびりと言った。

「どうするんですか」黒木は尋ねた。

「JVを構成したゼネコンのどこかに保存用があるはずだよ。事故調から提出を求められれば、コピーを貰えばいい。今は余計な連絡はしなくていい。不要かもしれないし」

「紛失したのは、このファイルだけですか」

おいおい、と担当者が眉をひそめた。

「まだ紛失だと決まったわけじゃないよ。見つからないのはこれだけだけどさ。でも段ボールの山に分け入って、埃まみれになってる身にもなってくれよ」

一冊だけ紛失するだなんてあり得るのだろうか。

「誰かが閲覧し、そのままどっかにやっちまったんだろう。杜撰な管理だ。昔の広報課の写真だって、きちんと保存してあるぞ」

佐川が肩をすくめた。

それから一時間半、資料を閲覧した。特に目新しい情報はなかった。

別室に戻る途中、佐川とともに、市長室前で権田と顔を合わせた。

「どうだ、調子は」

「ファイルが一冊、紛失しているみたいです」黒木は小声で告げた。「それが原因ではありませんが、今回の事故を象徴しているように思えます」

そうか。そう言った権田は顔色一つ変えない。

ちょっと、市長っ。廊下に大きな声が響いた。

「今日こそ逃げないで下さい。一筆頂きますよ」

市議の升嶋だった。五十代とは思えないほど顔は脂ぎっており、大股で歩み寄ってくる。

この十年、升嶋は権田と対立し、市政にことごとく反対している。前回、前々回と市長選に出馬し、前回は千票差まで詰め寄った。自身の名前にちなんだ社名で運送業を営んでおり、元々は権田と同じ畑だ。

「升嶋さん、何度も言うように事故調査委員会の結論を待ってくれ」

「ですから、調査結果によっては責任をしかるべき方法でとる。その言質を頂きたいだけで、市長がその旨を一筆書けば終わる話でしょう」

「何も解明されないうちに、そんな無責任な約束はできない」

「私の背後にも市民がいるんですよ。市民を無視するんですか」

「私の背後にも市民はいる」

升嶋がやおらポケットからカメラを取りだし、黒木たちはそのフラッシュを浴びた。

「念のための一枚ですよ。証拠写真になるかもしれない。この状況下で市民部の部長と広報課の人間と顔を合わせてるんです。密談の恐れもありますからね」

「廊下で密談などしない」と権田は険しい口調で言った。

「ほう。どこでならするのですか」

「揚げ足をとるな。その写真、どうするつもりだ」

「さて。便利な世の中ですからね。情報発信の手段はいくらでもある」

「誤解を招く真似はしないでくれ」

「写真の意味を判断するのは市民ですよ。そんなにむきになるなんて、やはり公表されるのが不都合な場面だったたんですねえ」

馬鹿を言うな、と権田がたしなめた。

升嶋は口元にだけ笑みを浮かべた。

「まあ、公表は少し待ちましょう。勘違いしないで下さい。正義はこちらにある。大義名分もね。単なる猶予期間ですよ。私の要求について少し考えてもらう時間ですな。その間、この写真の有意義な使い方を考えておきますよ。議会がないのが残念ですな」

黒木は眉間が強張った。写真の公開は命とりになりかねない。実質的には密談場面だ。言質を与えなくても、それらしく公表されてしまえば、押さえる手立てはなく、あとは蔓延していくだけだ。

升嶋、と中村が駆け込んできて、荒々しくその腕を取った。

「庁舎で、もめ事を起こすな」

もめる気はない、と升嶋が強い口調で言い返す。

咳払いし、権田がネクタイを締め直した。

「これから近隣市町の首長と会合なので失礼する」

権田がそのまま足早に去っていくと、中村に腕を引かれた升嶋も、ねめるような視線を黒木にも絡ませ、憤然とした面持ちで市議室へと消えた。

「あの二人は同級生だったな」

佐川が静かに言い、ええ、と黒木は応じた。中村は升嶋が立候補した過去二回の市長選で、公然と升嶋を応援していた。

黒木は深く息を吸った。写真の公開は命とり。そう慄然とする自分がいた。

胸を張って仕事するためにさ。大熊の放った言葉が眩しく胸の内で光っている。とても真正面からは見られない。いや……。

見る資格などないのだ。

黒木は六時に退庁した。志村駅は学生や勤め帰りの人間でほどほどに混んでいた。ホームからは常緑樹で覆われたこんもりとした丘と、そこに昭和三十年代に復元された志村城が垣間見える。

良い街だ。山と海があり、緑も溢れている。魚、肉、野菜、水、住居——生活に不可欠な品も水準以上のものが手に入る。

やってきた快速電車に乗り込み、海岸線を東に向かった。志村海岸へとは逆方向だ。夕陽の名残が海を照らしていた。志村海岸と違う、本物の浜。見分けはつかないが、やはり何かが違う。

学生時代に、似た感覚を抱いた憶えがある。東京の大学に通っていた時だ。金はなくても時間だけはあったので、よく歩いた。肌が粟立つ土地もあれば、気分が良くなる土地もあった。大学の図書館で調べてみると、ぞくりとした土地にはかつて獄や墓場があり、気分が良くなった土地には深い緑に覆われた大名屋敷や緑地があった。

土地には声やニオイがある。土地が持つ気配と言い換えてもいい。そんな土地の声を聞き、活かすのも人間の役割ではないのか。

砂浜が崩壊した土地に新たに砂浜を作ったこと自体、間違いだったのかもしれない。

5

神浜駅は大勢で賑わっていた。志村駅からたった二十分の距離なのに駅から見える景色もまるで違う。駅を挟んで海側にはビルが建ち並ぶ繁華街が広がり、山側には瀟洒な戸建てやマンションがあって、街全体が垢抜けた雰囲気を漂わせている。

繁華街を進み、若者の間を抜け、細い路地に入った。ひと気が消えて静寂に包まれ、足元に街灯の光と冷気が沈殿し、時間が止まっているかのようだ。

雑居ビルの階段を上がった。

会員制。銀色のプレートがドアに取り付けられている。そのドアを開けると、ピアノの音色が溢れ出てきた。相変わらず店内は狭く、四席のカウンターしかない。そのカウンターの端で、椎名はグラスを傾けていた。

気怠そうな横顔だ。間もなく四十に手が届くはずなのに、その容姿は若い頃のまま。灰皿の縁からは長い煙草の煙が立ち上っている。そんな時間の過ごし方も変わっていない。酒を飲むのも妙に儀式めいた男なのだ。決して美男ではないのに何度も違う女といる姿を見てきた。今日は一人だった。

「この時間、レディ以外はお断りですよ」

椎名は視線も向けてこないまま言った。

「だったら、俺が知る限りのお前が騙（だま）した女を片っ端から連れてこよう。それとも性転換してきたらいいのか」

「黒サン？」椎名が黒木を見た。「何年ぶりですか」

「七年」

「そりゃ、乾杯しないといけませんね」

椎名はロックグラスを軽く掲げた。

黒木は後ろ手でドアを閉め、スツールに座った。椎名がカウンターに入り、軽やかな動きでロックグラスを手に取った。アイスピックで氷を軽快に削り、その欠片（かけら）を流れるようにグラスに放り込む。

「いつも通り、ロックでいいですね」

「いつも通り？ もう七年前だ。俺が何を飲んでたのかを憶えてるのか？」

「当たり前です。常連客はいつまでも常連客ですので」

「じゃあ、いつものもので。そっちは今もジンなのか」

「ええ。酒はジンに限ります。ジンは元来、薬ですからね。そこらへんの酒とは格が違いますよ。清く正しく慎ましく。それが僕のモットーでして、実践するには健康が第一なんです」

「なるほど。体形も変わってないわけだ」

「不健康な生活を送るには健康な体がないと。黒サンもお変わりないですね。中年太りが始まる年頃なのに」

　椎名がウィスキーをグラスに注ぎ、マドラーで十三回転半、混ぜた。この最後の半回転が重要なんですよ。以前、椎名が力説していた。

「健康第一も結構だけど、商売繁盛とは言えないようだな」

「大きなお世話です」椎名は口元を緩め、グラスをカウンターに置いた。「まあ、この店は僕にとって時間潰しみたいなもんですしね」

　グラスを互いに掲げた。椎名は一気に呷ると、言った。

「今夜はどうしたんですか。思い出話の相手を探してるんじゃないでしょ。ちなみに僕は思い出と過去の女については他人に話さない主義です。自分で消化するので精一杯なんで」

「仕事を頼みに来た。手を貸してほしい」

「カイシャ、辞めたんですよね」

　カイシャ。懐かしい響きだ。警察は自分たちの組織をカイシャと呼ぶ。

「カタギの依頼は受けない主義なのか」

「普通は」椎名がグラスを軽く振った。氷が鳴る。「けど、何事にも例外はあります。黒サンは恩人ですしね」

　まだ所轄時代だった。神浜市の繁華街を管轄する神浜中央署の刑事課にいた時だ。雨上がりの夜に路地裏をぶらぶら歩いていると、チンピラに囲まれ、暴行を受けている男がいた。黒木は手にしていた傘の先を、その一人の鳩尾に打ち込んだ。剣道には自信があった。張りつめる空気を蹴破るように黒木が名乗ると、チンピラはそのままどこかに消え、男がゆっくり起き上がってきた。僕の店があるので一杯奢らせて下さい。暴行を受けていたわりに軽い口調だった。それが椎名との出会いだった。

——仕事でつまらない因縁をつけられましてね。

——見かじめの絡みか。

——いやいや、副業の人助けの絡みで。

それ以来、黒木はしばらく店に通った。チンピラの報復を警戒したからだった。何度目かの時、そう説明すると椎名は笑った。

——もう襲ってきませんよ。彼らにとって僕は不可欠な存在なんで。ただし、お金がない奴らとは付き合いませんが。

——情報屋なのか。

——他人はそう呼びますね。僕は一種のサービス業だと捉えてます。

腕の立つ情報屋がいるという噂は聞いていた。借金を踏み倒した夜逃げ、女と逃げた男、怪文書をばら撒いた輩。次々とその居場所を嗅ぎつけ、見つけるのだという。膨大な料金を吹っかけるおまけ話もあった。

——どうしてあの時、襲われてたんだ？　仕事に失敗したのか。

椎名はニッと笑った。

——依頼通りに報告しただけですよ。探せというから探したんです。で、僕が伝えた居場所で見つからなかったそうです。連中、なぜ引き渡さないのかと言い出しましてね。探せという依頼は果たしたと言い張ったんです。

——わざと逃がしたんだな。

——違う場所に逃げるよう忠告しただけです。たいてい、逃げた人間にも問題がある。でも、中には何も悪くない人間もいるんですよ。

黒木がこの店を訪れると、椎名は裏の情報を流してくれた。どれも精度の高い情報で、黒木が依頼する時もあった。

——起きたことしか対処できない、そんなお上に協力する気は毛頭ないですが、黒サンは恩人です。あのままなら手足を折られました。その不便を免れたお礼です。

そう言って、見返りも求めてこなかった。

警察が組織で飼う情報屋もいる。だが、椎名は黒木個人の情報屋だった。警察を離れる際も引き継がなかった。個人的な付き合いの情報屋について、その存在は口外しない。それが死ぬまで続くルールだろう。一対一で強い関係を築くからこそ、際どい情報も得られる。

「料金はいくらだ。金を払ってなかったから見当がつかなくてな」

「無料でいいですよ。感謝なら過去のご自分にどうぞ」

椎名は灰皿に置いたままだった煙草を押し消し、新しい一本に火を点けた。新しい煙が椎名の周りをゆらゆらと彷徨い、消えていく。

「それで、何をすればいいんです？」

「周辺情報を集めてほしい。神浜大工学部の佐藤学という教授の周辺情報だ」

喉の奥で苦い味がした。

椎名は煙草を置き、ジンのロックを飲み干すと、グラスを丁寧に置いた。全ての節が膨らんだ両手の指を見つめている。中指や薬指は折れ曲がってもいた。ひどい骨折を経験した指だ。黒木は久しぶりにその指を見た。こうなった原因を知りたいとは思わない。椎名がそれなりの人生を歩んだ証明というだけだ。

「そんなに指をじっと見て、どうしたんだ？」

「見てわかりません？　占いですよ」

「正気か」

「冗談ですよ、冗談」椎名は口元を緩めた。「何人くらいに網を張るか考えてたんですよ。結局、情報収集も人に尽きます。黒サンがいたカイシャと同じですよ」

「捜査には想像力も必要だ」

事実の積み重ねだけでは真実は見えない。頭を働かせ、想像しなければならない。頭の内側に世界は広がっている。刷り込まれた教えだ。

ぱちん、と椎名が指を鳴らした。

「その通り。人間の最大の力は想像力です。にしても、想像力が欠如した人種というイメージが警官にあるのは、なぜでしょうかね」

黒木は首の裏が張りつめ、体の奥底にある瘡蓋を引き剥がされたようだった。

さて、と椎名が手を叩いた。

「知り合って十数年にして、初めての携帯番号交換といきましょう。ドキドキしますねえ」

図らずも椎名のおかげで思考が過去に落ちきる前に現実に戻れた……。それと悟られないよう、黒木は軽い口調で尋ねた。

「携帯は持たない主義じゃなかったのか」

「嫌いですが、これも時代の流れです。逢瀬に便利なだけが取り柄ですね」

ぼやくと、椎名は携帯をポケットに滑り込ませた。

「時間はどれくらいかかりそうだ」

「さあ、そればかりは。スピード解決の時もあれば、手がかりすら摑めない時もあります」

「なるべく早く頼む」

「他ならぬ黒サンの頼みです。全力を尽くします」

ウイスキーを飲み干し、黒木は店を出た。

夜の風が甘くなっている。どんなに冷気が自己主張していても春は近づいているのだ。

懐かしい道があちこちにある。かつて自分が闊歩した縄張りだ。逃げ出した。そう揶揄する同僚もいた。別に否定する気はない。自分に無関心になった。いや、最初から関心があったのかは怪しい。別にどうでもいい。黒木は足を速めた。

高架下を進み、山側に出た。上り坂になっており、まだしばらく繁華街が続く。異人坂(いじんざか)を上り、目についたバーに入った。軽く飲み直しながら考えていく。

手は打った。余り使いたくはない手だ。正面から佐藤を説得できる材料は本当にないのか。ないのなら、どんな事実があればそれに該当するのか。

市の名誉というのは論外だ。必要なのは公正な大義名分。それが見つかれば、論拠の芯(しん)として押しやすい。黒木はロックグラスを眺め、考えを進めた。誰もが納得せざるを得ない要素は何か。思考を深めていき、三杯目を飲み終える頃、脳に光が走った。

一つ、可能性があった。

市長は環境意識の高い首長として名前が売れている。知名度があるがゆえに今回、それが反転してマスコミの攻撃材料となって市長の首を絞めつつある。逆にそれを利用できるかもしれない。

環境だ。ここで市長が躓(つまず)けば、再び市内に硫酸ピッチが不法投棄される恐れが生じる。いくら管理システムが敷かれても、その監視者が背筋を伸ばしていない限り、システムは機能しない。それは今回の陥没事故を考えれば明らかだ。これは論法として使える。もちろん、柱を補強する材料はいる。その補強材料さえあれば太い柱となる。少なくとも、佐藤がどう考えているのかの試験紙にはなる。

試験紙か、と独りごちた。仕事に対する意識の試験紙があれば、大熊と自分とでは違う色が出るだろう。黒木はウイスキーを一気に飲み干した。胃がカァッと熱くなり、自分の一部が燃えているようだった。

逃げるように店を出て、電車に乗り、自宅に向かった。

郵便受けを開けると、不動産のチラシに交ざり、一通の封筒があった。差出人は書かれておらず、切手も貼られていない。当然、消印もない。部屋に入り、灯りに透かした。爆発物の気配も、刃物が入っている気配もない。封を指で千切ると、一枚の紙が出てきた。

黒木は目の周囲に力が入った。

志村海岸の陥没事故について。市の上層部は事故が起きることを予想できた。構造の欠陥および、その危険性に気づけた。陥没事故は事故ではない。殺人未遂だ。

ありふれたＡ４用紙に印字されていた。……大量の資料に目を通した限り、確実に事故発生を予想できる記述はなかった。怪文書の類か。破り捨てようとして、すんでの所で手を止め、もう一度、目を落とした。

怪文書とは言い切れないのではないのか。

郵便局を通さずに、この部屋に届いている。状況や自分の立場を考えれば、差出人は市職員の誰かだ。すでに何人かに話を聞いているし、事故調査委員会準備室にも顔を出した。黒木という職員が提供資料の下準備をしているとでも耳にしたのだろう。大熊だってその一人だ。職員名簿を使えば、こちらの住所も簡単に突き止められる。

このような文章を出す以上、何らかの根拠があるはず。根拠を知っていても、市職員ならば今さら表で口にできない。口に出していたら、事故は防げたかもしれないからだ。裏返せば、防げなかった責任という火の粉が降りかかってくる。

……何を根拠に書いたのか。

一冊だけ消えたファイルが脳裏をよぎった。

消えたファイルには事故を予見できる情報が書いてあるのだろうか。もし書いてあるとすれば、その一冊だけが紛失したのは偶然なのか。

我知らず、黒木は紙を強く握っていた。テーブルにそっと紙を置き、床に座りこみ、天井を見上げる。

都合の悪い誰かが持ち去ったのか？

事故調査委員会準備室の処置は正しいのかもしれない。委員から要望がなければ、彼らに提出する必要はない。要望がなければ、公にもならない。もっとも、最悪の事態を想定して、紛失ファイルを手に入れておくべきだろう。

そこで思考が止まり、唾を飲みこんだ。

マスコミにこの怪文書が流れていれば、明日の会見は荒れる。……違う。自分たちだけに怪文書が流れてきた見込みがある。マスコミはそう考えるはずだ。記者の習性として、会見で特ダネを晒す真似はしない。マスコミにこの文書が届いているのなら、今晩、市の幹部に記者が夜回りをかけてくる。

この夜、黒木はなかなか寝つけなかった。七年前、しっかり蓋をしたはずなのに体の底で感情が蠢き、熱を発していた。

6

空気はまだ冷たく、柔らかな午前八時の陽射しが優しく注ぎ、潮風も肌に心地よい。時折足をとられながら、黒木は砂浜を進んだ。

怪文書の件は、昨晩のうちに佐川に報告した。佐川は今頃、市長をはじめとする幹部に昨晩と今朝、記者が来なかったかを聞き取りしている。

記者会見は午後二時からだ。新聞各社の夕刊締め切り後に設定している。黒木も出席する。会見に広報課の主幹がいないと妙だし、報道関係者の温度も見たい。

その前にやるべきことがあった。いまだ事故現場を見ていなかったのだ。黒木の知る限り、市の上層部は誰も見ていない。誰かが見ておかねばならない。そもそも、黒木は志村海岸を訪れたことすらなかった。

志村海岸に人の姿はない。資料によると、来訪者は年間延べ七十万人。おそらく水増しした数で、実際はその半分くらいか。その多くは夏に訪れるとしても、本来なら犬と散歩する人、釣りをする人、海を眺める人、そんな姿が見られるはずだ。

哀しいほど海が澄んでいる気がした。

海に接する突堤に向かう。施工時、B突堤と呼ばれていた場所。今は名もなき突堤。コーン標識と立て看板で、立ち入り禁止区域だと示している。入ろうと思えば簡単に入れる程度の措置だ。

ここですね、と宮前が言った。資料作りを終えた宮前もついてきた。昨晩広報課で顔を合わせた際、海岸に行くと告げると、同行すると言ったのだ。風が吹き、宮前の肩まである髪が背後にもっていかれている。

何の変哲もない砂浜には、突堤に打ち寄せる穏やかな波の音が響いていた。

この場所で少年が砂に埋まった。少年が落ちたと思われる位置は窪んでいる。今、こうして立っている足元が崩れる恐れもあるのだろうか。黒木は視線を落とした。見える範囲では、他に陥没らしき窪みはない。しかし、これまで何度も陥没が生じている。

砂。綺麗な砂。牙を剝いた砂――。

「怖かったでしょうね」

「そうだな」

会話が続かず、沈黙を波音が埋めていく。黒木は視線を宮前に向けた。

「会見の準備は万全なのか」

「ばっちりです。資料は百部も用意してますので」

「いつもの二十倍か。会見にはそれくらいの記者が集まりそうなんだな」

「率直に言って予想できません。黒木さんの言う通り、各社、支局だけではなく、本社からも来るでしょうし。課長の仕切りでは厳しそうです」

「大丈夫だ。仕切りは佐川さんがやると言ってた」

宮前はいつも冷静だ。上に頼らず、自分で考えられる頭がある。臆せずに自分の意見も言える。最近の若い者は。そう吐き捨てる中村の方が性質は悪い。

いい警官になっただろう。ふと、黒木はそう思った。

背後で気配がした。マスコミかもしれない。だとすれば、会見前に現場を撮影するつもりか。映るのはご免だ……。黒木は振り返った。

海岸にスーツ姿の二人組。息を呑んだ。

「よう、逃げ虫」

右側の阿南が手を挙げた。その横で頭を軽く下げてきたのは山澤だった。

近づく二人に向け、黒木は喉を押し広げた。

「二人とも久しぶりだな」

風が吹いた。強い風だった。

「どなたですか」宮前が小声で言った。

「県警だ。人相の悪い方が同期の阿南。背の高い方が後輩の山澤」

歩み寄ってきた二人と宮前が名刺交換する様子を眺めながら、頭がめまぐるしく回転し始めた。なぜ二人が事故現場にいるのか。二人からは強いニオイがする。県警捜査一課のニオイだ。昨晩の手紙の文言が脳裏に蘇(よみがえ)ってくる。

探ってみるか。

「阿南と一緒にいるんなら、山澤も二班に入ったのか」

「ええ。残念ながら逃げ切れませんでした。三年前に組み込まれたんです。一生、警務課でのんびりしようと目論(もくろ)んでたんですが」

「帳場はいいのか」

ああ、と阿南が涼しい顔で応じてきた。

「待機班だからな。俺たちが暇なのは、世の中が少しは健全な証拠だ」

県警の捜査一課は一班から八班まであり、空いている班が順次、県内で発生した殺人などの強行犯の捜査に投入される。何もない時は待機組として、次の事件が発生するまで過去の資料整理や応援に出向く。黒木はかつて一班に所属し、阿南は当時から二班だった。同時期に県警本部にあげられた。競わされていたのだ。一方、山澤は一班が投入された事件で一緒になった。年齢が近いため、所轄側だった山澤とよく話した。

「天下の捜査一課が海岸に散歩に来たわけじゃないんだろ」

「たまには散歩もいい」

「下見か」

「俺たちが乗り出すとしても、まだ先の話だ」

額面通りには受け取れない。専門家の結論次第で県警本部捜査一課も動く。その場合に備え、誰かが今のうちに現場を見ておく必要がある。本部の一課長あたりがそう判断し、待機班の二班――阿南らが見に来たのだ。所轄からの感触とは違うものの、この本部の意向が本筋になる。

細かい記録は所轄が残すが、自分の目で得た印象は、時にそれ以上の資料になる。観察と記録は違う。現場百回。言い古された言葉には、それなりの真実があると黒木は教えられ、そう実感してもいた。班は違っても阿南も同じように教えられている。菅原塾。一課ではそう呼んでいた。黒木と阿南が最後の塾生になった。黒木は胸の奥が痛んだ。その痛みを振り払うように口を開いていた。

「投入されるのは二班なのか」

「今は待機班が二班だけなんで。でも、カイシャが関わるのかは不透明ですよ」

山澤が言っても、阿南は咎めなかった。誰がどう考えても、その通りだからだ。捜査一課の動きは、こちらの想定より早い。捜査一課が乗り出すなら、市幹部が被疑者となる。市への風当たりは強まり、信用も落ちる。

カモメが甲高い声で鳴いた。遠くから汽笛も聞こえる。それらが消えていくと、静寂が際立った。

阿南が見据えてきた。強い眼差しだ。刑事の目。久しく向き合っていない目。

「黒木、関わってるんだろ」

ここで否定する意味はない。この場にいるし、所属は広報課だ。市の全てに関わっていると言い換えてもいい。

「まあな」

「どうせまた逃げるんだろ」

阿南は真顔だった。阿南さん、山澤がたしなめた。黒木は答えなかった。

「組織やシステムから逃げるのは別に問題じゃない。問題は、向かい合わなきゃならない事柄から逃げることだ」

そう言った阿南が先に目を逸らした。

行こう、と黒木は宮前を促した。阿南と山澤の脇を抜ける。背中に二人の視線が向けられているのを、砂浜を抜けるまで感じた。

庁舎に戻ると、佐川が囁いてきた。

「誰も夜回りを受けてないな。怪文書はマスコミに流れていないとみるべきだろう」

「例の足りない資料、今のうちにＪＶに提出を求めましょう。知っておくべきです」

「もう提案したよ。けど、事故調準備室が拒否しやがったんだ。提出を求めればＪＶ側から疑問が出て、外部に漏れるかもしれない。できれば紛失は知られたくない。そんなくだらない理屈さ」

「先送りに過ぎませんよ」

「戦略的な先送りだそうだ」

黒木が阿南の件を報告すると、佐川は腕を組んだ。

「捜査一課か。厄介だな」

「ええ。そう応じながら、黒い靄が全身に絡みついてくるような感覚になった。市側、隠す側に自分はいる。

正午を過ぎた頃、庁舎の駐車場にテレビ局の中継車が次々に到着した。彼らが庁舎の外観をせわしく撮影している姿を、黒木は広報課の窓から眺めた。

中村の貧乏ゆすりが止まらない。発言する立場でもないのに緊張しているらしい。いつにも増し、何度も煙草を吸いに行ってもいる。

「中村はそのうち燻製になるな」

佐川の軽口が、ほんの少しだけ広報課の空気を和ませた。

黒木は一時半に会場に入った。記者会見場となる大会議室には、教育委員会や選挙管理委員会からも運んできた折り畳みテーブルが並べられている。志村市がこれほど大規模な記者会見を開くのは初めてだろう。黒木は資料を宮前と並べた。

最初に顔を見せたのは、全国紙である東洋新聞の地元記者、新村だった。間もなく定年という年齢もあり、市の定例会見で常に他の記者をリードする質問をしてくれる。

新村は主に東北を中心に全国を回り、故郷である志村市に行き着いていた。定年まで現役記者でいたいから地方回りってわけ、人工衛星の最終地点がここ。宴席で一度、そんな風にビール片手に笑い声をあげていた。黒木は新村の人柄を信用していた。志村署が窃盗容疑で逮捕した男が神浜市内での殺人事件の犯人だと供述したのを、東洋新聞が特報した際の動きを見たからだ。県警チームの手柄で俺はほとんど知らないんだよ。そう言って署に慌てて向かう背中を見送った。他社の多くが県警担当に処理を任せるのに、新村は人任せにしなかった。いつも後頭部に寝癖をつけているのがトレードマークにもなっている。

「黒木さん、今日は大変だよ」

「心しています」

「それだけの事故だっていう現実を、市が認識してるのを祈るよ。黒木さんは問題ないと思うけどさ。ほら、おたくの煙課長とか」

黒木は曖昧に口元を歪めて見せた。そっちの側にいる。そう思わせる術だ。記者は敵にすべきではない。

「今月はうちが幹事社だけど、仕切りはやらなくていいんだよね。昨日、宮前さんから連絡があったんだけどさ、念のため再確認」

志村市政クラブ在籍の報道各社は、二か月ごとの持ち回りで幹事社を務めている。幹事社は記者室の新聞整理、会見の申し入れ、非常時の連絡網、定例会見での仕切りを行う。今月は東洋新聞が幹事社だった。

「ええ。佐川が司会をいたしますので」

「オーケー。じゃあ、取材に徹するよ」

続々と記者が集まり出した。ぞんざいに名刺を投げ出し、険のある視線を向けてくる記者がいた。早く始めろよ。いきなり喧嘩腰に食ってかかってくる記者もいた。そのほとんどは、普段は接点のない民放テレビ局の記者、新聞各社の本社から来た記者だった。過激な内容で知られる週刊誌の記者は案外、物腰が柔らかかった。

ほどなく席が埋まった。会議室の最後尾にはテレビカメラが十台も並び、権田や佐川が並ぶ壇の前には新聞各社のカメラマンが床に腰を下ろしている。記者の間に会話はなく、資料のページを捲る音だけが響いていた。

外は肌寒くても、すでに人いきれで蒸しつつあった。エアコンを消し、宮前と手分けして窓を少しだけ開けた。

二時。権田を先頭に助役、中村が壇上に上がり、佐川がマイクの前に向かった。本来は中村の仕事だが、佐川が仕切る方が安心だ。黒木は宮前と会議室の後部入り口前に立った。

それでは会見を始めます。佐川がそう口を開いた途端だった。

「まずは謝罪だろうがよ。なんで第一声が市長じゃないんだ。だいたい、アンタらまだ謝罪してねえぞ。こんな事故があったのに何を考えてんだ」

受付で名刺を投げ出してきた民放の記者だった。世間知らずの田舎者は困るよな。聞こえよがしな声だ。揚げ足をとるための挑発だろう。

権田の眉がかすかに動き、中村に至っては顔の青白さが増していた。他方、佐川に動じた様子はなかった。

「ご意見、ご質問の時間はとってあります。まずは当市からの説明をお聞き下さい」

民放の記者は机を軽く叩き、黙った。

市長が資料に沿って事故調査委員会の設置について説明を始めた。まったく説明を聞いていない記者もいた。資料を閉じて腕を組み、目を瞑っている。先ほど野次を飛ばしてきた民放の記者も、その一人だった。

十五分ほどの説明が終わり、佐川が質問の有無を確かめると、挑発してきた民放の記者が無愛想に手を挙げた。

「結局、謝罪はないのかよ」

「先ほども申し上げた通りです。市に責任があるかどうかは、第三者機関である事故調査委員会にご判断頂きます」

「単なる責任逃れじゃねえか」

「その責任の有無を明らかにするための事故調査委員会です」

権田が粛然と言い返すと、民放の記者が資料を摑み、机を叩いた。

「それが無責任って話だよ。現実、一人の少年だっけ？　まあ、女の子でもどっちでもいいや。とにかく子供が市の管理する人工海岸で埋まって、意識不明で死にかけてんだろ。それをどう認識してんだよ。アンタの説明だって、資料をなぞって読んだだけだ。わざわざ俺たちを集めてすることかよ。俺たちは市の職員みたいに暇じゃないんだからさ」

市に責任がないとされれば、謝罪しないのですか。責任の有無について見解が出る前でも謝罪すべきじゃないですか――。

あちこちから矢継ぎ早に質問が飛んだ。早く答えろ。何のために口があるんだ。アンタらには説明する義務があるんだよ。怒声も混じっている。主にテレビ各局の記者たちだった。

荒れる……。黒木は手の平が汗ばんできた。このまま会見が荒れれば、記者は市への感情を悪くする。記者の感情はそのまま報道されかねない。そうなれば市への風当たりはますます強まる。

権田が軽く身を乗り出した。

「何度も申し上げた通り、今回の事故は大変痛ましい出来事です。だからこそ責任の有無を明らかにするべく、事故調査委員会にお願いするんです」

これだから田舎市長はよ。民放の記者が舌打ちした。逃げないで答えろ。まず謝罪が始まりだと思わないのか。手荒な質問は止まらない。会見場の空気は、今にも爆発しそうだ。黒木さん、と宮前が囁きかけてくる。どうする。どうすればいい……。考えても、黒木には何も浮かばなかった。

その時だった。

先頭に座っていた新村が立ち上がった。ちょっといいかな、と振り返った新村が会見場を見回した。

「志村市政クラブ幹事社の東洋新聞、新村です。悪いけど、程度の低い質問は迷惑だ。まずは事故調査委員会が公正に行われるかが問題だろ？」新村は民放記者を睨みつけると、体を市長に向け直した。「その点、市長はいかがお考えですか」

「当然、公正に調べて頂きます。会議には市の職員も参加させますが、調査に口を出す立場、役回りではありません」

「とはいえ、資料も市が用意するんですよね」

「ええ。包み隠さず、必要な資料は全て提供します」

「なるほど。そう願っています」

その後、会見は落ち着いた。佐川、黒木、宮前で事前に考えた想定問答に則した質問ばかりだった。

「新村さんたちと余りにも違いすぎます。同じ記者だと思えませんでした」

会見後、会場の後片付けをしていると、宮前が呟いた。あの吠えた民放の記者についてだった。あの記者だけではない。テレビの連中は血腥さを発していた。

「効率よく仕事をしたかったんだろう」

「どういう意味ですか」

「連中にとって志村市は単に事故発生地だ。彼らは別の大きな事件がどこかで起きれば、そっちに移り、情報という肉を食い散らかす。志村市に根付き、取材をする新村さんらとは立場が違う。あの民放記者たちにとって、今回の陥没事故も日々の出来事の一つに過ぎず、放送時間を埋める消費材料なんだよ。だから、手っ取り早く記事やニュースに仕立てるべく、自分たちの筋書きを押しつけようとしたんだ。それを新村さんの正論が弾いた」

むろん、民放の記者全てがそうだとは思えない。ただ少なくとも今日、会見に出ていた連中はそうだった。手前勝手な理屈を持ち込もうとした。

「立場はともかく、そんなやり方の仕事に誇りがあるんでしょうか。何のために仕事をしてるんでしょうか」

宮前の一言に、黒木は片付けの手が止まった。

誇り――。

市に責任はある。そう考えているのに、市への風当たりが強まるのを避けたいと思った自分がいた。そこに誇りはあるのか。考えるまでもない。……考える必要もない。

片付けを続ける宮前の横顔が、胸に食い込んできた。黒木は長い瞬きをした。

「どんな温度なのか、記者室を覗いてくる」

もっともらしい理由を宮前に告げ、会見場を出た。

記者室には新村、一人だった。新村は黒木の顔を見るなり、声をかけてきた。

「アイツらはさ、結局、事故も公正な事故調査委員会もどうだっていいんだ。とにかく謝罪を撮ってこい。デスクから、そんな指示を受けてるんだよ。現にアイツらの口から、一言も被害者って言葉が出なかっただろ。少年か少女かも、わかってなかったじゃないか」

公正な事故調査委員会……。喉の奥で苦みが湧いた。助けてくれた新村を裏切ったようだった。

黒木さん、と新村が続けた。

「俺はね、志村市が好きなんだ。だから、この街で記者人生を終える。張り切ってやってもいる。くだらない質問は許せないんだ。そりゃ、記者と市職員の立場は違うよ。俺だって厳しく意見する時もある。だけどさ、好きって心情は一緒だって憶えててくれよな」

そんな目でこっちを見ないでくれ。黒木は叫びたかった。視線が痛い。痛みを感じる自分が後ろめたい。

腐りかけている。いや、もう十分に腐っている。黒木は真っ黒に爛れた自身の体内を想像した。

7

「失礼します」

相手の声は震えており、視線も定まらない。この態度は明らかに……。

高圧的になるな。焦るな。目を逸らすな。黒木は口の中でそう唱え、部屋に入ってきた男に微笑みかけた。

諏訪君雄。志村海岸施工の際、海岸整備課でB突堤の現場責任者だった男。現在は都市整備課長で、間もなく定年を迎える。当時の課長はすでに他界している。

人工海岸が完成した後、その管理対応は杜撰だった。では、施工時はどうだったのか。それを問うために呼び出していた。消えた資料の件もある。幸い、会見でその質問は出ていない。出たとしても、まだ資料をかき集めている段階です。そうかわす方針だった。

数時間前の新村の視線が瞼の裏に蘇り、黒木は唇を引き結んでそれを頭から追い払い、諏訪を見据え直した。

その挙動はぎこちなく、硬い。緊張だ。何もなければ緊張する必要もない。

「思い出せる限りで構いません。当時の状況を伺わせて下さい」と穏やかに声をかけた。

はい、と諏訪が口を開く。

「工事に問題はなく、設計通りに行われていました。工事についても施工業者とのやり取りも、きちんと報告してます。資料に残したこと以外、何も知りません。本当に何も知らないんです。私は何らかの責任を問われるのでしょうか」

「それはないでしょう。事故の原因が諏訪さんにあるとは誰も思っていません。事故調査委員会もそんな結論に達しないでしょう」

管理職にありながら物腰は柔らかい。その分、何かに怯えている様子が目立っている。一体、何に怯えているのか。……ここで強硬に聞き出せる立場ではない。どっちの味方かわきまえろ。黒木は黄昏の窓に映る自分を見た。

市の人間、市を守る人間、腐った側の人間。

すうっと頭の芯が冷えていく。一拍置き、諏訪に視線を戻した。

諏訪の言う通りなのだ。もし問題があれば、その時点で対策が打たれ、記録を残すはずだ。少なくともこれまで見た限り、そんな記述はなく、諏訪の話と齟齬はない。もっとも、確認できていない時期もある。

「施工記録が一冊だけ紛失しています。完成前年の十月から十二月にかけてのもので、いつ、誰が持ち出したのかは不明です」

「閲覧は管理課に言えば、誰でもできますから」

「施工当時、貸出帳に名前を書いて借りるなどの管理体制を整えていましたか」

「いえ。面倒なので。借りたら返すのが普通ですし」

「では、些細な事柄でも構いませんので、記録が紛失している時期について何か憶えていませんか」

「そう言われても、四六時中、現場に張り付いてたわけじゃないんで」

諏訪の頬がかすかに震えている。硬い沈黙が続いた。やや間が合って、諏訪が言った。

「現場で犬が死んでいたことがあります。今から思えば不吉だったんですよ」

引っ掛かりは消えないものの、これ以上突っ込む材料がなかった。

諏訪への聞き取りが終わると、黒木は受話器を持ち上げた。その五分後、ドアが開いた。佐川だった。

「会見は新村さんに助けられたな」

「ありがたい助け船でした」

「いつか借りを返さないとな」

諏訪の聞き取り成果を報告した。おもむろに佐川が天井に顔を向けた。何かを考えているようでもあり、堪えているようでもあった。しばらくして顔を戻してきた。

「市民病院に出向中の同期から連絡があってな」

黒木は背筋が伸びた。意識不明の長田秀太が入院している病院だ。自分とは関係ない命。縁もゆかりもない人間。それでも心身が強張ってしまう。

「緊張するな。安否に関わる話じゃない」

「……そうですか」

「救急車のたらい回しがあったんだ」

全国的に問題になっていることだった。救急患者を受け入れる余地がなく、救急車からの要請を次々に病院が断り、患者がたらい回しにされる問題だ。最近新聞やテレビのニュースでもよく見かけ、命を落とす患者も出てきている。医師不足、病床不足、緊急医療機関の不足。様々な原因があるのだろう。

「五つの病院に断られたらしい」

「志村海岸からなら、まず向かうのは志村市民病院です。地域の中核医療施設にも指定されてますが……」

「最初、市民病院も断ったそうだ。理由は病床不足。市内のもう一つの総合病院に向かったが断られ、神浜市内の大規模病院三か所へ。そこでも断られ続け、もう一度志村市民病院に連絡を入れた。そこで病院側は、個室病棟の入院患者を説得して大部屋に移し、何とかベッドを空け、受け入れたそうだ」

「かかった時間はどれくらいなんです？」

「三時間。この空白がなければ意識不明に陥らなかったかもしれない。実証しようもないがな」

黒木は背もたれに寄りかかり、眉根を揉んだ。何かが潰れる音がした。佐川がこの話を持ち出した理由は明白だ。

「使えるカードだ」

佐川の起伏のない声が聞こえ、黒木は目を開けた。佐川は真顔だった。

「市民病院も市の管轄ですよ」

「最終的には受け入れてる」

「最初からそうすれば良かった、と市民病院は叩かれます」

「叩かれるのは神浜の病院も同じだ。元来、たらい回し問題の根幹は病院じゃない。医者は頑張ってる。誰も好き好んで受け入れ拒否なんてしない。受け入れられない状況を作ってしまってる社会の歪み、および対応できない政府の問題だ。これは煙幕になる。市に矛先が向いても傷は浅く済む」

　黒木は無性に喉が渇いた。喉がひび割れしそうな渇き方だった。

「事件報道に強いのはどこだ」

「県内ではダントツで神浜新聞です」

「東洋じゃないんだな」

　新村に流そうとしたのだろう。特ダネという形ならば、かなり大きな扱いとなる。最低でも社会面のアタマ。横並びでは二社面になりかねない。

「神浜の発行部数は」

「六十万部。地元紙だけあって県内一です」

「東洋は」

「四十万部前後で推移しています。残る各紙は二十万から十万未満です」

　広報課に着任した際、各社の発行部数を頭に入れた。特ダネという形で情報を流すなら、神浜か東洋が効果は高い。

「神浜だな」佐川が言った。「地元紙だ。嗅ぎつけても不思議じゃない」

「関係者から他の新聞社にタレこみがあるかもしれません」

「大丈夫だよ。病院側からしてみれば、断った後ろめたさがある。自分から進んで話さないさ。少年の両親にしても、今はそれどころじゃない。治療をしている相手と事を構えるのは得策じゃないからな。それと、漏らす相手はウチのクラブ以外がいい。神浜新聞の志村市担当だけに伝えるのは、しこりを残す。なるべく市以外の場所から情報が漏れ、紙面を飾った、そういう筋書きにしたい」

新村に流せない以上、志村市政クラブに流すべきではない。黒木もその考えに賛成だった。

「知り合いはいます」

「信用できる相手なんだな」

「ええ」

「タイミングが重要だ。喉元に矛先を突きつけられた時、ガス抜きに使え」

「少年の容態は」

「うちの職員によると、変わらずらしい」

課長級以上の市職員が交代で病院に詰めている。病院側との連絡役だ。市は陥没事故を重く受け止めている。暗にそう主張するためでもある。

「このカードが使える期限は少年次第だ。それを忘れるな」

少年が死んでしまえば、両親が公にする可能性が生まれる。だから、期限は少年次第。『死』や『亡くなる』という言葉を使わない分、佐川の性根が透けていた。

「それと怪文書の件は、その内容はもちろん、しばらくは届いたことも誰にも言うな。余計な騒ぎを起こしたくない。市長や幹部にも、俺が夜回りや朝駆けが来たかを聞き続ける」

「その方がいいでしょうね」

「俺を人間のクズだと思うか」

「いいえ」

「俺は思った。腐った。つくづくそう思った。長田秀太君が入院する市民病院の同期から、この情報を聞いた瞬間だ。使える。そう考えた自分がいた」

「人にはそれぞれ立場があります」

佐川は肩をすくめた。

「そのくせ、この期に及んでも揺れてる自分がいる」

「どこに行き着くんでしょうか」

「転がった末、谷底に落ちるのか。何かにぶちあたり、粉々に砕け散るのか。どこまでも転がり続けるのか」

「いずれにしても、自分を悪く言う必要はないですよ」

そうか、と呟くと佐川がやおら腰を上げた。

「夕方のニュースを一応見ておくか。あれをニュースと呼んでいいのかは別として」

黒木も佐川に続いて広報課に戻り、テレビの前に座った。すでに中村の姿はない。

六時半、記者会見の模様は淡々と伝えられ、紛糾した場面は流れなかった。

「それにしても中村は帰りが早いな」佐川が言った。

「金曜ですから」傍らから宮前が応じる。「お母様のお見舞いでしょう」

中村の母親はこの数年、入退院を繰り返しているらしい。隣県に在住し、他に身寄りがないため、独身を貫く中村が面倒を見ているという話だ。金曜は特に帰りが早い。

「金銭面でも大変でしょうね。互助会に出向した同期が言ってましたけど」

「職員貸し付けか」

黒木が尋ねると、宮前が小さく頷いた。

「何度も借りてるそうです。治療にかなりお金が必要みたいで」

市の職員互助会からは簡単に借金ができる。申込書に理由の欄があり、そこに何かしらを書きこめば審査ではねられない。審査は建前なのだ。志村市の場合、一般貸付金の上限は三百万円。県警にも同様の互助会があった。

「そういう私的な事情を表に出すな。宮前、同期にそう厳しく言っておけ」

佐川がぴしゃりと言った。

黒木はそのまま広報課で、七時からのNHKのニュースも見た。民放同様、淡々と報じられた。ニュースのチェックを終え、帰宅しようと階段を下りていた時だった。

手を打つとは、どういうことだね。ひと気のないフロアに権田の声が響いた。

ですから……。険の強い声が言い返す。黒木は階段を駆け下りると、声の方に顔を向けた。

三人の若手職員が市長室に詰めかけていた。三人はかなり殺気立っている。背後から荒い足音が近づき、たちまち黒木を追い抜いていき、少し先で振り返ってきた。

大熊だった。

「すまん、手伝ってくれ」

黒木が事情を問い返す間もなく、大熊は市長室に飛び込んだ。黒木も後に続いた。

「何度も申し上げてるように、早く抜本的対策をとってほしいんです」

盛大な音がした。若手の一人が身を乗り出して権田の執務机に両手をついている。その横顔は険しく、眼も血走っていた。権田は動じた様子もなく、見返している。手をついた若手の肩に、やめろ、と大熊が手をかけた。若手は大熊を一瞥（いちべつ）した。

「止めないで下さい。今、対策を打たないと手遅れになります。市を取り巻く環境は悪化してるんです。それを強く認識してもらう必要がある」

市の発展に寄与した市民や団体に贈られてきた市長賞の賞状が、続々と返却されていること。小中学校の市役所への社会科見学が次々に中止されていること。ホテルや旅館でも、宿泊キャンセルが相次いでいること。若手職員はそれらを捲（まく）し立てた。

権田は目を細めた。

「そういう状況が続いても、市は私企業じゃない。行政サービスに影響は出ないよ。すべき対策は君たちに言われる前に行っているしな」

「もっと真摯に長田さん一家に対応すべきです。市長は訪問してもいないじゃないですか。そういうところを見られてるんですよ」

「なに」権田のこめかみがひくついた。「私はすべき対応はしている。君も君のすべき仕事をしろ。そんな余計なことを考える暇があったら、自分の持ち場で結果を出せ」

……んだと。糾弾していた若手職員の肩が揺れ、大熊が振り解かれた。若手が勢いよく机を乗り越え、権田に殴りかかっていく。

すかさず黒木は飛び込むと、肩から若手に突っ込み、一気に壁に押しやった。放してくれ、放せっ。若手が喚く。他の二人だろう。黒木を力ずくで引き離そうと、その指や爪が肩や体に食い込んできた。

「市長、私からよく言い聞かせますので」

大熊が叫ぶように言った。黒木は首だけを動かし、大熊を見た。大熊が権田を押し止めていた。どけ。放せよっ。若手職員は喚き続けている。黒木は思い切り息を吸い、一気に吐き出した。

「お前ら大熊の姿を見て何も思わないのかッ、大熊は誰のためにやってんだッ」

喚き声が止まり、不意に若手職員から力が抜けた。

市長室に静寂が落ち、権田が咳払いした。

「その元気をいい方向に使ってくれ。ここは大熊君に免じて不問にする」

失礼しました、と黒木は大熊と二人で若手の腕をとって市長室を出た。

廊下を少し進むと、飲みにいくぞ、と大熊が若手職員に言い、黒木も腕を掴まれた。

「付き合ってくれ」

断る理由もない。

市職員がよく利用する近くの居酒屋に向かう道中、誰も言葉を発しなかった。

一行はいつもの居酒屋前で一瞬立ちすくんだ。

志村市役所の職員はお断り

引き戸にそんな貼り紙があったのだ。若手職員が言葉を失う中、構わず、大熊がドアを開ける。黒木も傍らから覗き込んだ。

ねじり鉢巻きの大将が睨んできた。

「悪いが、しばらく来ないでくれ。飲む暇があるんだったら、陥没事故をしっかり解決しろ」

いつもはにこやかな女将まで、肩をいからせて入り口にきた。その右手が振られ、何かが飛んでくる。

塩だった。

鼻先で引き戸が手荒く閉められ、ぐらり、と黒木は思考が揺れた。特命で信用を取り戻せるのか、陥没事故の解決とは何なのか……。

鞄の持ち手を強く握り、きつく奥歯を嚙んだ。思考の揺れを力ずくで制した。悩む暇があるのなら、仕事を成功させねばならない。機械と笑われようが、人形と罵られようが、言われた仕事だけやればいい。

くそっ。若手職員が夜空に吠えた。

酒を飲まずに、その場で解散となった。

8

翌朝、各紙社会面に事故調査委員会の設置について掲載された。いずれも三段ほどの記事で、それほど大きな扱いではない。淡々と進んでいる。そんな報道だ。

「準備できました」

宮前がカメラバッグを担いできた。土曜日でも広報誌の取材があった。一か月前からアポイントを入れており、外すわけにはいかなかった。宮前一人でもできるだろうが、こんな時だからこそ黒木も一緒に行きたかった。

宮前の運転で進んだ。午前九時の土曜は陽光で満ちていた。何も問題ない。そんな風に思える陽気だ。三十分ほどで、志村市内の旧家に到着した。

　この邸宅が来月、県の重要文化財に指定される。大きな門から宮前が挨拶すると、困惑顔の中年女性が建物から出てきた。

「当主が色々と考えたんですが、広報誌の取材は遠慮いたします。ご足労頂いて申し訳ございません。どうぞご理解下さい」

　無理強いはできない。しかし宮前がアポイントを取った時には、かなり喜んでいたという話だった。

「理由は何でしょうか」と黒木は尋ねた。

「陥没事故、と申しております」

　ですが、と宮前が言った時だった。杖を突いた老人が建物から出てきた。その顔は紅潮している。

「市の職員には、この家の敷居を跨がせられん。市のせいで、何も悪くない子供が意識不明になってるんだぞ。話したくもない。早く出ていけ、去れっ」

　黒木と宮前が何も言えないでいると、中年女性が囁きかけてきた。

「ご覧の通りです。どうかご勘弁下さい、老人ですし、血圧も高いのでこのままでは倒れかねません」

　引き下がるしかなかった。

　黒木は身に染みた。昨晩の若手職員の発言だ。確かに市を取り巻く環境は悪化している。かといって、勝手な行動は慎まねばならない。仕事はそれ以上でも以下でもないのだ。

庁舎に戻ると、宮前を帰し、黒木は午後から予定していた聞き取り調査を続けた。

ある海岸整備課員は嘯いた。

「事故は海岸治水課に管轄が移ってからでしょ。自分たちにはもう関係ありません」

また、ある職員は言った。

「陥没発生について引き継ぐ規則はなかったんだ。そうそこの聞き取りって、休日出勤手当は出るんですか？」

別の職員はこう言った。

「そりゃ、あの男の子は可哀想さ。だけど、運が悪かったんだよ。俺たちは自分のやるべき仕事はした。何も悪いことはしてないんだ。陥没事故は俺たちに関係ないよね」

夕方、この日の聞き取りを終え、目元を揉んだ。手が異様に熱い。籠もった熱が行き場を失い、膿んでいるようだった。黒木は聞き取りが進むにつれ、体に熱が溜まるのを感じていた。

記録をパソコンでまとめていると、ドアが躊躇いがちにノックされた。時計を見る。もう八時前だった。静かにドアが開き、顔を見せたのは宮前で、その手には近くの弁当屋の袋が提げられていた。

「陣中見舞いです」

「悪いな」

黒木はパソコン画面を閉じた。宮前は自分の分も買ってきていた。黒木は焼き肉弁当、宮前は唐揚げ弁当だった。向き合って弁当を広げると、一瞬で部屋に匂いが満ちた。

「夜桜が綺麗ですね」

窓からは本庁舎との間に植えられた桜並木が見える。街灯に照らされ、その鮮やかな花の色が夜に映えていた。例年以上にまだ冷え込みがきつく、四月に入ったというのに三分咲き程度だ。

「だいぶ疲れてますね。桜の開花にも気がついてなかったんじゃないですか」

「日本で疲れない仕事なんてないさ」

それが心地よいのか、そうでないのかの違いはある。黒木は口には出さなかった。

「わたしも今日は疲れました。実は何もしてないんですけど」

「仕事は楽しいばかりじゃないさ。そりゃ、いつも楽しい方がいい。でも楽しい必要はない。俺には楽しむ資格もないしな」

宮前が黙った。ぎこちない沈黙だった。これ以上は踏み込むな。言外に込めた意味を読み取ったのだろう。

もう仕事を仕事以上のものとして、のめりこむことはない。歯車として動くだけだ。

仕事に何かを求めた末……。

「黒木さんは社会人三年目の頃、どんな風でしたか」

束の間箸を握る指に目を落とし、黒木は視線を宮前に戻した。

「俺の昔話を聞いても面白くないぞ」

「迷いを吹っ切るために聞かせて下さい」

「迷い？ 心配するな。俺から見れば、宮前はうまくやってる。広報課の立派な戦力だ。宮前がしっかりしてるからこそ、俺は今、別業務ができてる」

本心からそう言えた。

「ひょっとして、今日の一件が応えてるのか」

「それは、まあ。でも、今日のとは別問題です。昨日も中村さんの互助会の件、言わなくていいのに言ってしまったじゃないですか」

「あんなのは失敗のうちに入らない。それに記者会見の資料作りの時は、任せて下さいと言ってただろ」

「強がりですよ。不安なんです。このまま四年目、五年目と過ごしても、自分には何もできないんじゃないのか。すべきこともわからないまま、時間だけが過ぎていくんじゃないのかって」

真っ直ぐな目だ。その目がかすかに揺れている。すべきこと。その言葉が胸を掻き乱してくる。黒木は口を開いていた。

「演じればいい。自分がこうなりたいと思う自分、あるいはああなりたいと思える誰かを演じれば、すべき何かが自然と見えてくる」

言ってから、黒木は自嘲した。何を偉そうに。何も言う資格はないくせに……。

「なんかいい言葉ですね」

「昔、大先輩にされた助言の受け売りだ。宮前ならできるはずだ。演じきってくれ」

「まるで自分にはできないみたいな言い方じゃないですか。広報課の柱は黒木さんですよ。黒木さんは演じてないんですか」

「俺に演じる資格はない。俺は与えられた仕事をするだけだ」

「県警でも、そんな感じだったんですか」

「忘れた」黒木は話を逸らそうとした。「宮前が入庁した理由は？　どんな社会人になりたかったんだ？　迷った時は原点に戻ればいい」

「黒木さんの原点は？」

「もう忘れたよ」

その時、黒木の携帯電話が鳴った。

9

椎名が次のアルバムをかけた。やはりビル・エヴァンスだ。椎名はその繊細なタッチに合わせて、カウンターを節くれだった指で叩き、目に見えない鍵盤を弾いているようだった。

「音楽の心得があるのか」

黒木が尋ねると、椎名の指の動きが止まった。

「昔々ですよ。今となれば、現実だったのかも定かじゃない。ただ、現実なんて残酷ですからね。人間、夢の世界だけで留まってる方が良いのかもしれません」

「それこそ夢物語だよ」

「でも、人生の三分の一はベッドで夢を見るんです。だったら残り三分の二も、夢のために生きてもいい。片方に現実があり、もう片方に夢がある。僕らはその間を行き交う旅人ですよ」

アルバムは三十分ほどで終わった。

「さて、そろそろいきますか」

椎名がロックグラスをそっと置いた。

午前零時を過ぎていた。店を出るなり耳元で風が唸り、黒木は首をすくめ、トレンチコートのポケットに手を突っ込んだ。大通りに出ると、どこからか爆発的な若者たちの笑い声も聞こえてきた。神浜駅の高架下を抜け、異人坂に向かう。坂は二車線の道路が通り、その両側にはバーや若者向けの飲食店が並んでいる。

「虎ビルか」

「ええ」

県警時代から、その存在は知っていた。虎ビルは通称名だ。入り口前に実物大の虎の置き物がある十階建てのビル。一階には人気焼き肉店、二階から九階はバーなどが入居し、最上階には暴力団が営む闇賭博場がある。地下フロアは全体が地元の大学生らで賑わうクラブで、そこでは少量の麻薬も出回っている。

生活安全課の範疇なので足を踏み入れたことはない。こういう場所を叩いたところで、見えたゴキブリを潰す程度の効果しかなく、生活安全課もそのままにしている。警察が全ての犯罪捜査に乗り出せるわけではない。

椎名は虎ビルの出入りが見渡せる位置に止まっている、ワーゲンゴルフに歩み寄った。窓はスモークフィルムで覆われ、ナンバーにも反射板が取りつけられていた。

「僕の愛車です。張り番には必需品ですよ」

「スモークフィルムはともかく、反射板は交通課に目をつけられるぞ」

「いつもは外してます。今日は黒サンとドライブになりそうなんでね」

黒木は助手席に乗った。フロントガラスから虎ビルが右斜め前に見える。その先にもう一台、十メートルほど離れており、虎ビルと正対する位置には乗用車が止まっていた。その先にもう一台、その前にもワゴン車があった。

「何度も言うようですが、僕一人でもできますよ。黒サンにこういう汚れた仕事は似合いません」

「似合う似合わないの問題じゃない。付き合うよ」

エンジンを切った車内に足元から冷気が絡みついてきた。靴の中で足の指を丸めたり広げたりして、そのまま三十分ほど待った。

目の端を見覚えのある人影が横切った。人影から赤い点が飛び、弧を描いて落ちる。煙草を投げ捨てたのだ。なぜ、この時間にこの場所にいるのか。人影そのものに視線を向けようとした時、椎名の声があがった。

「きましたよ」

黒木はフロントガラスの方に視線を戻した。若い男の集団が地下に続く階段を上がってきた。どの男も体格がいい。

「あの集団ですね。佐藤教授の息子は神浜大のアメフト部なんです。中心人物ですよ。あ、きたきた」

体格のいい男が三人出てきて、その一人は若い女に肩を貸していた。若い女は泥酔しているのか一人で歩ける状態ではなく、ここからでも、その目が虚ろなのが見て取れる。

「あの真ん中です」

丸坊主で目は大きい。どちらかといえば穏やかな顔つきだ。若者たちはワゴン車と二台の乗用車に分乗した。椎名がエンジンをかけた。若者たちの車が走り出す。少し間を置いて、椎名は発車させた。

見事な尾行だった。できる限り二台を間に置き、間に車がいなくなれば、ルームミラーに映らない程度に距離をとる。基本に忠実な尾行だ。

繁華街を抜けて住宅街を通り過ぎ、神浜市を一望できる展望台もある山道に入った。

その展望台を過ぎ、どんどん車は進んでいく。曲がりくねった道に体が左右に振られ、突然、椎名はライトを消した。周囲に街灯はなく、暗闇に全身が包まれた。ガードレールがあっても片側は崖だ。その頼みのガードレールも、うっすらとしか見えない。黒木はアシストグリップを握った。じわりと手が汗ばんでくる。

徐々に速度が緩み、滑らかに止まった。

「前を見て下さい」

しばらくすると、暗闇に目が慣れてきた。

少し広いUターン用の路肩があり、そこにワゴン車と二台の乗用車が停車していた。ワゴン車を取り囲むように若者たちが立っている。

ワゴン車は揺れていた。黒木は少し窓を開けた。

軋む音がして、大麻の臭いもする。

飲酒運転。泥酔した若い女を山中に連行。車の揺れ……。連中が何をしているのかは一目瞭然だった。

五分ほどしてワゴン車のドアが開いた。ベルトを締めながら、口元を緩めた佐藤教授の息子が降りてきた。椎名が窓を開け、フロントガラス越しに写真を撮った。フラッシュが一瞬暗闇を切り取るも、連中はこちらを一瞥もしなかった。

「充分だ」

黒木は言った。……自分は何をやっているのだろう。ワゴン車にいる若い女を助けようともしない。

　山を下りても、連中が追ってくる気配はなかった。

「高校時代は何度か補導されてます。喧嘩、煙草、窃盗。どれも被害届こそ出されてませんが、よろしくない素行です。突けば簡単に埃が出てきました。いくら偏差値が高くても、ああいう連中がこれからの日本を背負うのかと思うと、ぞっとしますよ」

「俺は自分にぞっとした」

「それは黒サンが、まだ健全だという証拠です」

　午前中にアポイントをとり、黒木は昼過ぎに家を出た。電車を乗り継ぎ、神浜大に着いたのは二時過ぎだった。看板で三号舎の位置を確認し、日曜日の誰もいないキャンパスを進んでいく。桜の花びらが足元で転がっていた。まだ咲いていない蕾もあるのに、踏みつけられ、茶色に変色しているものもあった。

　一歩進むごとに、足が重くなっていく。……誰かがやらねばならない。それなら自分でいい。

　三号舎は理系用の建物だった。酸っぱいニオイがする。何かの薬品のニオイだろう。

　五階に上がると、いくつものドアが並んでいた。

　佐藤研究室。

　ノックすると、ほどなくドアが開いた。白髪頭の初老に手が届く男だった。

紅茶の香りが漂う部屋で、壁際の本棚には自分とは一生縁のなさそうな専門書が並んでいる。部屋の隅にあるソファーセットで対座した。

「来週の事故調査委員会では委員長を引き受けて頂き、ありがとうございます。先生のような第一人者に引き受けてもらえて助かりました。事故が事故ですので」

「専門家として、引き受けるのが義務でしょう」

日曜なのに研究ですか。家にいても暇ですし、仕事も溜まってますからね。そんな適当な会話を黒木は上滑りにこなした。……そろそろ切り出さねばならない。紅茶で口を潤した。砂糖をたっぷり入れたはずなのに、甘さはまるで感じず、カップを丁寧に置いた。

「まだ調査前ではありますが、今回の事故、先生は原因の予想は立てていらっしゃいますか」

「私なりには」

「お聞かせ願えないでしょうか」

「まだ推測の段階なので口に出したくありません。口に出すべきでもない。予断を与えてしまいますのでね。黒木さんは市の方でもある」

「その推測が間違っていた場合、先生への打撃もありますか」

「それは、そうでしょうね」

歯切れは悪かった。そこにつけ入る隙を見た。ここからこじ開けられる。黒木は感情を消した。

「志村海岸は特殊な構造の人工海岸です。そんな場所で、今回のような事故が起きると予想できる人間がいるでしょうか。先生は第一人者として予想できましたか」

佐藤は明らかに言葉に詰まっている。もし予想できていたのなら、なぜ忠告してくれなかったのか。続けなかった言葉を理解したのだろう。

黒木はさらに踏み込んだ。

「佐藤先生に予想できないものが、志村市に予想できるでしょうか」

佐藤は腰を浮かせ、座り直し、ぎこちない笑みを浮かべた。

「私はその場に行ったこともありません。志村市は違います。日常の管理を担当していたんですから」

試験紙は真っ赤に染まった。佐藤は市の責任を問うつもりだ。黒木は神経がぴんと張り詰めた。

正攻法で決着がついてくれ。そう念じ、言葉を押し出すように言う。

「市長の権田は環境派です。硫酸ピッチの不法投棄を市内から一掃しました。権田の力は志村市にまだ必要です。市長が躓けば、再び市内には硫酸ピッチが不法投棄されるかもしれません。環境に悪影響を及ぼします」

「門外漢ですが、私も環境保護には賛成です。これは権田市長が退こうと実現しなければならない問題でしょう」

だ。

「システムがあっても結局は人です。人次第でシステムが破綻する場合もあります」

「役割を担う人を育てればいい話です。それは今回の事故とは別問題ですよ」

このままでは欲しい言質は引き出せそうになかった。だったら……。黒木は唇を噛ん

脅迫まがい。その一線を越えるしかない。

ぶれるな。仕事だ。部品に徹しろ――。己を叱咤し、佐藤の目を見据えた。

「過去にどこかの人工海岸で今回のような事故が起きていれば、市も管理体制を整えました。しかし前例もなく、砂浜の状況も知らず、そこまで踏み込めるでしょうか」

「それこそ市の姿勢によりけりですよ」

「失礼ですが、先生にお子様はいらっしゃいますか」

「ええ。それが何か」

黒木は顎を引いた。

「仮にお子様が道から外れた場合、何か明白な出来事が起きるまで、その動向に気づけないのではないでしょうか。たとえば補導される、教師に呼び出される、そんな異変が起きるまでは」

佐藤が目を見開いた。黒木は淡々と続けた。

「ちなみに今、お子様がどんな生活をされているのかご存じですか」

「何をおっしゃりたいので？」

「一般論です。いくら姿勢を正そうと見えないものはある。その見えないものが切りつけてくる場合もあるのではないでしょうか」

黒木はあえてドアの方に目を向けて間をとると、視線を戻し、声を潜めた。

「具体的に申し上げます。神浜市内の、とあるクラブで若者たちと知り合いました。その一人が背の高い若者についてこう言いました。こいつのオヤジって教授で偉いんだよ、と。続いて、その若者は先生の名前を口にしたんです」

椎名が連中と知り合った過程をそのまま述べ、黒木は瞬きもせずに続けた。

「昨晩偶然にですが、先生の息子さんを神浜展望台近くの道路で見かけました。ワゴン車の中には酔いつぶれた女性、周囲にはアメフト部の若者。先生の息子さんはベルトを締めながら、ワゴン車から降りてきました」

佐藤が息を呑んだ。黒木は畳みかける。

「もしこの事実が公になれば、先生への打撃も大きいかと。同列には並べられないにしろ、本質的には今回の人工海岸の事故も同じ図式ではないでしょうか。私の一般論、いかがでしょう」

佐藤は何も言わない。その頬が紅潮し、震えている。歯を食い縛っているのだ。

沈黙が過ぎていく。できれば現場の写真は使いたくない。黒木はじっと待った。

佐藤がすっと息を吸った。目つきが冷え、その気配が変わった。佐藤が腹を据えた。

黒木にはそう見えた。

「黒木さんのおっしゃる通りです」

「事故調査委員会でも、今のご意見を主張して頂ければと存じます」

一拍の間が空いた。

「もちろんです」

佐藤の顔から表情が消え、黒木は頭の奥で何かにひびが入る音を聞いた。

「息子さんの件ですが、心配はご無用です。誰にも言いません。警察にも、です」

警察にも、黒木はその言葉に力を込めた。

神浜大を出ると、早足になっていた。駅までの道のりが遠く感じた。

一体、自分は何をしているのか。込み上げてくる自問を封じ込めるため、前をじっと見据えた。


神浜駅で降り、繁華街を進んだ。正面から強い風が吹きつけてきた。空気は日ごとに緩んできていても、まだ肌寒い。もっと冷気が切りつけてくればいい。

夜はバーになる喫茶店に入った。店名はジャンゴ。今日もジャズが流れている。神浜市はジャズの街で、生演奏が聴けるジャズバーも多い。かつて菅原に何度も連れてこられた。待機班の時は毎日、どこかのジャズバーに顔を出した。トランペットなのかサックスなのか聴き分けもつかなかったのに、いつの間にかそれができるようになった。もっとも、今でもテナーサックスとアルトサックスの音色の違いはよくわからない。このジャンゴも、よく通った一軒で、訪れるのは久しぶりだ。市の利益になる仕事をした。与えられた役目をまっとうした。間違ったことはしていない。それなのに気分は晴れず、達成感もまるでない。

BGMがピアノトリオから、マイルス・デイヴィスに変わった。白髪を丁寧に撫でつけたマスターが微笑みかけてくる。

「お久しぶりですね」

「ご記憶にありますか」

「忘れられませんよ。なにしろ、菅原さんとご一緒でしたので」

神浜のジャズ愛好家の間で、菅原は知られていた。葬儀にも多くの関係者が来ていた。

「このマイルスの一枚は菅原さんもお好きでね。思わずかけてしまいました」

マスターが離れていき、音楽に身を委ねようとしても、マイルスはまるで耳に入ってこなかった。

公になれば……、息子さんの件は……。勝手に脳内で言葉が飛び交っている。佐藤との会話を少しでも追い出すべく、別の話題を考えようと、しばらくコーヒーを見つめた。頭に浮かぶのは一つの事柄だけだった。

志村海岸の陥没事故。

どんな時でも懸案事項を考えてしまうのは、刑事の習性さ。菅原にそう言われた。まだ自分にも警官の血が流れているのか。もう辞めて七年経ったのに。

黒木は腕を組み、細く息を吐いた。このまま陥没事故について考えるか。それしか浮かばないのだ。佐藤とのやり取りが入り込まないよう注意して思考を進めよう。では、何を考えればいいのか。県警の動きはまだ気にしなくていい。動くのなら、市長や広報課に何らかのアクションがあるか、自分に探りをかけてくる。

今、考えるべきは事故の根本だろう。

今回の陥没事故に人災の側面があるのは間違いない。とはいえ、構造的な欠陥があった事実も揺るぎない。そうでない限り、砂浜に空洞は生まれない。欠陥は施工時には見抜けなかったのだ。判明していれば、放っておくわけがない。

……何か腑に落ちない。どこが腑に落ちないんだ？　何かを見落としている？

考えてみれば、そもそも最初の陥没が発生したのはいつなのか。構造の欠陥は、どの段階で表れたのか。

最初に陥没が確認されたのは、二年前の一月。市にその報告はなかった。それ以前にも陥没はあったが、報告されていないだけなのかもしれない。もしも構造に欠陥があるのなら、いつ頃から兆候が表れるのだろう。一年、二年といった年単位なのか。それとも半年、一か月という月単位なのか。はたまた、施工時からすでに兆候が表れていたのか。

いずれにしても、あの手紙がある。事故ではなく殺人未遂――。

どの段階でにしろ、誰かが陥没、あるいはその兆候を知った。もしくは……黒木はそこで思考を止めた。これ以上は考えなくていい。自分の責任外だ。あとは事故調査委員会の仕事で、彼らに任せればいい。事故調査委員会が導く結論を知っているとしても。

10

「呼び出しておいて何だが、男の一人暮らしだ。もてなしはできないぞ」

佐川がぶっきらぼうに言い、黒木は軽く頭を下げた。

「最初から期待してませんよ」

リビングに通されると、灯油を思わせるニオイがしていた。佐川が住むこのファミリー向けの大型マンションは神浜市と志村市の境目に建ち、窓からは漆黒の海が見える。

佐藤と今日会う旨を昼前に告げると、夜に報告に来るよう言われていた。

綺麗に片付いたリビングの壁際に仏壇があり、黒木はまずそこに赴き、線香をあげた。佐川の妻と、ひとり娘が一緒に写る遺影が置かれている。どちらも笑顔だ。使い古された銀色の携帯灰皿が、位牌の傍らに置かれている。

黒木が知り合った頃、佐川はヘビースモーカーだった。外で顔を合わせると、この携帯灰皿を取り出し、『娘から貰ってね』と嬉しそうな笑みを浮かべ、太い煙をうまそうに吐き出していた。佐川はもう煙草を吸っていない。

「もう九年だよ」

早いですね、と黒木は振り返り、立ち上がった。

「人ってのはこうやって時間に押し流され、死んでいくんだろうな。まあ、飲め。日曜に悪かったな」

佐川は瓶ビールとグラスをテーブルに置いた。お互いに注ぎ合い、何も言わずにグラスを掲げ、形だけの乾杯をした。一口飲んだ後、黒木は佐藤が市の立場になって発言してくれるのを了承した、と伝えた。

「嫌な役目をさせたな」

「誰かがやらなきゃいけないなら、私がやればいいだけです」

「自虐的というか、何というか」

黒木はビールを一息に呷った。四月に飲むには冷えたビールで、体全体が一瞬で冷えていく。佐川がピーナッツを口に放り込み、その音がリビングに響いた。

「黒木みたいなオッサンに悲劇の主人公は似合わないぞ。宮前みたいな若い女性が似合うんだ。悲劇は、自分を中心に世界が回ってると考えられる年代のものだよ」

「それなら、佐川さんは私よりもっと似合わない」

「その通り」

しばらくとりとめのない話をしていると、いつの間にか、さらのウイスキーのボトルが半分になっていた。

トイレを借り、用を足し終え、リビングに戻ろうとした時、ドアが開け放たれた部屋に目がいった。

薄暗い中、イーゼルにキャンバスが載っているのが見える。イーゼルの足元にはビニールシートが敷かれ、そこに点々と絵の具が散っている。灯油のようなニオイの根源、油絵独特のニオイだ。筆やペインティングナイフが載せられた台も見える。油絵は佐川の趣味だ。

ぼんやり絵が見える。描かれているのは三十代の女性と少女。モデルが誰なのかは明らかだ。

佐川の妻と、ひとり娘。

佐川がこの絵を長年描いているのは知っていたが、目にするのは初めてだ。入庁した年に描いていると聞いた。まだ手を入れているのか。絵に疎い黒木でも油絵は完成までに、かなりの時間を要する場合もあるのは知っている。それにしても長い。

リビングに戻ると、黒木は絵の進捗状況を尋ねた。佐川がウイスキーに氷を入れた。

「描き続けて九年。もうじき完成するんだ」

「約十年の大作ですか。ダ・ヴィンチも顔負けですね」

「時間だけだ。腕前も迫力も何もかも違う。根気だけさ」

根気だけではなく、愛着も負けていない。黒木はあえてそこに踏み込まなかった。踏み込む必要もない。

「今日と昨日は違うのか——。家族を失って以来そんな疑問を抱きつつ、同じ一日を繰り返してきた気がする。そりゃ、今日と昨日は違う一日さ。その差を作る意味でも絵を描いてたんだろうな」

黒木は一瞬、言葉を呑んだ。いつも絵の話はダ・ヴィンチに触れたところで流れるのに、佐川が続けてきた。そこに意思を感じる。話を継ごう。

「不幸な事故だったと聞いています」

「俺の口からは話してなかったか」

「ええ」

「だろうな。誰にも話してないんだから」

佐川はウイスキーを呷り、しばらく空のグラスを見つめた。つと何かを吹っ切ったかのようにグラスになみなみとウイスキーを注ぎ、飲まずにテーブルに置いた。

「絵の完成も近いし、これもいい機会だ。話してみるか」

このまま聞こう。話せば傷が癒える場合もある。いや、傷が癒えたように感じられる場合がある。黒木は捜査一課時代、遺族と接した際、何度もそう実感した。佐川が話す気になったのなら、妨げたくない。お願いします、とだけ言った。

「発端は硫酸ピッチだ。十年前になる」

硫酸ピッチは不正軽油の製造過程で発生する。黒木も県警環境犯罪課に所属していた際、不法投棄には苦労させられた。軽油は税率が高い。灯油と重油で生成する不正軽油は、その税金分を浮かせられる。本来、硫酸ピッチの処理にはドラム缶一本あたり、五

—十万円もの費用がかかる。その上、不正軽油の製造そのものが違法であり、不法投棄が後を絶たない。生産業者や廃棄業者の特定は難しく、行政代執行で処分するしかないのが現状だ。

「俺が環境保全課にいた時代だ。黒木と知り合った頃だな。まだ硫酸ピッチの不法投棄が市内各所にあり、撤去費用も馬鹿にならなかった。そんな時、部下が市内の山中が中間貯蔵地になっているという噂を耳にした。現場に行くと、実際、倉庫に使えそうな建物があった。その時は、ひと気もドラム缶もなかったが、俺たちは倉庫前に監視カメラを設置するよう提案した」

黒木は黙って続きを待った。佐川がウイスキーを見つめ、再び口を開く。

「知っての通り、役所は行動を起こすまでに色々な手続きが必要だ。税金が行動費用である以上、仕方ない面もあるが、鎖に繋がれてる面も否めない。俺は環境部の部長にかけあったが、部長は判断を上に預けた」

「上？　環境局長ですか。それとも市長ですか」

「いや。土木局長だよ。今でこそ格上げされて環境局となったが、当時は土木局が環境部を管轄してたんだ」

そうだった。志村海岸整備事業を終えた権田は八年前、本格的に硫酸ピッチの不法投棄廃絶に乗り出し、環境派の旗印を掲げて環境部を局に格上げした。黒木はまだ県警にいた頃だ。

「局長のゴーサインは出なかった。前例も確証もないのに、予算は使えない。予算配分は元々決まっており、予定外の事項に使えるわけもない。そんな理由だった」

佐川は相変わらずウイスキーを見つめ続けている。黒木にというより、自分に語りかけているようだった。

「そのまま二週間が過ぎた。決裁が下りないので県警にも県にも応援は頼めない。いつブツが運び込まれるのか――と部下も俺も焦っていた。何度も局長を突っついても、首を縦に振ってくれない。理由はいつも同じさ。前例、確証、予算……」

佐川がウイスキーを舐め、グラスを静かに置いた。

「そんなもん、もっともらしい言い訳さ。市長の親族は今でも運送会社を経営してる。もしかすると不法投棄が市長に繋がる恐れもあるので、関わりを持ちたくない。そう考えて、局長たちは動かなかったんだ。ご丁寧に市長にご注進までしていた。部下がこんな計画をたてているが、私で止めてますとね」

あり得そうなことだった。その体質は脈々と続いているとも言える。

佐川の顔に、さっと翳が落ちた。

「その日、外出先から部下が帰庁しなかった。七時を過ぎ、八時を過ぎてもな。残った他の課員から、自分で用意したカメラを取りつけに行ったと聞き出した。正義感の強い奴だったんだ。俺も慌てて現場に行ったが、監視カメラは設置されてなかった」

窓越しに、風が吹き抜ける甲高い音がした。その強さがわかる音だった。

「その代わり、部下が転がってた。両手両足がおかしな方向に曲がり、頭からは血が流れてた。轢かれたんだ。即座に救急車を呼んだ。素人目にも手遅れだったが、サイレンを聞けば目を覚ますかもしれない——そんな馬鹿らしい期待があった」

佐川は間をあけると、続けた。

「俺は部下が運ばれてから倉庫に忍び込んだ。もぬけの殻だった。無駄死に。犬死に。そんな言葉が脳裏をよぎったよ」

厳しい言葉だ。けれど、結末だけを見れば当てはまる。黒木は逃げるようにウイスキーを口に含んだ。

「俺は責任を問われ、環境保全課長から外された。異動先が広報課さ。悪いポジションじゃない。むしろ出世の道筋だよ。ただ、俺の中では体よく追い払われた感覚があったんだ」

佐川は軽く首を振った。

「腫れ物に触るように扱われてな。『何もしなければ、面倒に巻き込まれなかったのに』『余計な真似をしようとするからだ』『人殺し』。陰口は聞こえよがしに流れてきた。陰口を言わない連中は憐れんだ目を向けてきた。俺がそう扱われるのは構わない。蔑まれてもいい。俺が提案したのも、部下を失ったのも事実だ。だけど、家族は違う」

佐川はウイスキーを口にやった。噛み締めるような飲み方だった。グラスを置くと、肩を大きく上下させた。

「その頃、官舎に住んでたんだ。周りは市の職員だらけで、噂は広まる。まず、それまで仲良くしていた一家がウチを避け始めた。挨拶をしても口ごもられ、よそよそしく目を逸らされた。夕方なんかに早く帰宅した際は、立ち話をしてた主婦が逃げるように視界から消えていった。なのに、背中に視線を浴びているのはわかるんだ」

佐川が目を閉じた。その動作に呼応するように、黒木には夜の闇が濃くなった気がした。

「早く帰れた時、見た光景がある。妻が主婦の輪に近づくと、会話と笑い声が消えて輪も解け、妻が離れると輪が復活した。人殺しの家族。余計なことをするからよ。小声で話す会話の断片が聞こえてきても、妻は胸を張って歩いていた」

目を閉じたまま、佐川は抑揚もなく言った。その淡白さは、かえって佐川に刻み込まれた傷の深さを物語っていた。

「別に悪いことをしたわけじゃない。妻はそう俺を励ます時もあったが、日に日に顔は青白くなった。眠れず、睡眠薬を常用するようになり、やがてノイローゼ気味になった。笑顔が消え、表情も消えた。追い討ちをかけたのは娘の……、杏への仕打ちだった」

黒木は座りながらも思わずその場で踏ん張った。話の先は知っている。

佐川は目を開けると体を少しずらし、窓の方に視線をやった。その横顔は暗い。佐川は三十秒ほどしてから座り直し、再び黒木に正対してきた。

「平日、杏は外で遊ばなくなった。それでも、俺が休みの日は外に連れて行ってほしい。

そうせがんできた。だから、神浜市内の海や山に行った。あれもそんな日曜日だった。家を出た途端、まだ三歳くらいの女の子と会ったんだ。その子は杏に近寄ろうとした。杏がよく面倒を見てた子らしい。杏が歩み寄ろうとした時だ。その母親が女の子の手を引っ張り、手繰り寄せると俺の目の前で叱りつけた。『あんな子と一緒に遊んじゃいけません』ってな」

佐川は拳を握っていた。その拳は細かく震えていた。

『ねぇママ、杏ちゃんは悪い子なの』。その女の子が無邪気に言ったんだ。母親は何も答えず、その子を抱きかかえて俺たちの前から消えた。その直後、杏は泣いた。それも声をあげずに泣いた」

黒木は黙って聞き続けるしかなかった。

「杏が何をしたっていうんだ? 俺は混乱した。だけど、その一家に限った話じゃなかった。まるで杏はバイ菌扱いだった。いや、バイ菌なら目に見えないからまだいい。見えるのに存在を無視されるんだ。小学生の杏にとっては、きつかっただろう」

公園で同級生や上級生に囲まれて、人殺しと揶揄された。机を廊下に出された。上履きを隠された。その上履きに画鋲を入れられた。書道道具を便器に押し込まれた。便器の水を飲まされた。体育で二人一組になれと言われても一人だけ残された。授業でも教師に指されなくなった。佐川は、杏が受けた仕打ちを淡々と呟いた。

「杏は吐くようになった。朝、夕方、夜。嗚咽のような吐き方だった。……学校に行きたくない、学校なんか嫌い。真っ暗な部屋で親に背中を見せ、体育座りをしている杏がぽつりと言った。本当に、か細い声だったよ」

杏と会ったことはないが、黒木はその声が遠くから聞こえてきた気がした。誰もいない部屋にぽつんとうずくまる、その小さな背中も見えた気がした。

「俺は教育委員会に話をつけて、こっそり学校に行った。人殺しの娘、佐川の父ちゃんが殺したんだろ、人殺し菌がうつるから近寄るな。杏は罵(ののし)られ、休み時間も一人ぼっちだった」

佐川はゆるゆると首を振った。

「杏は何も悪くない。俺だって恥じることは何もしていない。やるべき対策を主張しただけだ。……そんなのは世の中に関係ない。世の中はいつも餌食(えじき)を求め、無作為に牙(きば)を剝(む)いてくる。俺はその時に痛感した。警官だった黒木なら、何の落ち度もない被害者を何人も見てきただろ」

ええ、と応じた。犯罪は身近にある。犯罪と呼べない悪意はもっと身近にある。県警時代にそう身に染みた。

どうして私が。どうしてあの子が。どうして妻が。どうして夫が——。無数のどうしてが世の中には溢(あふ)れている。

「監視カメラ設置の提案に後悔はない。だけど、いくつもの、もしもが頭に浮かんだ。もしも監視カメラ設置を提案していなければ、もしも部下を抑えていたら、もしも市役所職員になっていなかったら、もしも見て見ぬふりをしていれば」

佐川は言葉を続けなかった。その続かなかった内容は、聞かなくても察せられる。杏はいじめの対象にならなかった。白い眼で見られずにすみ、妻もノイローゼにならなかった。そして、杏は……。黒木は、かける言葉が浮かんでこなかった。

佐川の目が揺れた。

「杏を守りたかった。妻を守りたかった。家族を守りたかった」

黒木は息が詰まった。佐川が続ける。

「杏の進級のタイミングを考え、四月にこのマンションに越してきた。最初は順調だった。妻も徐々に元気を取り戻した。杏も次第に笑顔を見せるようになった」

不意に佐川が遠い目をした。こちらを見ていても何も見ていない。そんな視線だ。

「あれは五月の授業参観だ。社会科の授業で、児童が『私のお父さんの仕事』をテーマに作文を発表する形式だった。一人の児童が自分の父親は志村市役所で志村市の人のために働いている。そう発表した。俺はさむけが走った。足がすくみそうになった。そっと妻を一瞥した。真っ青な顔だった」

杏の番が近づくにつれ、鼓動が激しくなり、手の平に汗が滲んだ。目が霞み、喉が渇き、春だというのに額から汗が落ちた。嫌な予感だけが全身を支配していた。そう話す佐川は無表情だった。

「おかしい、なぜだ、何かの間違いだ。悪い冗談だ。職員名簿で職員がいない地域に引っ越したんだ。一人、また一人と杏の番が近づく間、俺の頭の中では疑問符が巡り続けた。とうとう杏の番がきた。小さい声だった。元気に学校に飛び出していった時の声とは、まるで違った」

へえ、佐川のお父さんも志村市役所の職員か。仲良くしろよ。男性教師はひときわ大きな声で言ったという。

「杏は再び人殺しの娘になった。俺は翌日、真っ先に調べたんだ。俺たちが転居した後、その一家も学区内に引っ越してきていた。もっと遠い地域に引っ越せば良かった。そう思っても、あとの祭りさ。杏は俺を非難しなかったし、愚痴も言わなかった。杏のことを考えると今でも叫びたくなる。杏が何をやったんだ、とな」

佐川がまた目を瞑(つむ)った。

「その二週間後だ。病院から連絡が入ったのは」

言葉が途切れ、世界が分断されたようだった。あちらとこちら。自分も佐川と同じ側にいる。だからこそ佐川にかける言葉はない。

「即死だったそうだ。それが不幸中の幸いだったのかもしれない」

佐川の閉じた目の端に光るものが見え、黒木は視線を逸らした。

佐川の妻と杏は佐川の出勤中、官舎に出向き、合い鍵(かぎ)を使ってまだ空室だった元の部屋に入り、そのベランダから飛び降りた。志村市職員なら誰もが知っている。佐川に家族の話題はふるな。暗黙の了解だ。それが、かえって本人を苦しめている状況に誰も気づいていない。気づいている人間も見て見ぬふりをしている。そうすれば自分は安全圏にいられるし、狡さは翻訳すれば要領の良さであり、社会生活を円滑に進める道具でもある。

長い沈黙の中、黒木はウィスキーに手を伸ばし、氷が溶けたロックを飲み干した。話は続きそうもない。その記憶に完全に埋没する前に、佐川を現実に引き戻そう。

「煙草をやめて何年になりますか」

「……九年だ。二人が死んで半年後くらいだった」

「絵と同じですね。そうだ、絵を見せて頂けませんか」

束の間あいた。ああ、と佐川が立ち上がり、黒木はその後に続いた。先に佐川が部屋に入った。蛍光灯が何度か点滅し、部屋を照らした。

絵の正面に立つと、油絵独特の灯油臭さが強まった。

母と娘がにっこり笑っている。二人とも綺麗な顔立ちだ。遺影の顔より、生き生きとした笑顔だった。柔らかなタッチ、淡い色彩で描かれている。写真が切り取るより、佐川の手が生み出した母娘の方が精彩を放つのは当然か。

背景は砂浜だ。全体的には丁寧に描かれているものの、素人目にも少しタッチが粗い箇所があった。砂浜に打ち寄せる波を描いている箇所で、まだ絵の具が乾いていないようにも見えた。

「どこに飾るんです？」

「決めてない」

「どうして今日は話してくれたんですか」

「俺が仕事にかける思いを知ってほしかった」佐川の声が続いた。「今年、あの官舎も取り壊される。もう誰も住んでない官舎がな」

駅に戻る道すがら、黒木の瞼の裏では佐川宅の表札がちらついていた。それは三人の名前が揃った色あせた表札だった。

11

「本来の業務を投げ出してるのに給料が貰えるなんて、いいご身分だな。え？」

中村が粘り気の強い視線を向けてきた。

月曜の昼過ぎだった。特命を受けて一週間も経っていないのに、昼間の広報課に寄る

のが久しぶりに感じられた。陥没事故発生直後には鳴り響いていた広報課の電話も、今

は静かなものだ。

「どうしたんですか」宮前が言った。

「児童保育課の通達が気になってな。出力した紙はあるか」

広報課員のメールには各課が流す通達などが事前に流れてくる。どれを次の記者会見

に盛り込むのかなどを検討するためだ。どうぞ、と宮前が一枚のA４用紙を渡してくれ

た。市内の小学校、保育園、幼稚園に出す通達だ。そのヘッドラインに目を落とす。

児童の砂遊び自粛要請について

通達の本文にも目を通した。砂場で遊ぶな。端的に要約すると、そうなる。理由は志村海岸での陥没事故だ。原因が究明されていない以上、各小学校や保育園、幼稚園の砂場でも同じ事故が発生するかもしれない。そんな理屈だった。

「やりすぎだ」

「黒木」と中村の強い声が飛んでくる。「何も起きないに越したことはないんだ。各課の処置にいちいち口出しするな。立ち入らなければ、砂場で事故なんて起こらない」

「本気ですか？　どれくらいの確率で砂場なんかで陥没事故が発生するんです。百万人に一人ですか。一億人に一人ですか。こんな通達を出したら笑われますよ」

「何度も言わすな。何もさせなければ、何も起こらない。何もしなければ、何も起きない。当たり前だろ」

リスク回避とは違う、ことなかれ主義の極致――。喉元までそう言葉が出かけた。

中村が口元を歪め、睨みつけてくる。

「何もしないで最大限の効果が見込めるのなら、その方法を選ぶべきだ。ただでさえ、今は志村市への風当たりは強い。トラブルを避けられるのなら、避ければいい」

「市長は了承してるんですか」

「この程度の通達は部長マターだよ。いちいち市長が扱うかよ」

黒木は宮前に向き直り、紙を振った。

「貰うぞ」

そのまま佐川のもとに向かった。

佐川は新聞を広げていた。今日、陥没事故関連の記事は掲載されていない。ニュースには価値があり、それは変動する。次の掲載は事故調査委員会の翌日だろう。佐川の目が上がってきた。

「これ、大丈夫ですか」黒木は紙を掲げた。

「それか。間抜けだな」

「止めた方がいいですよ。叩かれる材料になります。こんなバカな通達を出すから事故が起きた。そう週刊誌やワイドショーあたりに言われます」

「止めるつもりだ。間もなくその会議がある」

佐川が眉根を寄せた。

作業部屋に戻ると、黒木は児童保育課の通達を丸めて捨てた。

結局、通達は出されなかった。

雨が降り、穏やかな陽が注ぎ、桜がついに満開となった一週間が過ぎた。その間、黒木は聞き取り調査を進めたが、根本的な原因には行き着かなかった。商工会議所が主催する桜まつりは志村海岸会場だけではなく、催しそのものが中止になった。国内の交流都市から関係を見直すとの通知も三件あった。

そして、いよいよその日が来た。

市役所内の空気が張り詰め、冬が戻ってきたように冷たい朝だった。黒木は前夜、佐藤に電話を入れていた。

──先日の件の確認で連絡させて頂きました。

──市が事前に予見できるレベルの事故ではない。そう確信しています。

佐藤は抑揚のない声だった。

朝から黒木は資料整理に乗り出したが、手につかず、腹の底が痛んだ。仕掛けがうまくいくかどうかの不安ではない。痛みの原因は考えないようにした。深入りするのは危険だ。午前中は駆け足で過ぎていった。

午後一時。市役所四階の大会議室で第一回事故調査委員会は始まった。

冒頭、佐藤が言った。

「この委員会の使命は事故原因を明らかにし、二度とこのような事故が発生しない仕組みを考える土台作りです」

他の委員が大きく頷いている。委員は大学教授や専門機関の上級役職クラスばかりだ。その中でも佐藤は第一人者だと認められている。

委員会はマスコミには公開していない。だが、会議後に記者会見を開く。開かれた市政だと示し、きちんと対策に乗り出している姿勢をPRするためだ。事前に委員にも承諾を得ていた。

黒木は会議室の隅で広報課員として傍聴していた。市側は権田、海岸治水課長、土木局長と土木部長、委員会の準備室が出席している。こちら側から発言はしないが、何かを求められれば対応できる体制を整えるためだ。

各委員には、すでに海岸治水課が集めた資料が配付されている。ただ第一回という面もあり、具体的に原因を追究するというよりも、今後の方針やスケジュールに比重を置いて話が進められた。第二回は次週、それ以降は二週間に一度、市内のホテルで委員会を開く。委員会は全十回をめどに行う。そんな事務事項が共有されていった。

突然、一人の委員が言った。

「事前に用意してほしいと伝えた施工資料が揃っていませんが、今日は頂けないのでしょうか」

黒木は準備室の面々を見た。どの顔からも血の気が引いている。紛失ファイルの件。どうするつもりだ……。

責任者がおずおずと口を開いた。

「揃い次第、直ちにお手元に届くよう手配しております。まだ精査している最中ですので」

「精査？　今さら何を精査するんです？　精査するにしても、私が頼んだのは一週間前ですよ。精査なんてしなくて結構です。丸ごと渡して下さい」

「まだ本格的な調査前ですし、一部が見つかりませんでしたので、全て揃った段階で提出した方がいいかと」

とってつけた言い草だった。精査という言葉も市役所でよく聞く言葉だ。数字がひとり歩きしないように。間違った情報が流れないように。様々な理由をつけ、先送り、あわよくば出さなくていい理由を探る方便だ。

私もちょっといいですか。まだ若い別の委員が手を挙げた。

「現時点で市はどういう形で責任をとるのか、何かお考えがあるのでしょうか」

権田がゆっくり立ち上がった。委員全員の視線が権田にいく。

「責任の有無を見極める意味でも、委員会の調査結果をお待ちします」

室内の空気がにわかに緊張を帯びた。黒木は頭の芯が強張り、肌もひりついた。身構えた瞬間だった。

委員会は一気に紛糾した。

「無責任です。我々の調査結果に拘(かかわ)らず、まず謝罪するのが筋でしょう」

「先延ばしの方便はやめましょうよ」

「そもそも資料の一部が見つからない？　どういう管理体制なんですか。どうせ構造に欠陥なんてない。原因は市の管理体制不備でしょう。その態度は何ですか」

委員による矢継ぎ早の叱責は、強烈な爆風を思わせた。このままでは、事故調査委員会そのものが敵に回りかねない。敵になれば、市への風当たりはますます強まる。

ドクンッ、と心臓の音が間近で聞こえ、黒木は額の周囲が熱くなった。咄嗟に佐藤を見た。

目が合った瞬間、佐藤が瞬きを止め、黒木は背中に汗が流れるのを感じた。

よろしいでしょうか。

佐藤の落ち着き払った声が飛び交う叱責の間に滑り込み、各委員が口を閉じた。

「皆様、ご存じのように今回の陥没事故は前例のないものです。我々は専門家です。素人ではありません。原因究明もできないうちに、とやかく言うべきではない。もし構造に欠陥があるのなら、我々にも見逃した責任があると言えます。志村市に対する感情や先入観を抜きに調査にあたるべきです」

そこで区切ると、佐藤が委員一人ずつの顔をしずしずと見回した。

「今回の事故は市に予見できるはずがありません。なぜなら、我々にも予想できなかったからです。予想できていたのなら、事故は防げました」

部屋の空気がたちまち変わり、各委員から熱が退いていく。

見事な火消しだった。仕組んだ手が機能した……。

黒木は脳が痺れた。委員会の様子が遠くから聞こえ、いつの間にか腿に汗ばんだ手を押しつけていた。

「この中で志村海岸に出向いたことがある方は？」

佐藤が問うと、誰も手を挙げなかった。そのため急遽、市の車に分乗し、委員は海岸に向かった。その一行には黒木をはじめ、市側の出席者も加わった。

砂浜には誰もいなかった。以前に来た時と変わっていない。事故現場にはコーン標識で立ち入り禁止措置がとられている。黒木は委員を見ていた。手を尻で組み、事故現場を覗き込むように眺めている。

黒木はまた宙に浮いている心持ちだった。体が熱い。高温の塊が蠢いている。腐敗の熱。あるいは――。これ以上、考えまいとした。

一時間ほど視察し、市役所に戻った。市は早い段階で資料を渡し、各委員は次回までにその資料を読み込む。掘削作業もする。第二回について、その流れで一致した。佐藤の提案通りに進んでいる。……佐藤は流れをさらに自分に引き寄せるため、海岸に出向くのを提案したのか。

記者会見も紛糾せずに終わった。しかし、委員の一人が資料の紛失について口にした瞬間、記者の目の色が変わったのを黒木は見逃さなかった。

夕方、別室に佐川が姿を見せた。

「お疲れさん。佐藤教授がうまく鎮めてくれたそうだな。市長に聞いた。浮かない顔だな」

「いつもこんな顔ですよ。それより、資料の紛失が表沙汰になりそうです。ＪＶに提供要請せざるを得ないでしょう」

　黒木は会議の模様を話した。佐川が眉を寄せた。

「今、準備室に記者が集まってたよ。まったく、最初から出しておけばいいものを。いずれにしても、これで怪文書の件がはっきりしそうだな」

「ええ。先に目を通せないでしょうか」

「準備室には俺から話をしておく。黒木が取りに行ってもいい」

お願いします、と黒木は言った。佐川は真顔で続けた。

「この市は腐っている。市長も職員もシステムも」

「私たちも、その一員です」

「ああ、俺も黒木も腐ってる。でもな、腐敗した植物や動物の肉は土や海で養分になる。己が腐ってると自覚してる人間は、腐るだけ腐ってやればいい。自分の体を、肥沃にすべき場所にばら撒けばいい」

　佐川は強い眼差しだった。

「おお、黒サンもそんな飲み方をする時があるんですね。もう七杯目ですよ。それもウイスキーをストレートで」

　椎名は咥え煙草で呆れたような顔だ。黒木はグラスを握り締めた。まるで酔いはない。

「腐った体内を消毒してるんだよ」

「清潔すぎても、ろくなもんじゃないですよ」椎名が灰皿に煙草を置いた。細い煙が立ち上り、消えていく。「たとえば、勉強だけしかしてこなかった弁護士に自分の将来を左右する弁護を依頼したいですか？　喧嘩した経験がない、煙草のポイ捨てすらしたことがない、そんな清廉潔白な人間に裁判官が務まります？」

「ヤクザやチンピラが弁護士や裁判官になっても困る」

「そりゃそうです。僕もヤクザは嫌いですよ。でもね、世の中にはヤクザより性質が悪い連中もいます」

その筆頭に自分はいる。……何をしているのだろう。何かを踏み躙っている。何かを破り捨てている。

「でも、安心しました。そんな飲み方をする以上、黒サンはまだ人間という証明です」

「どういう意味だ」

「自分で考えて下さい。何でもかんでも誰かに答えを求めようなんて、現代人の悪い癖です。大切なものは、簡単には手に入らないんですよ」

「もうしばらく酒に付き合ってくれるか」

「心配ご無用。朝まで付き合いますよ」

椎名はジンのロックを旨そうに飲んでいた。

12

志村市　杜撰（ずさん）な管理体制
書類一部紛失か

各紙、社会面のアタマを飾っていた。どれも似た見出しだった。黒木は午前七時半に別室ではなく、まず広報課に向かった。早くも電話が鳴り響いている。隣の児童教育課の電話も、その奥の課の電話も切ったそばから鳴り、各課、すでに出勤した数名がその対応に追われている。

広報課では宮前がたった一人で対応していた。黒木は鳴り続ける電話の受話器をすくい上げた。

「このクソ市役所、おい、税金返せ。税金泥棒がッ」

いきなりの怒鳴り声の後、痛烈な罵声（ばせい）が続き、勢いよく切られた。即座に再び電話が鳴った。

職員は志村市の恥さらしだ、土地評価が下がったら市の責任だからな――。

様々な怒りの声に対応した。三十分以上、宮前と二人で電話をとり続けた。八時過ぎ、広報課員が次々に出勤してきて、中村はようやく始業直前にやってきた。課員に対し、ご苦労さんの一言もなかった。

九時を過ぎても、電話は鳴りやまなかった。佐川が顔を見せ、目顔で促してきた。黒木は対応中の電話を終えると、宮前と目を合わせてから広報課を抜けた。

佐川は自席におらず、別室に行くと、新聞を広げていた。

「全紙、市を糾弾だな」

「それだけの事故ですし、お粗末な対応ですから」

佐川の目から光が消えた。

「例の救急車の件だ」

「ガス抜きというよりも、追い討ちを招きかねません」

「やってみる価値はある。これ以上悪くなっても、市が受ける打撃はさほど変わらない。夕刊の様子を見た上で実行しよう」

確かに、市としては矛先が別の方向に向くだけでもいい。黒木は眉間を揉み込んだ。

午前中は広報課で電話対応を手伝った。午後三時前、各紙の夕刊が届いた。各紙、市への強い非難を募らせる市民の声を報じていた。市長室には市議の升嶋が押しかけ、また一筆を迫っていたと広報課の誰かが話していた。

机上の電話が鳴った。

「まだ少年の容態は変わらない。言葉は悪いが、利用するなら今だ」

佐川からの内線だった。

黒木は庁舎裏に回り、携帯電話でその番号を呼び出した。風が吹きつけてきた。陽はまだあるのに、二月に吹くような冷たい風だった。

四時過ぎ、神浜市内の喫茶店にいた。瞑目し、ＢＧＭに耳を澄ましていると正面の席に誰かが座る気配を感じ、黒木は目を開けた。

「黒木さん、久しぶりだね」

「ご無沙汰しています、藤原さん。お呼び立てしてすみません」

藤原は七年前と変わらない無精ひげにトレンチコート姿で、細い目が一層細められている。

「構わないよ。今は遊軍だからね。市内のケーキ屋情報から裁判の手伝いまで、幅広くやらされてるけど、時間だけはあるんだ」

「藤原さんには県警キャップがお似合いですけどね」

「勘弁してくれ。あんなのは三年で十分だ。もう五十前だぞ。体も無理がきかない」

七年前、藤原は神浜新聞で県警キャップを務めていた。こんな担当になるなんて、厄年ってのは本当に厄が押し寄せてくるんだな。よくぼやいていた。各社、県警キャップの夜回り、朝駆けは課長や理事官クラスを対象としている。各記者が集めてきた情報をしかるべき立場の人間にあて、言質や感触をとり、記事化が可能か否かを見極める役割ともいえる。

藤原だけは黒木のような一線のヒラ捜査員にまで夜回りをかけてきた。黒木さんが偉くなったら、簡単にネタがとれるようにする布石だよ。そう笑っていた。

部下の仕事に入り込む形だったのだ。藤原は部下を育てられない。そんな評価に繫がったのだろう。藤原ほどの年齢でキャリアもあれば、デスクや各部の部長となっていても不思議ではない。それがまだ遊軍だ。かえって藤原らしいとも言えた。

「大変そうだね。例の事故」

「藤原さんは、ウチの陥没事故は守備範囲ですか」

「いやいや。老兵はこれからゴールデンウィーク特集の仕込み取材さ」

自嘲気味な口調でも、細い目の奥には鋭い光がある。こちらの言葉に神経を研ぎ澄ましているのだ。

「その仕込み取材は先送りした方がいいかもしれません」

「どういう意味かな」

「裏取りに駆け回る時間が要るはずです」

余計な感情に足を取られないよう、黒木は意識的に表情を殺していた。捜査員時代もこうしてネタを漏らす時はあった。警官には守秘義務があり、特に事件捜査では、どんな情報であれ外部に漏らすのはご法度だ。情報で事件を操作するにしても、記者に伝える役割は所轄なら署長や副署長クラス、県警本部なら課長クラスが担う。それでもあの頃、疾しさはなかった。犯罪を減らす。犯罪者を追及する。そんな目的があった。捜査妨害となる情報は流さなかったし、妨害しそうな記者にも流さなかった。うまく利用し、犯罪を減らす原稿に仕立てそうな記者に漏らした。

「陥没事故の絡みだね」

その声質が変わった。懐かしい声だった。黒木は頷き、コーヒーで唇を湿らせた。

藤原のコーヒーが運ばれてきてから、黒木は救急車の一件を言った。藤原は顔色ひとつ変えずに聞き終えると、おもむろに口を開いた。

「一ついいかな。なんで俺に教えてくれたんだ」

「藤原さんが信用できる記者だからです。偉くなってもほしい」

「偉くなる気はないよ。もうなれないだろうし」藤原はカップを指で弾いた。「でも、貰ったネタを無駄にしようとは思えない。せっかくの厚意だ」

まだ熱いはずのコーヒーを一気に飲み、藤原は店を出ていった。その背中はなぜか寂しそうだった。

庁舎に戻ると、佐川と別室で向き合い、藤原とのやりとりを報告した。

佐川は腕を重々しく組んだ。

「明日の朝刊か、夕刊か」

「夕刊はないでしょう。大きなネタです。重大な会見や事件事故の発生が夕刊帯にあったのならともかく、それ以外の大きなネタは朝刊で勝負するのが新聞社ですので」

「なら、明日か明後日の朝刊か。その記者に期待だな」

「ファイルの件は、どうですか」

「準備室が問い合わせた。ＪＶ各社でも電子化されてないそうだ。倉庫から引っ張り出さないといけないらしい。ＪＶの一社だった川北建設にある。もう少し時間がかかるという返答だ。黒木に取りにいってもらう線で準備室とは話をつけた」

佐川が窓に視線をやり、黒木も目を向けた。桜はだいぶ散り、葉桜になっている。残った花びらが春の残骸に見えた。

それから二人の聞き取り調査をした。特に収穫はなかった。黒木は帰宅すると、立ち寄ったスーパーで買った食材をキッチンに並べた。腹が減っていた。久しぶりに空腹を覚えたような心持ちだった。

まず片手鍋に軽くゴマ油を引くと、そこに皮を下にして鶏のもも肉を置き、火を点けた。その間に長ネギを五センチほどの長さに切っておく。じゅう、といい音を立てる鶏肉に軽く焦げ目がついた頃、長ネギを入れ、それにも焦げ目をつけた。いい匂いが漂い出し、冷蔵庫からビールを取りだして、プルタブを開けて一口飲んだ。

鶏肉の表面に火が通った頃を見計らい、市販の蕎麦つゆを注いだ。香ばしくもあり、甘くもある香りがふわりと舞い、水を加え、少し濃い味に調えた。続いて蕎麦を茹でる。その間、じっくり鶏肉とネギに火を通していく。つゆに鶏肉の脂が浮き、溶けていった。茹で上がった蕎麦を水で締め、皿に盛り、続いて椀にネギと鶏肉、つゆをよそい、キッチンでそのまま蕎麦をすすった。

鶏肉は柔らかく仕上がり、ネギも歯ごたえを残しながらも味が染みていて、鶏の脂と蕎麦つゆの甘辛さがたまらない。

久しぶりに食う鶏蕎麦は、相変わらず旨かった。

普段、料理はしない。けれどこれだけは半年に一度、作り続けている。作り方を忘れはしないだろう。ただ忘れるのが怖いのだ。この味を忘れてはならない。

リビングで携帯電話が鳴った。県警の山澤からだった。用件を聞いた。明日こちらからかけると告げて電話を切り、体を投げ出すようにソファーに寄りかかった。

利用できるかもしれない。そう考えている自分がいた。

……何が悪い。仕事だ。プライベートを奪うわけでもない。業務時間を割いてもらうだけだ。勢いをつけて立ち上がった。

キッチンに戻って、蕎麦の続きをすすった。


翌朝、七時に出勤した。余り眠れなかったのに、眠気はなく、目が冴えている。県警時代とは違う、緊張でも昂りでもない感情の仕業だった。購読する神浜新聞の記事を見た瞬間、その感情が生まれていた。

庁内にはまだ誰もいないようだ。早いですね。警備員も目を丸くしていた。広報課の入り口に積まれた新聞の束を手に取った。自席でビニール紐をほどき、改めて神浜新聞を開いた。

社会面のアタマに救急車の件が載っている。

さすがだった。素早い取材だ。藤原の腕は衰えていない。当然、他紙に救急車の記事はなく、今日の夕刊か明日の朝刊に後追い記事が出る。これがどう転がっていくのか。

七時半、宮前が出勤してきた。そういえば、昨日も誰もいない広報課で宮前だけが電話対応していた。

「黒木さん、早いですね」

「たまにはな。宮前も早いな。いつもこの時間か」

「はい。そろそろ電話が鳴り出す頃なので。誰も出ないと、反感が深まってしまいますから」

宮前の方が、よほど市について深く考えている。

十分ほど経った。

「電話、鳴らないですね」

「そうだな。俺が来た時からは鳴ってない」

効果はあったようだ。それから一時間、広報課にいた。広報課だけでなく、隣の課の電話も鳴らなかった。いくつかのテレビ番組が救急車の記事を早速取り上げたのかもしれない。それだけのネタだ。

「午後、少し時間をくれないか。課長には話を通しておく」

「承知しました」宮前は朗らかに言った。

午前中、大熊をはじめ、先日市長室に詰め寄った三人、そのほか数人が市役所を休んだと噂になっていた。ボイコット。そんな穏やかでない声も聞こえた。黒木は資料を読み返して過ごした。

十一時前に広報課に顔を出すと、東洋新聞の新村がいた。

「ネタが漏れるのは仕方ない。抜かれる日だってある。俺だって今さら見返りを求めてるわけじゃないけどさ、やっぱり寂しいよね」

弱々しい笑みを浮かべる新村に、黒木は返す言葉がなかった。

13

「絶好の散歩日和ですね」宮前が声を弾ませた。

「ああ、いい天気だ」

「わたしが、お日様を発注しておいたんです」

午後二時の陽射しは柔らかく、風は穏やかにそよぐ程度。暑くもなく、湿気もなく、歩くのにいい気候だった。

「勤務中に悪いな」

「いい気分転換になります。でも仕事中なんですよね。なんだか高校時代に友達と授業をさぼって、いつもと逆方向の電車に乗った時を思い出します」

「へえ、意外だな。何でそんなことを」

「束の間でいいから、日常から脱出したくて。その子とは今も仲がいいんですよ」

「高校生が日常から脱出？」

「人間なんて十歳だろうと八十歳だろうと、その根本はたいして変わりませんよ。経験による彩りが違うだけで」

空気が膨らんできていた。冬がどこかに消え、春がきた。新緑が芽吹き、花が咲き、虫が飛び出す。季節が巡った。そう思わされる陽気だった。

「さっきの意外ってどういう意味ですか？　わたし、そんなに優等生っぽいですか」

「夏休みの宿題を計画的に進めるタイプには見える」

「不正解です。最後にまとめてやるタイプでした」

「俺は夏休みが明けてから、その授業までにやるタイプだった」

「チャレンジ精神旺盛（おうせい）ですね」

宮前が笑った。

駅まで歩いた。飲食店が続く商店街にある、ログハウス風のカフェに入った。平日の昼間だけあって、客は他にいない。ほどなく山澤が顔を見せた。今日は一人だった。

「すみません、お待たせして」

山澤は緩みそうになる顔を何とか引き締めている。無理もない。昨晩の山澤からの電話は、宮前を紹介してほしいというものだった。県警の動きを仕入れる、いい機会だ。宮前には、この狙いを話していない。

「まだ暇なのか」黒木は聞いた。

「ええ。このまま何も起きなきゃいいんです。こういう時間もたっぷりとれますし」

山澤のコーヒーが運ばれてきた。山澤はそれに口をつけると、宮前にぎこちなく話しかけた。

「黒木さんはどんな先輩ですか」

「やる気を見せないけど、仕事は誰よりもきっちりする。そんな先輩ですかね」

「やる気が見えない、か。褒めてるのか、けなしてるのか微妙なところだなあ」山澤は歯を見せて笑い、黒木を見た。「県警時代からそうでしたよね。菅原塾の教えでしょ？忘れたとは言わせませんよ。俺は教えを受けようにも、受けられなかったんですから」

黒木は返事をせずにコーヒーのカップに手をやった。

「そうだ、この前の新聞、見ましたよ。うちのカイシャも偉そうには言えませんが、書類の管理とか杜撰だったみたいですね」

山澤は何気ない口調だが、目は鋭い。

「準備室が対応するだろうよ」

「黒木さんは何を」

「日常業務を粛々とこなすだけだ」

「宝の持ち腐れですね」

「俺が宝だとすれば、その宝箱は空箱だな」

「阿南さんが聞いたら、怒りそうだな。あの人、まだ黒木さんをライバル視してるんで。自分まで空箱にされたと言いそうです」

「将来の一課長を怒らせるなんて、俺もなかなかだな」

黒木さん、と山澤が急に姿勢を正した。

「責任を果たして下さい。菅原塾を終わらせた責任です」

山澤の眼光がさらに鋭くなった。日々、捜査一課の一員としてシビアな局面と向き合い、育んできた鋭さだ。不意に切り込み、勢いのまま相手の心の中を抉り出す。捜査の常套手段であり、何度も仕掛けたが、仕掛けられるのは初めてだった。

「今、一課は阿南さんが孤軍奮闘してる状況です」

「他にも歴代の塾生はいる。島さんを筆頭に優秀な捜査員もいる」

「でも、教えを受けるだけじゃなく、実行して引き継げる人なんて、そういるもんじゃありません」

「阿南がやってるなら、それでいい」

「俺は今でも黒木さんは黒木さんのままだと思ってます。性根なんてそう簡単に変わりません。黒木さんは見ないふりをしてるだけで、やるべきことは心得てるはずです」

山澤がばっとテーブルに前のめりになった。

「ウチが乗り出すとしても、何か月後になるのか……。けど、黒木さんは迅速に動ける立場にいる。今すぐ動けるんです。動いたら、起こりうる別の事故を防げる可能性もある。本当の事故原因を表に出すべきです。黒木さんにはできる。その重要性も認識してるはずです」

殺人未遂。差出人不明の手紙にあった言葉と、紛失ファイルの存在が胸の内に突き上げてくる。コーヒーとともに、黒木はそれらをぐっと腹に沈めた。

だからどうした。市職員なのだ。部品として市のために行動すべきなのだ。突き止めても、その公表は市の利益にならない。だったら、すべきではない。カップを置き、黒木が口を開きかけた時だった。

黒木さん、と隣から宮前の声が滑り込んできた。

「わたしも山澤さんと同じ意見です」

音もなく、山澤が立ち上がった。

「ここからは、俺は聞かない方がいいでしょう」

山澤は店から出ていった。

隣に並び、それぞれ正面を見たまま宮前が言った。

「今、黒木さんがしている業務は誰のためにもなっていません」

「俺が何をやってるのか、誰かに聞いたのか」

「見てれば推測できますよ」

「仕事をしてるだけだ」

「その仕事はどっちを向いてるんですか。その仕事の行き先はどこですか」

言葉に詰まった。答えは考えるまでもない。内向き。黒木は喉に力を入れた。

「調べるのは事故調査委員会の仕事だ。専門家の領分だ」

「筋書きがあるんじゃないですか」

佐藤教授の顔が頭に浮かんだ。筋道を作ったのは他の誰でもない。

「だとしても、俺にはとやかく言う資格はない」

「どうしてですか」

「人殺しだからだ」

黒木は正面の壁を見据えた。じっと見つめた。木目が迫ってくるようだった。

不意に、ふっと空気が落ち着いた。

「わたしも、人殺しなんです」

「宮前？」

黒木は隣を見た。

宮前が見据えてきた。

「人殺しだからって、わたしは自分を諦めません。自分を偽りません。わたしは自分を投げ出しません」

深いのに、澄んだ眼差しだった。

「十年前の話です。母は交通事故に遭い、脳死状態になりました。そうなった場合、延命治療は望まない。母は常々言ってました。わたしも尊重しようと決めてたんです。だけど、いざその時を迎えて迷いました。わたしが延命治療を望めば、意識は戻らないにしても、母は少なくともベッドの上にはいられる」

　落ち着いた表情で宮前は続けていく。

「すでに父は他界してました。母の命をひとり娘のわたしが握っていたんです。震えそうでした。怖くて眠れない夜もありました。何かにすがるように色々と調べました。尊厳死についての法律はなく、合法とする判例もあれば、殺人罪として送検された例もありました。延命治療の不開始はともかく、その中止には抵抗がある医師もいるようでしたが、母の場合、希望が叶(かな)うのは、ほぼ間違いなかった。事前指示書(リビングウィル)があったからです。母の意を汲(く)み、それを医師に提示すれば終わるんです」

　とはいえ微妙な問題だ。だからこそ、その立場に身を置いた宮前の言葉は重い。

「幼い頃、寒くて母の布団に潜りこんだ時の温(ぬく)もり、繋(つな)いだ手の柔らかさ、母が編んでくれた手袋、東京まで一緒に買い物に行った思い出、わたしの結婚を楽しみにしていた様子、何があっても、いつも笑っていたこと。色々な母の思い出が頭に浮かんできました。そうやって一週間があっという間に過ぎました」

　宮前の声以外、何も聞こえなくなった。宮前は身を削って話している……。

「わたしはその日、一日中、母をじっと見ていました。管に繋がれ、機器が管理する母。

身動きしない母。あんなに笑ってたのに、微笑ひとつ浮かべない母。母であって母でない体。生きるとは何か、死ぬとは何か。ずっと考えました。結論は出ませんでした。でも、わたしは決めました。母に声をかけたんです」

一拍の間があいた。

「ごめんね、ありがとう、と」

柔らかな声だった。その声は、黒木の胸に優しく絡みついてきた。

「その時、母の顔が動いた気がしたんです。わたしの体に刻み込まれた母の笑み。その笑みを見た気がしました」

宮前の口元が引き締まった。

「これ以上の延命治療は望まない。そう医者に指示書とともに伝えた時、わたしは自分の声が遠くから聞こえました。本当は機器のスイッチも自分で切りたかった。それはさせてもらえませんでしたが、どちらにしても、わたしはわたしの意思で母の命を止めたんです」

黒木は目を逸らせず、体が動かなかった。見つめてくる宮前の瞳に打ちつけられていた。

「その時に決心したんです。わたしは母の分も生きる。母にも、母の命を奪った自分にも恥じない生き方をする。自分を諦めず、偽らず、卑屈にならず、自分のために生き抜くって。それが命の重みだから」

黒木は何も言えなかった。

「総合受付の長椅子に座る患者、すれ違う看護師、薄暗い廊下、無機質な機械、廊下に響いた靴音、院内放送。あの日のことは、不思議と細かいところまで憶えてるんです。今を生きると決意したからでしょう」

宮前は言うと、すっと息を吸った。

「黒木さんは、本当はここにいない。過去にいるんです。今を生きてない。そんなの失礼ですよ。死んでいった人たちに対して。自分が殺した人に対して」

我知らず黒木は息を止めていた。全身が熱かった。

宮前が一つ頷いた。

「今度は黒木さんが過去の告白をする番です。生きる意味なんて難しい話は、わたしにはわかりません。それでも、黒木さんはケリをつけるべきだっていうのだけはわかります。今ここでケリをつけて、こっちの世界に戻ってきて下さい」

この七年、誰にも話していない。佐川にすら語っていない。ここで宮前に話すべきなのだろうか。……一秒ごとに、先ほどの宮前の言葉が胸裏で重みを増していく。

自分のために生き抜く。

そんな資格はないと思ってきた。では、なぜ生きているのか。答えはない。考えたこともない。それなら話すも話さないもないし、宮前には聞く権利がある。身を削って話してくれた。少なくとも、その気持ちには報いるべきだ。

黒木は喉を押し広げた。

「七年前、俺が県警で捜査一課にいた頃の話だ」

14

「黒木よ、なんで警官なんかになった？　同じだけ働くなら、もっと稼げる仕事なんて山ほどあるじゃねえか。せっかく、いい大学出てんだしよ」

そう言うと、菅原がトレンチコートの前合わせを締めた。車内は冷えていた。エンジンがかかっていないと、車はただの鉄の塊だ。冷えた外気が中に染みてきて、冷蔵庫の中にいるのと変わらない。

日付が変わる頃、氷点下になるでしょう。今朝の天気予報ではそう言っていた。間もなく、その午前零時。もう外は氷点下かもしれない。フロントガラス越しの夜空は、触れるだけでも皮膚が切り裂かれそうなほど澄んでいる。

「今さらなんです？　あとちょっとで入塾丸一年ですよ」

「今さらだからだよ。それに暇だろ。老人の最大の敵は暇なんだ。違うな、人類共通の敵さ」

「スガさんが老人？　本当の老人が怒りますよ」

「もう老人だよ。五十五だぞ。つい百年前なら、とっくに死んでる年齢じゃねえか。嫁さんに『飲みすぎだ』って扱われるだけのジジイだよ」

「現代に生まれた以上、まだ働き盛りですよ。観念して、仕事に邁進して下さい」

黒木は隣を一瞥した。

菅原は昇進試験を受けず、警部補のまま退官するのだろう。地位が高いとはいえない。しかし、歴代の刑事部長や捜査一課長から誰よりも頼りにされている。陰の刑事部長。県警内ではそういう声もある。菅原は常に若手と組み、面倒を見る。教えを受けた若手はやがて班長になり、その後も理事官や捜査一課長をはじめとする、各課で仕切る立場に育っていた。

菅原塾。松下村塾に準えて、そう呼ばれている。塾生は誰もが親しみを込めて、スガさんと呼ぶ。黒木はその菅原塾に入塾していた。

「ったく、本当に暇だな。腐っちまいそうだ。二期目の帳場の会議なみに暇だ」

事件が弾けると、捜査員は最初の三日間に勝負をかける。三が日と呼び、関係者の記憶が鮮明なうちに手当たり次第に話を聞くのだ。その後、三十日を区切りに動く。かつては二十一日が一区切りだったらしい。二期目は目新しい情報が著しく減り、会議も単調だ。面白い話が出てきたら起こしてくれ。菅原はそう言って寝てしまう時も多い。この夜はそんな会議を彷彿とさせるほど暇だった。もっとも、待機は捜査一課の大事な仕事でもある。一日の大半を、こうした無為かもしれない待ち時間に費やすのは日常だ。

「退屈を愛人にして下さい」

「へえ、いい考え方だな」

「スガさんにそう言われたんですよ。第一、捜査に近道なんて存在しません」

「お？　またしても、いい言葉じゃねえか。誰の言葉だ？」

「スガさんの教えですよ」

どうりで、と菅原は口笛を吹いた。

捜査に近道なんて存在しない。正道こそが近道だ。無駄足を踏んだ分、真相に近づく。人間なんて、自分に都合の悪いことは隠しているもんだ。聞かれなかったから、言わなかった。そう言い訳できないよう、調べ、切り込むのが俺たちの正道さ。黒木は菅原に何度も言われていた。

黒木はフロントガラスの向こうを見据えた。

神浜市の繁華街、西門街で三日前の深夜、若い女性会社員の刺殺体が発見された。現場周辺の聞き込み、および交友関係を洗う鑑取りで、一人の男が浮かび上がった。現在、その男の立ち寄り先を捜査員が手分けして張っている。黒木と菅原はその一つである、男の兄の家が担当だった。本来ならば、投入された捜査一課員は捜査本部の置かれた所轄署の署員と組む。が、西門街を管轄する神浜中央署管内では、別の殺人事件が相次いで発生し、所轄署員が分散したため、こうして県警捜査一課の二人で組んでいた。

「そういうスガさんは、なんで警官になったんですか」

「なりゆきだな。別になりたくなんてなかった」

「俺も試験を受けたら、通ったからです」

「警察学校で戸惑っただろ」

「ええ。みんなやる気に満ちてましたから。阿南がいてくれて助かりました」

班は違っても、菅原は阿南の面倒も見ていた。

当初、三百人近い同期のうち、阿南とは接点がなかった。その存在を認識したのは警察学校に入り、三か月が経った土曜だった。土日は届け出を書けば、外出できた。そのため、同期数人と電車を乗り継いで神浜市まで飲みに出た。阿南もいた。その帰りだった。

泥棒っ。

若い女の叫び声があがった。

ひったくりだった。自転車に乗った男の背中が遠ざかっていき、同期全員が一斉に駆け出した。追いつけずに見失ったものの、通報した上で探索を続けた。すると、少し離れたウインズ前に自転車が捨ててあった。

突如、阿南が猛然と駆け出し、黒木も走り出していた。人波に自転車に乗った男と同じ背中があったのだ。いたぞっ。同期の誰かが叫んだ。確保だっ。別の声があがる。黒木は舌打ちした。男が慌てて駆け出して、追いかけるしかなくなった。

走った。次第に追いついた。阿南と黒木のどちらかの手が届く。その寸前だった。

男子高校生が足をかけて男を倒し、そのまま相手を押さえ込んだ。

お手柄、神浜西高柔道部。翌日、そんな見出しが新聞各紙の県内面を飾った。くそ、俺たちの手柄だったのにな。同期は口々にぼやいていたが、新聞に目を落とす阿南だけは涼しい顔だった。黒木はその隣に座り、声をかけた。

「昨日の件、まったく興味ないみたいだな」

「黒木だって勲章や手柄には興味ない性質(たち)だろ」阿南が新聞を机に置いた。「お前、なんで警官になったんだ」

「簡単になれそうだったからさ」

「奇遇だな。俺もだ」

阿南は真顔で言うと、不意に口元を緩めた。

警察学校を出た後、黒木も阿南も激務で知られる所轄署に配属された。時折、連絡を取り合った。二人とも交番勤務中に何人か検挙し、一年で署の刑事課に引き上げられた。同期で俺たちの検挙数がダントツらしいぞ。ある時、阿南が言った。黒木は自分たちがそれなりに優秀だと知った。

同時に県警本部に上がった。黒木は生活安全部の環境犯罪課、阿南は組織犯罪対策本部の組織犯罪対策一課へ。二年後には、またしても同時に県警で花形の捜査一課に引き抜かれた。やる気のない二人が捜査一課か。世も末だな。肩をすくめ、白い歯を見せあった。

菅原の教えを受けることになり、最初にかけられた言葉は鮮明に刻み込まれている。

「警察が誰かの役に立とうなんて驕りだ。ガイシャの気持ちなんて知る由もない。ガイシャでもないのに、心から犯罪を、まして加害者を憎むなんてできるわけがない。俺たちのやることは偽善だ。勘違い野郎だ。それなら、偽善者になりきれ」

今後もこの教えを忘れないだろう。自分の心持ちを言語化してくれたからだ。

「やる気がないのに、何で結果が出たんだと思う？」

菅原が白い息とともに言った。

「なりたくなくても、なった以上は本分を果たそうとしたからでしょう。あとは刑事に向いていたのと、少しの運があったからでは」

「運は大事な要素だ。生死を左右する場合もある」

「スガさんは、どうして結果が出てると思ってるんですか」

「簡単だよ。事件が嫌いだからだ。俺はな、捜査中、なんでこんな面倒くせえし、辛気くせえことをしなきゃいけねえんだと、ずっと毒づいてる。そんで犯人に憎しみが向かって、必死にやれてるんだ。最初に話したように、俺たちがガイシャやその遺族の気持ちを理解するなんてできない。でもな、演じきれば、その舞台で演じた役の記憶は残る。その時のガイシャも憶えていられる。俺たち部外者ができる、せめてものことだ」

「最近、身に染みます。遠いどこかの国の政治家が暗殺されても何も思いません。ガイシャもそれと同じだけど、同じじゃない。同じでは駄目だと」

そういうこった。菅原は言うと一拍の間をあけ、続けた。

「で、黒木の考える、警官の本分ってのは何だ」

「犯罪者の検挙と、犯罪そのものを減らすこと。犯罪はなくならないでしょうが、目の前の犯罪くらいは防ぎたいじゃないですか。俺の軽い志です。口に出すとバカみたいに聞こえますけどね」

菅原は軽く笑った。

「バカで結構。仕事なんてよ、バカになりきって自分の役割を演じりゃいいんだよ。その仕事が好きかどうかなんて関係ねえ。仕事が嫌いなままでも、演技が好きになれれば、大したものさ」

「じゃあ、俺は演技がうまい方かもしれませんね。阿南も」

「それなら、俺はアル・パチーノばりの超一流だな」

「どちらかといえば、ジャック・ニコルソンですよ」

二人で笑い声をあげた。

菅原が横目で一瞥してきた気配があった。

「黒木、自分の美点を認識してるか」

「まったく。俺は取り柄のない人間なんで」

「そのやる気の見えなさだよ」

「辛口ですね」

「やる気なんて表に出す必要はない。やる気を見せる奴なんて、作った熱心さを周囲に見せようとしてるだけだ。上っ面だけだ。俺はそういう奴は信用しない」

「どうしてですか」

「やる気の有無なんて仕事相手に関係ないだろ。そもそも本当にやる気のある奴は、見せようなんて考えもしねえよ。見せる時間があるなら、その時間を使って他のやるべきことをするさ」

菅原はそこで間をあけ、続けた。

「極論だけど、仕事に向き合う上でやる気は必要ない。必要なのは責任感だ。意欲をかきたてる仕事だろうがそうじゃなかろうが、嫌いだろうが好きだろうが、なっちまったからにはやる。仕方ないけど、他人より結果を出す。そんな責任感さ。黒木にはそれがある。この一年で、俺はそう見た」

「自覚はありません」

「そりゃ、まだ本能だけで動いてるからだ。言い換えれば、素質だ。どんなにいい素質でも磨かなきゃならない。これからは磨くために支えるものが必要になる」

いいか、と菅原が言った。

我知らず、黒木は深く息を吸っていた。菅原に認められた……。

「憶えておけ。責任感を磨き、支えるのは自尊心だ。偽善者を演じ切る意地だ」

「菅原塾の精神、ですね」

「やる気クソくらえ、我ら責任感の僕（しもべ）なり。どうだ、いいスローガンだろ」

「偽善者たれ、と同じくらいキャッチーです」

その日は結局、朝まで男は姿を見せず、午前八時に張り番を交代した。仮眠をとり、午後から地取りと呼ばれる聞き込み捜査に加わった。

話を聞いたところで、それが実を結ぶのは稀（まれ）だ。けれど、ガラクタの山から宝石が出る時もあり、地取りは疎（おろそ）かにしてはならない。

殺された女の自宅周辺で、割り当てられた範囲を回った。一時間、二時間と得るものがない時間が過ぎていった。少し休憩でもするか。菅原が言った時だった。

視界の端を男が掠（かす）め、黒木はすかさず目で追った。

被疑者の男がアパートの外階段を上り、二階の一番奥の部屋に入っていった。監視ポイントではない建物だった。

「黒木、今の」

「帳場に連絡します」

車に駆け戻るなり、無線をむしり取るように握った。応援が到着するまで待機しろ。本部の指示は明確だった。二人では、挟み撃ちにするにしても振り切られる恐れがあるためだ。

風が吹きつけた。耳が削（そ）ぎ落とされそうなほど鋭かった。

悲鳴がした。車から飛び出し、菅原のもとへ急いだ。悲鳴は、男が消えたアパートの方から聞こえたのだ。

「スガさん、今の」

「あの部屋からかどうかは不明だ。帳場の指示は」

「応援到着まで待機」

「どう思う?」

目の前の犯罪を防ぐ。その存念が突き上げてきた。

「先ほどの悲鳴があります。あの部屋からかどうかは不明ですが、万が一を考えるべきでしょう。直ちに突入すべきです」

「同感だ」

銃を所持していないので車から警棒を二本取り出し、一本ずつ持った。黒木が玄関側、菅原がベランダから飛び出す際に備えてベランダ側の隣家の庭に回り、一分後に突入すると決めた。

外階段の音が立たないよう、黒木はそっと歩いた。それでも揺れてしまい、音がした。全身に震えが走り、警棒を握り締めた。外廊下には洗濯機が並んでいる。部屋から飛び出してきても、洗濯機が邪魔して振り切られはしないだろう。

時計を見た。あと三十秒。ドアを見つめる。あれから悲鳴は聞こえない。耳を澄ます。中からは物音もしない。……遅かったのか。黒木は暗い想像を止め、また腕時計に目を落とした。あと二十秒、十五秒、十秒。心臓が激しく動いた。耳の奥で波打つ自分の脈動だけが聞こえてくる。秒針がカウントダウンを終え、息を止めた。

ノックした。覗き穴から見えない位置に立ち、ノックを続けた。足音が近づいてくる。腹を据える。……はい。低い男の声だった。……です。黒木は「です」の部分だけ朗らかに聞こえるよう明瞭に言った。鍵が回る音がして、ドアがわずかに開いた。

その瞬間、ドアの縁を摑み、力任せに開けた。

男が目を丸くし、数瞬後、部屋に駆け戻っていく。黒木は土足のまま追った。男がキッチンから包丁を手に取った。警棒を構え、黒木は視線を素早く飛ばした。

女はいない。血のニオイはしない。どこだ。風呂場。トイレ。押し入れ。いくつかの単語が脳裏をよぎるが、今は目の前の男の確保が最優先だった。

男の背中に手を伸ばした。指先がかすする。振り返った男が包丁で切りつけてきた。慌てて飛び退く。その見開かれた眼には焦りが滲んでいた。男はベランダに出ると、そのまま躊躇を見せずに手すりを乗り越え、飛び降りた。黒木もベランダに飛び出した。

菅原と男が揉みあっていた。黒木も飛び降りようと、手すりを跨いだ時だった。

男の右手が光った。

くぐもった声が上がった。

菅原の背中に包丁が突き立った。

男の体が一回転する。刺されながらも菅原が放った背負い投げだった。

黒木は飛び降りた。着地で草むらに転がり、即座に立ち上がった。体勢を崩した菅原を、男が馬乗りで押さえ込んでいる。憤怒が込み上げ、黒木は警棒を男の背中に叩きこんだ。男が崩れ落ち、続けてその額に警棒を打ち込もうとした。黒……。菅原の声がした。警棒を構えたまま、黒木は自身の乱れた息を聞いた。

我に返り、警棒を捨て、男に手錠をかけるや、菅原に向き直った。

スガさんっ。黒木は叫んだ。

菅原が顔だけを向けてきた。その顔にゆっくりと笑みが浮かんだ。

「どうだ、迫真の演技だっただろ」

菅原が咳き込み、その口から血飛沫が散った。

携帯で救急車を要請した。菅原の呼吸が荒くなった。刺された背中からだけでなく、吐血も止まらない。包丁が肺に達したのか。くそっ。黒木は罵った。だれかれ構わず、胸倉を摑みたかった。誰よりも自分の胸倉を摑み、殴り倒したかった。

菅原が口元を緩めた。

「……黒木もいい線いってたな。無視できる状況でも想像力を働かせ、飛び込む判断ができたんだ。B級アクションの敵役くらいは務まりそうだ」

十分後に応援が、十五分後には救急車がきた。黒木には確保した状況の説明や男の取り調べがあったため、救急車に同乗できず、応援部隊の一人が付き添うことになった。

酸素マスクを被った菅原が言った。

「黒木、本物の偽善者になれよ」

二時間後、菅原は死亡した。

殉職のため、菅原は二階級特進した。その特進により、二日後、警察葬が営まれた。

菅原夫人は毅然と背筋を伸ばし、凛とした表情で弔問客に頭を下げていた。

最後の挨拶だった。

「警官は主人が選んだ道です。その道中で亡くなった以上、後悔はないでしょう。だけど、私は後悔しています。小言を言わず、もう少し好きなお酒を飲ませれば良かった、と」

夫人の言葉が途切れた。その頬は震え、両目は潤み、光っていた。それにもかかわらず、毅然とした態度は崩れない。数秒、沈黙が続いた。

「最後にひとつ言わせて下さい……」ふっと夫人は笑みを浮かべた。「主人はいい男でした」

すすり泣きが葬儀場のあちこちであがった。大柄な男たちが歯を食い縛り、肩を揺らしていた。歴代の刑事部長が、歴代の捜査一課長がハンカチを目にあてている。

黒木は泣けなかった。涙が出なかった。意識が外側にあり、それが自分を見下ろしていた。泣きたかった。それなのにどんな顔をして泣けばいいのかも、泣き方すらもわからなかった。

捜査本部からの指示を無視した点は不問に付された。叫び声があったからだ。一課長も他の捜査員も責めてこなかった。それがきつかった。

無意識のうちに県警本部に戻り、捜査一課の別室で漆黒のネクタイを解いていた。捜査一課席には当直がいて、とても顔を合わせる気分ではないくせに、県警には足を踏み入れたかったのだ。

椅子の背もたれに寄りかかり、壁や天井を眺め続けた。その後の調べで、悲鳴は近くに住む主婦がゴキブリに驚いてあげたものだと判明した。それを聞いた直後、体の力が抜けた。あの時、そんな見方は頭をよぎりもしなかった。犯人は黒木をひと目で警官だと見抜いた。我知らず、全身からその気配を発してしまっていたのだろう。

もしも突入を提案しなければ、もしも庭側に自分が回っていれば、もしもドアを開けた瞬間に警棒を男に叩き込んでいれば、もしも菅原と組んでいたのが自分でなければ、もしも結果が出ていたからといって、刑事に向いていると思っていなかったら、もしも正義感が頭をもたげてこなければ。

もしも、もしも、もしも……。いくつもの、もしもが浮かんだ。一つのもしもが浮かぶたび、決意が固まっていった。

ドアが開いた。顔を見せたのは阿南だった。阿南は無言のままネクタイに手をやり、緩めると黒木の正面に座った。

「お浄めの席を抜け出したんだな。スガさんの奥さんが黒木を探してたぞ。携帯の電源まで切りやがって」

「奥さんが？……そうか。今度、改めて謝りにいく。今日は何かを食ったり、酒を飲んだりする気分じゃなくてな」

「黒木のせいじゃない」

「知ってる」

「知ってることと、理解してることは違う」

「理解していても、それが実行できるとは限らない」

「気取るな」

阿南は言い捨てた。

沈黙が落ちてきた。阿南が椅子の背もたれに寄りかかり、軋んだ音がした。黒木は目が痛くなるまで瞑った。自身の決断を考えた。後悔は微塵もなかった。目を見開き、口を開こうとした時だった。

「逃げる気かよ」阿南がぶっきらぼうに言った。

「何のことだ」

「惚けるな」

阿南は睨むような目つきだった。黒木は目を逸らさずに言った。

「カイシャを辞める」

「それで責任をとったつもりか」

「責任なんてとれない。一時の正義感に駆られた挙げ句、指示を無視して、目の前で人が死んだんだ。たまたまそれがスガさんだった。民間人が犠牲になる事態だってありえた。適切な判断もできない人間がカイシャにいるべきじゃない」

「黒木が失格なら、県警の八割以上は警官失格になる」

「失格だとしても、致命的なミスはしていない。何もしなければ、失敗はしない」

「お前は自分に厳しすぎる」

「無能な人間なんだ。これくらいがちょうどいい」

「本当に無能な人間はそこまで考えない。もっと要領よく生きろ」

「お前が俺の立場ならどうする？」

阿南が言葉に詰まるのが見て取れた。一拍の間があき、阿南はいったん閉じた口を再び開けた。

「スガさんに受けた恩を仇で返すのかよ」

「もう仇で返しちまった」

くそ。呟くと阿南が立ち上がった。

拳がきた。まともに食らった。座っているのに膝がふらつき、口中に血の味が広がっていった。黒木はシャツの袖で口元を拭くと、阿南を見据えた。

「すまん。先に抜ける」

くそったれが。阿南が吐き捨て、椅子を蹴った。椅子は壁に激突して床に転がり、何かが砕けるような音がした。充血した眼を黒木に向けると、阿南は部屋を荒々しい足取りで出ていった。

部屋から物音が消えた。閉まったドアを見ていると、不意に黒木は肩が震え、全身がわなないた。叫びたかった。

警官になりたかったわけではない。いつ辞めてもいいと思っていた。愛着もない。それなのに胸の内の震えが止まらない。もう警官を続けられない。その喪失感が迫(せ)り上がってくる。むろん、この失敗を無視すれば続けられる。阿南はそれとなく、その道を示してきた。だが、それは自分にはできない。

目の奥と喉(のど)が爛(ただ)れるほど熱かった。

15

「菅原さんは、黒木さんに警察を辞めてほしくなかったはずです」

宮前は真っ直ぐな視線を黒木に向け続けていた。黒木が話す間、一度も目を逸らさなかった。宮前は強い心を持っているのだ。

「わかってるよ」

「じゃあ、どうしてですか」

「自分に自信がなくなった。警官として判断するのが怖かった。自分の判断でまた誰かを死に追いやるかもしれない」

「黒木さん」宮前が呟いた。「前に進みましょう」

「今日は宮前と山澤が仕組んだのか」

「はい。わたしから頼んで。黒木さんは今と向き合うべきです。本当にやるべきことをやるべきです。自分に与えられた役割を演じるべきです。本当の役を演じて下さい」

「本当の役があるとしても、演じる資格はない」

「資格？」宮前が身を乗り出してきた。「ふざけないで下さい。そんなの、どこの誰が決めるっていうんですか」

　黒木は少し天井に顔を向け、目を閉じた。

「資格は誰かに決められるものじゃない。自分で決めるものだ」

「そんなの卑屈になってるだけです」

黒木は目を開け、顔を戻すと、宮前の目には涙が溜まっていた。

「母と立場が逆になっても、わたしは母を責めなかった。菅原さんとの立場が逆になったら、黒木さんは菅原さんを責めますか。それともわたしは間違ってますか。菅原さんは黒木さんを恨み、母はわたしを恨んでると思いますか」

黒木は唾を飲み下し、言った。

「いや」

「演じましょう。わたしたちには役を演じ切る責任があります。二人分の演技をしなきゃいけないんです。生き返って下さい。黒木さんは壊れた海岸と同じです。治して下さい。誰にでも過去はあります。今を生きて下さい」

「そろそろ戻ろう」

黒木はそれだけ言って席を立った。捜査一課はまだ動かない。その感触はとれた。今日はそれで十分だ。

店を出ると、宮前が言った。

「海、見に行きませんか」

十分ほど歩き、志村海岸に出ると、人影があった。十人ほどいる。横一列に並び、砂浜に背丈の倍はありそうな棒を刺し、抜き、少し進んでまた刺す。そんな動作を繰り返している。

大熊? 黒木は目を凝らした。細い体を曲げているのは、間違いなく大熊だった。

その他にも見覚えがあった。志村市役所の若手職員だ。市長室に詰めかけた三人もいる。そういえば今朝、まとまった数が市役所を休み、ボイコットかと騒ぎになっていた。

「大熊さんたちです」

「何をやってんだ」

「直接聞いてみましょう」

カモメが鳴いた。宮前が大熊たちに歩み寄っていき、黒木も続いた。波音に近づいていく。大熊さん、と宮前が呼びかけた。手を止めた大熊が列から抜け、歩いてくる。大熊が抜けても、列は再び作業を進めていた。

大熊が背を伸ばして腰を叩き、眩しそうに目を細めた。

「やあ、黒木も」

「何やってんだ」

「他に空洞がないかを探してるんだ。棒を刺せば、手ごたえが違うだろうから。各々に区画を振り分け、潰してってるわけ。穴に落ちても、これだけいれば何とかなるさ」

な……。黒木は絶句した。痛々しいほどの愚直さだ。

少しの時間しか手伝えませんが。言って、宮前が砂浜に置いてある棒を手に取り、若手職員に加わっていく。

大熊がその場で棒を刺した。

「市長室の件があっただろ？　一部の若手は暴発寸前だ。けど、何かしたくても何をすればいいのか途方にくれてる。自分の頭で考えない志村市役所に勤めてきた弊害さ。俺や黒木は外部にいたから、そんな悪い部分も見えるが、新卒で入った若手にはなかなか見えない。それでああいう行動に及んだんだ。あいつらはあいつらなりに、背負いたいんだよ」

「大熊の発案なのか」

「まあな。土日にやるより、勤務時間をすっ飛ばしてやるのに意味があるだろ。ほら、あいつらの気持ちのためにさ。こっちは有休が一日潰れちまったけど」

大熊は海岸を見やり、黒木に視線を戻した。

「どういうわけか知らないが、あの連中、俺に愚痴を言ってくるんだ。商工振興課だけじゃない。政策企画課、環境保全課、下水整備課、まあ、色々さ。今回の件でもさ。だから市長室の件を知って、止めに入れたわけだ」

若手の気持ちは理解できる。大熊には懐の深さがある。本能的に若手はそれを嗅ぎ取っているのだ。事実、自分は相談を受けた記憶はない。黒木は若い連中に目をやった。生き生きとした、真剣な表情で取り組んでいる。

「黒木、俺にやれることなんか、たかが知れている。これだって効果があるかなんて定かじゃない。いや、多分ないな。だけど、若い奴らが自分の頭で考えるきっかけにはなる。俺の役割は仕事だけじゃなくて、そういう気持ちを芽生えさせる面もあると思うんだ」

大熊が眩しかった。

仕事と役割、責任感という意地が支える偽善……。

唇を強く噛んだ。余計なことだ。何も考えなくていい。指示を無視し、無駄な使命感から行動した結果、菅原は死んだ。そもそも、大熊たちは本来の業務を投げ出している。社会人として褒めてはならない。有休をとってはいても、職場放棄と同然。何をしてもいいのなら、組織は立ち行かない。

しかし……。黒木は胸の内で感情が波立ちだしていた。

「黒木もどうだ？　棒なら余ってるぞ」

大熊さん。叱責のような声が砂浜から飛んできた。市長に食ってかかっていた若手職員だった。

「黒木さんは誘わないで下さい。市長の手先だそうじゃないですか。この前の市長室の件だって、大熊さんの名前をダシにして市長に媚を売っただけでしょう。そんな人に手伝ってほしくはありません」

手先？　黒木は反射的に険しい視線を返していた。

おい、ふざけるなっ。

温厚な大熊が珍しく声を張り上げ、海岸に響いた。若手職員は不貞腐れたように砂浜に向き直り、棒を突き刺した。

「黒木、すまんな。根は真面目な奴なんだ」

「構わないさ。俺の仕事について、噂が広まってるんだな」

「らしいな」

「どうせ理解される仕事じゃない。どっちみち、早く戻らなきゃいけないしさ」

「そうか。じゃあ、作業に戻るよ」

大熊が背を向けた。なあ、と黒木はその背中に声をかけた。

「何のために転職したんだ」

振り返ってきた大熊が笑みを見せた。

「最初の会社がつまらなかったからだよ。別に崇高な理由なんてない。それに志村市が好きだからかな。じいさんの家があってさ。給料は前の会社の方が良かったけど、今の方が生きてるって感じがする」

大熊が砂浜に戻っていき、入れ替わりに宮前がきた。黒木はしばらく作業を眺めた。大熊たちを見ていたかった。

背後で声がして、たちまち乱雑な足音が横にやってきた。高校生くらいの連中で、五人いる。五人とも学生服のボタンは全開で、シャツをズボンから出し、鞄も薄い。

「何やってんすか」

その一人が大熊たちに声をかけると、若手職員の一人が大声で返してきた。

「他に見えない陥没がないかを探してるんです」

「手伝いますよ」

「危ないので、結構です」

せっかく言ってやってんのに。五人の誰かが呟いた。先ほどの一人がやり取りを続けた。

「皆さんも危ないっすよ」

「私たちは市役所の職員ですから」

言うと、若手職員が砂に向き直り、五人の誰かが舌打ちした。

「何様だよ、あの態度。手伝ってやろうって言ってんのによ」

「まさにお役所仕事だな。パフォーマンスもあそこまでいくと、ご立派だ。それともコントかな。笑いをとろうとしてんじゃねえか」

爆発的な笑い声があがった。

黒木は睨みつけた。五人は気づいていない。この連中をどこかで見たような……。

そうだ。テレビでだ。長田秀太が通う小学校を映していたワイドショーで、児童の背後ではしゃいでいた連中だ。

「くだらねえよなあ。あんな大人だけには、なりたくないねえ」

だったらもっと勉強しろよ、揶揄があがる。

「勉強したから、ああなったんじゃねえの。あれで穴があるかなんて、突き止められるわけねえじゃん。あんな想像力の欠片もない奴になんてなりたくないね。だいたい勉強しなくたって、俺たち大学に行けんじゃん。エスカレーター万歳だね」

出たな、言い訳大魔王。明日の数学のテスト、零点を期待してますぞ。はしゃぐ声は止まらない。

「つうかよ、早く浜に入ろうぜ。『度胸試し大会』をやらねえと」

高校生たちが砂浜に入った。

慌てて三人の若手職員が、高校生の前に立ち塞がった。

「出てって、危ないから」

「はあ？　何であんたらの指示に従わなきゃいけないわけ？　市民の憩いの場に市民が入って、何が悪いんすか」

「今は危ないんだよ」
「アンタらは入ってんじゃんか」
「つべこべ屁理屈を言うな。学校どこだ？　連絡するぞ」

高校生は押し返され、作業に戻る若手職員の背中に不穏な視線を向けていた。すると、一人が手拍子に乗せ、言った。

くず職員、役立たず、くず職員、金返せ、くず職員……。

黒木は瞬きを止めた。

くず職員……。何人かの手拍子が重なった。金返せ……。五人の声が重なった。その声は次第に激しさを増し、ついには五人が叫び出した。

くず職員、死にやがれ、くず職員、役立たず、くず職員、金返せ、くず職員……。

黒木は奥歯を噛み締めた。

耳に届いているはずなのに、大熊をはじめ、若手職員は黙々と作業を続けている。陥没事故がなければ、大熊たちは馬鹿にされなかった。市役所もこんな連中に虚仮にされなかった。

これが志村市役所を取り巻く現状だ。大熊たちも現実を認識している。だから反応しないのだ。感情の持って行き場はない。行こう。黒木は宮前に言った。宮前は唇をきつく結んでいた。

唐突に揶揄が途切れた。

「ダメだ、むかつく」

高校生の誰かが言った。一人が勢いよく駆け出し、残りがそれを追った。黒木は足を止めた。五人は砂浜と臨海公園の狭間で足元を見つめ、何かを探しているようだ。

高校生たちが次々に何かを拾い上げた。やっちまえ。誰かが叫び、高校生が一斉に拾った何かを投げた。

どす、と重い音がした。

鈍い音が続いた。不意に大熊がよろけた。大熊は片膝をついたが、すぐさま立ち上がり、再び棒を刺した。額から血が流れていた。

あたったぞっ。高校生が歓声をあげた。

黒木は大熊の足元に視線が吸い寄せられた。

石――。

石を投げやがった……。

てめえら、やめろッ。黒木は吠えていた。

「うるせえよ、おっさん」一人が叫んだ。「クズを懲らしめて何が悪いんだよ。あんなのパフォーマンスじゃねえか」

「作業してる連中がどんな心境なのか、考えたか。彼らが背負った重さを考えたのか」

「はあ？　そんなの知るかよ。関係ねえし」

別の一人が吐き捨てた。その背後では、残りが笑い声をあげながら石や空き缶を投げ続けている。拳を握り、黒木が踏み出しかけた時だった。

影が目の前に割り込んできた。

「そこまでにしとけ。今なら見逃してやる」

山澤の背中だった。

なんだよオッサン、と高校生が息巻くと、山澤は冷ややかな声を発した。

「警察だよ。逮捕されたいんなら、傷害罪の現行犯でパクってやるよ」

高校生の顔色が変わり、しんとした。落とし穴がないか、度胸試しに来ただけだよ。力なく言い捨て、慌てて逃げ出していく。黒木は拳を握る手を緩めた。

大熊たちは粛々と棒を刺し続けている。確かに茶番かもしれないが、誰が馬鹿にできる？

自分はこのままでいいのか。知らず自問していた。その途端、鳩尾の辺りが熱くなり、息苦しさを覚えた。

これ以上、考えてはならない……。黒木は海に視線を逃がした。

こんな時でも海は輝いていた。

無言のまま庁舎に戻ると、佐川が別室で待っていた。新聞を広げていて、机上には各紙の夕刊が積まれている。

「各紙、救急車のネタが社会面にある。神浜新聞ほどじゃないが、それなりに大きく扱ってるな」

これで矛先は病院に向く。市民病院だけではなく、断ったそれぞれの病院にも。

「とりあえず目的は達成できそうだ。県警はどんな感触だった」

宮前を連れ出す許可は佐川を通じて得ていた。大熊の姿が瞼(まぶた)の裏にちらついた。腹に力を込め、鼻から荒い息を抜く。

「まだ動きはありません。おそらく当分はないでしょう。少なくとも事故調が何らかの結論を下すまでは」

「所轄には手に負えないだろうからな」佐川が新聞を畳んだ。「紛失ファイル、先方は用意できたそうだ。明後日(あさって)にでも取りに行ってくれ」

「明後日？　相手の都合もあるので今日はもう難しいでしょうが、明日行きますよ」

「いや。明日はやってもらうことがある」

自然と身構えていた。

「何でしょうか」

「長田家に行ってほしい。事故調が動き出したという報告だ。ニュースを通じてとっくに知ってるだろうがな」

「建前は承知しました。本音は」

「誠意を見せる。そういう計算だ」

「逆効果になりかねませんよ」

「それならそれで仕方がない。長田家に報告に行ったって事実が必要なんだ。市は事故を重く受け止め、行動している。そう説明できる事実さ」

「事故調の初会合から訪問まで時間が空いてます。その理由は」

「本音を言えば、そこまで気が回らなかったからだ。建前を考えてくれ」

黒木は細く息を吐いた。

「前回は宮前がいましたが、今回は一人でいいですね」

「ああ。頼んだ。アポはない。出向いても留守で、一日がかりになるかもしれない。やり方は任せる」

その日、黒木は仕事が手につかなかった。幸い聞き取りもなく、七時に市役所を出た。

自宅マンション前に影があった。神浜新聞の藤原だった。

「まず礼を言わせてくれ。おかげで一本、抜けた」

「さすがですね。取材が速い」

「久しぶりに電話を突っ込みまくって、駆け回った。第一線で勝負する記者に戻った気分だったよ」藤原の顔から表情が消えた。「一つ、聞いていいかな」

「なんでしょうか」

「黒木さん、蓋を閉める役なのか」

「さあ。私は仕事をしてるだけですよ」

「菅原塾の卒業生として、本気で仕事をしてんのか？」

その一言は、胸に深く刺さってきた。黒木は振り切るように言った。

「仕事は仕事で、それ以上でも以下でもありません。あと俺は卒業生じゃないですよ」

「……変わったな」藤原が薄手のコートのポケットに手を突っ込んだ。「仕事なんて所詮、自分のためにすることだ。仕事を通じて社会に貢献したい。そんなのは面接の時に吐き出すお題目に過ぎない。もちろん否定はしない。けどさ、どんな仕事でも、突き詰めれば誰かの役に立つもんだ。だからこそ、やっぱり仕事は自分のためにすべきなんだよ。黒木さん、ちゃんと自分のために仕事をしてんのか」

「先ほども言った通りで、仕事は仕事です」

「そうか」藤原は呟いた。「また何かあったら、よろしくな」

去っていった藤原の靴音がやけに耳に残った。黒木は夜空を見上げた。星ひとつ見えなかった。

16

目覚ましが鳴った。ついさっき寝入ったばかりだった。もう夜が明けている。窓を開けると暖かな陽光が降り注ぎ、風は心地よく、小鳥がどこかで囀っている。

今日も追い返され、それで終わるだろう。

佐川に電話を入れ、庁舎には寄らずにそのまま長田家に向かった。電車とバスを乗り継いだ。特に手土産は用意しなかった。用意する方が嫌悪感を抱かれかねない。ふと笑いが込み上げてきた。何もしない方がいい場合もある。不作為の作為。どこかの誰かと同じだ。

揶揄に屈しなかった愚直な大熊の姿、体内で滾る熱。一夜明け、黒木はしっかり折り合いをつけられていた。自分で定めた囲いを破らず、必要以上のことはしない――そんな機械に徹すればいい。

長田家は付近の家々と比べ、まとう雰囲気が沈んでいた。外壁は鮮やかなレンガ色でありながら、滲んで見える。捜査中、よく見た被害者の家の色だ。哀しみの色。

インターホンを押すと、乾いた音が朝の住宅街に虚しく響いた。通勤通学の時間はとっくに過ぎていて、どこからか掃除機や洗濯機の音がし、犬が遠くで吠えている。再びインターホンを押した。やはり乾いた音が朝の住宅街に虚しく響くだけだった。

出直そう。そう足を動かしかけた時、呼び出し音がぶつりと切れた。

はい。野太い長田の声で、黒木は腹の底を固めた。

「志村市役所の黒木です。ご報告があり、参りました」

お待ち下さい。インターホンが切れ、通話中を示していた赤い灯が消えた。ドアの向こうから足音が聞こえ、黒木は自然と姿勢を正した。

ドアがゆっくりと開き、長田が顔を見せた。眼が窪み、顔全体に翳が落ちているが、以前とは違い、髭を剃り、髪も整えられている。ただ、カジュアルなシャツにジーンズ姿だ。出勤する服装ではない。

「どうぞ、中にお入り下さい」

静かな声だった。

リビングに通された。絵本や色鉛筆、クレヨンが床に散らばっていた。壁にはクレヨンで顔が描かれた画用紙が貼られている。ざっと数えるだけで二十枚近くあった。おにい。どの顔の下にも、そう文字が入っていた。クレヨンで描かれた文字の線は歪み、太くても、一生懸命に描かれたのがわかる。

長田が絵に視線をやり、こちらを向いた。

「事故以来、娘が毎日描いてるんです。幼い子供ながら、続けることで願をかけてるんでしょう」

黒木は息が詰まった。わざとらしくならないよう視線を窓の外に逃がし、体の強張りを解いた。

テーブルセットで向き合い、黒木は頭を下げた。

「報告が遅れましたが、市では事故調査委員会を設置し、原因追究に努めております」

「新聞やテレビで見ました」

「息子さんのご容態はいかがでしょうか」

「変わらずです。妻はほとんど帰ってきておりません。着替えを取りに来る程度です。

それに、この家にいない方がいい」

家にいない方がいい？

「何度お越しになられても、私は市を許す気はない。市が砂浜の管理をきっちりしていれば、事故は起きなかった」

「私には何とも申し上げられません。市が管理する砂浜で事故が起きたのは事実です。他方、その原因が市にあると決まったわけではありません」

折り合いをつけたはずなのに、舌先が錆臭くなった。

黒木さん、と柔らかな声が長田から発せられた。

「私も社会人で、組織の一員です。あなたの立場は理解できる。私は一人の親として許せないんです」

黒木は沈黙で応じた。長田が続けた。

「救急患者を受け入れなかった病院も許すつもりはありません。あの日、砂浜に出かけた私自身も一生許さないでしょう」

穏やかでいて、芯の強い声だった。その姿に菅原夫人の姿が重なった。体内に感情を封じている顔つきだ。

「はっきり言いましょう。子供が交通事故などで亡くなるニュースを新聞やテレビで見るたび、ウチの子じゃなくて良かった、そう思ってました。他人事でした。ウチには関係ない話だ、秀太や楓の身に起こるはずがない——と。それを破ったのは志村海岸です。

志村市が管理する人工海岸なんです」

「長田さん、ですからそれは市の……」

長田が遮るように手の平を向けてくる。

「失礼ですが、お子さんはいらっしゃいますか」

「いえ、独身ですので」

「では、あなたは小さな体に管を繋がれ、機器が命を管理するわが子を見た経験がない。さっきまで笑っていたのに、さっきまで妹と楽しそうに話していたのに、さっきまで何も悪いことをしていないのに、突然、意識を失ったわが子を見た経験がない」

黒木は全身の血管が膨れ上がるのを感じた。

長田が軽く頷きかけてきた。

「私も社会人を二十年近く続けています。世界は無菌室ではない。世の中の七割は理不尽や理解できない成分で構成されている、そう認識してます。ただし、認識しているからといって、それを受け入れるかどうかは別問題です」

長田は肩を大きく上下させ、続けた。

「これは罰なのかもしれない。これまで子供の事故が起きても、自分の身に置き換えずに受け流してきた私に対しての」

そんなことはない。喉元まで出かかったが、黒木は呑み込んだ。安い言葉は失礼だ。

長田は、そんなのは百も承知だ。その上で話している。

「もしあの日、海岸に行っていなかったら。もしあの日、私が秀太と楓と手を繋いでいれば。もしあの日、海岸に行こうと言った秀太の提案を断っていたら。もしあの日、私が休日出勤していれば。もしあの日、私が先に歩いていれば。もしあの日、砂に埋まった秀太の手を摑めたのなら——。事故以来、そう考えない日はありません」

同じだ、菅原の葬儀での自分と……。

会話を切り裂くように電話が鳴った。長田が電話に出るそぶりはない。余計なお節介だと心得た上で、黒木は口を開いた。

「病院からかもしれません」

長田が首を軽く振るなり、呼び出し音は途切れた。留守番電話を告げる機械的な女の声に続き、録音開始を告げる音が鳴る。

「おい、両親、聞いてんのか。せいぜい後悔しろ。オマエらが息子を意識不明にしたんだからな。死んだら、オマエらのせいだ」

低い男の声だった。受話器を荒っぽく置く音がして、リビングに静けさが戻った。

「事故が発生して以来、毎日、何十件も別々の人間からあんな電話がかかってきます。今のはその典型です。妻にはとても耐えられません」

長田が肩で息を吐いた。

悪質な電話があるからといっても、電話線を抜けないだろう。携帯電話にではなく、固定電話に親類から連絡があるかもしれない。

この家にいない方がいい。長田が吐き出した先ほどの言葉が、黒木に重くのし掛かってきた。何のための電話なのか。苦しめ、貶め、罵り、面白半分、憂さ晴らし、自分より不幸な者を見て感じる喜び……。そんなものが世界には満ちている。

捜査員時代も被害者の周囲を地取りすると、悪口を言う人間が一定数いた。どんなに品行方正な被害者であっても、陰口は叩かれる。長田のように悪意に晒される人間に対し、自業自得なんだから仕方がない、そんな言葉で得意げに片付ける輩もいる。

長田は闘っている。世界に晒され、踏ん張っている。

翻って自分はどうなのだろう。

「黒木さん、理由もなく叫びたくなる日はありますか」

「過去にはありました」

電話が鳴った。留守番電話が再び作動する。

「あんな砂浜に連れて行くなんて親の責任ですっ。あなたみたいな親を持って、お子さんが可哀想です。一生反省して下さい、一生償って下さいっ」

今度はヒステリックな女の声だった。

意味不明だ。なぜ長田が悪く言われなければならない？　なぜあんな悪態を言う必要がある？　なぜあんな発言を思いつくんだ？

また電話が鳴った。

「アンタの子供はもう生きて帰ってこない。前世でアンタが悪行を重ねたからだ。因果応報なんだよ。ざまあみろ」

嗄れた男の声だった。長田は軽く首を振った。

「世界は悪意で満ちてます。秀太が事故に遭って以来、私は強くそれを実感してます」

黒木は、はっきり認識した。

自分は楽な道を歩いていた。楽な道に逃げていた——。

そこで思考を止めた。この先は危険だ。踏み込む資格はない。踏み込んだがゆえ、人を殺しているのだ。考えるな、考えるな、考えるな……。

長田が深く息を吸い込んだ。

「人生は残酷で、理不尽で、無慈悲です。だからって、なぜ秀太が牙を剝かれ、喉元に嚙みつかれ、苦しまなければならないのか。私にはまったく理解できませんっ」

長田の声が裏返り、その肩は小刻みに揺れていた。鼻は赤くなり、拳はテーブルの上で固く握られている。感情をなんとか抑え込んでいるのだ。

その時、リビングに小さな影が入ってきた。

「パパ。かいたから、はって」

「楓。もう少し待っていなさい」

穏やかな声に、引き攣った笑みだった。

黒木は叩きのめされた気分になった。長田は楓のために感情を表に出せない。楓のために昂りを抑え込んでいるのだ。

言うことを聞かず、楓はスカートの裾を揺らして走り寄ってきて、長田の膝に這い上がろうとする。すみません。長田は黒木に声をかけると、楓の腋に手をやって持ちあげ、膝にのせた。楓がテーブルに画用紙を置いた。

おにい、はや……。楓が一文字一文字しっかり読み上げていく。

黒木は思わず目をやった。A4用紙に拙いひらがなが書かれている。壁に貼られた紙とは違って絵はなく、文字だけが並んでいる。筆圧は強く、ひらがな特有の曲線が大きく歪んでいるものの、逆側からでも文字は読めた。黒木は吸い込まれるように文字を追っていた。

おにい　はやくあそぼ　はやくおきて　はやくげんきになって　かえでさみしい

黒木は慌てて目を逸らした。まともに直視できなかった。が、その文字は瞼に焼きつき、胸の奥を激しく揺さぶってきた。

「私は悪意と同じくらいに善意が世の中に満ちているのも学びました。楓に教わったんです」

黒木は長田を見た。澄んだ目をしていた。

「率直に申し上げます。私は黒木さんに期待しています。黒木さんなら、臭い物にも蓋をしない。そう信じています」

戸惑った。先日は水もかけられた。それなのになぜ……。

「県警捜査一課の阿南さん。ご存じですよね。先日この家に来られました」

いずれ本部の意向が優先されるにせよ、捜査一課が乗り出すには時期尚早だ。まだ所轄の範疇で、手を出すのは横槍であり、組織を乱す行為だ。阿南の意図が読めなかった。

長田の顔が引き締まった。

「この事故が今後どのような展開になるのかは、自分には見当がつかない。捜査一課が乗り出しても、事故原因が特定できない、できたとしても誰にも責任がない、そんな結末になる可能性もある。実は自分がこの家に来ること自体、組織を乱す行為でもある。阿南さんはそうおっしゃいました」

黒木は頷き、続きを促した。阿南の行動にはそれなりの理由があったに違いない。

「この家に黒木という市役所職員が来るはずです。黒木なら内側から抉ってくれます。黒木を信用して下さい。阿南さんはおっしゃると、深々と頭を下げてきました。黒木なら信じるに値する男です。追い払わずに話をしてやって下さい。チャンスを与えて下さい。黒木は闘える男なんです。阿南さんは何度も何度もおっしゃいました」

黒木は目を大きく見開いた。顎を引き、長田が続ける。

「お会いしたのが初めてで、長い時間を過ごしたわけでなくても、阿南さんは信頼に足る人だと感じました。でも、私も人間です。信頼できる人間が信頼を寄せる人間を、私が信頼できるとは限らない。だから試させてもらいました。叫びたくなる日はあるのか、と」

長田が長い瞬きをした。

「楓に教わった善意にすがってみたいんです。市を憎む心情は変わりませんが、それ以上に期待もあります。黒木さん、事故調査委員会がどんな結論を出そうと、表に出すべき情報は出して下さい。私からのお願いです。今この時も闘っている秀太のためにもお願いします。根本的な問題解決をお願いします」

黒木は言葉が出てこなかった。

「秀太は志村海岸が好きでした。秀太の故郷はこの街です。志村市なんです。私は秀太にこの街を嫌いになってほしくない。憎んでほしくない。助けて下さい。秀太の気持ちを踏み躙らないで下さい。秀太がこの街を、あの海岸を憎まないよう、誇れる街であるよう膿があるなら膿を出し切って下さいっ。お願いします」

長田が深々と頭を下げてきた。膝に座る楓は目を丸くして長田を見上げると、同じ様にぎこちなく頭を下げた。

「おねがいします」

たどたどしい口調だった。

この子は……。黒木は膝がしらを押さえた。指が食い込むまで強く押さえていた。肩が揺れている。呼吸ができない。体が熱い。燃えるように熱い。目の奥、鼻の奥、喉の奥が焼けるように熱い。

「ねえ」

いつの間にか歩み寄ってきていた楓だった。その手に真っ白なハンカチが握られている。

「おじさんもさみしいの」

黒木は返事ができなかった。ただ喉の奥から呻き声に似た声ならぬ声を発し、ハンカチを受け取ることしかできなかった。

滲む視界の中で、楓が微笑んでいる。

黒木は全身で涙の熱さを思い出していた。

17

穏やかな風を浴びて歩きつつ、何度も目元を白いハンカチで拭った。

意識と体に距離感があった。体が宙を浮いているように感じる一方、やっと足が地に戻った感覚もある。黒木は一歩一歩、踏みしめるように歩いた。

久しぶりだった。所轄時代、環境犯罪課時代、捜査一課時代、この感覚を味わっていた。血は猛っているのに、頭は冴えている。

大熊に抱いた感情も、今では素直に受け止められる。羨望だ。羨ましかったのだ。大熊には意志があった。だから眩く見えた。この七年、自分は意志を失っていた。違う、封じていた。菅原の死。それが警官の本分を求めた意志の結果だったからだ。もちろん、菅原の死は一生背負わねばならない。自分は背負ったまま沈んでいた。

この七年、偽善者とはほど遠かった。仕事に何の意志もなかった。

仕事は意志――。

それは、菅原があえて言わなかった行間にも思えた。

黒木は自然と背筋が伸び、足が速まっていた。やらねばならない。結果にしなければならない。

この瞬間も長田秀太は闘っている。妹を哀しませないため、両親を哀しませないため、自分が生きるために闘っている。

頭の中がめまぐるしく動き、黒木は聞き取り調査を反芻していた。

陥没事故は不作為が引き金になった。ことなかれ主義。慣習。面倒を封じ込めようとする態度。そんな組織に根づくシステムを変えない限り、いつかまた同じような事態を招く。

とはいえ、弾が銃に込められていない限り、発砲できない。弾は単純な施工ミスだった可能性もある。

さらに黒木には頭から離れない、もう一つの可能性があった。

あの手紙。そこに書かれた殺人未遂という文字。

あの手紙が市職員から届いたのは間違いない。それ以外に届けられる人間もいなければば、理由もない。あの内容には何か根拠があるはずなのだ。

　手紙を書いた市職員は、厳密な意味で殺人未遂という言葉を使ったのではないだろう。市職員が犯罪の構成要件など考えはしないし、知りもしない。告発したい、放っておいた責任を果たすべき。そんな意図から殺人未遂というセンセーショナルな言葉を使ったと捉えるべきだ。

　砂浜がいつどこで陥没するかなど予測できない。けれど、いずれ陥没すると推測できる内容が、紛失ファイルに書かれているのではないのか。

　ファイルを読めば事故が予見できた。読んだ人間が管理体制の整備や修繕を怠り、今回の陥没事故に至った。思考を進めると、そう線が繫がる。

　施工担当者だった諏訪は、特に記憶にないと言っていた。もっとも、あの態度は何かを物語っている。今はまだ踏み込めないが、明日には武器が手に入る。当時の土木局長にも会うべきだろう。紛失したファイルを読んでいるはずだ。

　まずどこから切り込み、何を動かすべきなのか。ふっとその案が浮かび、時計を見ると、まだ昼前だった。

　庁舎に戻ると、佐川が別室に来た。黒木は口元を引き締めた。

「こちらの誠意は、ある程度までは長田さんに伝わったかと」

「ご苦労さん。どうした？　目が赤いな」

「寝不足ですよ」

「そうか。明日のJVの件もよろしく頼む。二時に川北建設の本社に行ってくれ。先方とはそれで話をつけた。何が出てくるんだろうな」

「何が出てきても、驚きません」

黒木は長田との会話を言わなかった。

佐川が出ていくと、電話を入れ、相手と午後七時半に会う約束をした。それから午後を、これからの自分の行動を考える時間に使った。

六時、庁舎を出た。咥(くわ)え煙草の中村と鉢合わせした。

「お疲れ様でした。お母様の容態はいかがですか」

「ああ？　まあ、普通だ」

中村は顔を背けてそのまま立ち去り、少し先で煙草を投げ捨てていた。

黒木は志村駅まで歩き、上りホームから街を眺めた。陽がほとんど沈み、街は影と灯(あか)りが混在している。

あの家々の灯りの下には市民がいる。この街から学校や会社に通い、戻ってくる、そんな大勢がこの街に住んでいる。あの灯りの下に、それぞれの営みがあるのだ。笑ったり、泣いたり、怒ったり、喜んだり。

この街は、そんな彼らの一日の出発点であり、終着点でもある。

誰にでも故郷はある。この街が故郷となる大勢の人たちがいる。この街を愛する人も大勢いる。住み続けたいのに何かの都合で出ていった人もいただろう。貶(おとし)めてはならない。志村市の名を汚してはならない。

それは志村市のためではない。志村市を故郷と慕う人たちのために。

志村市民のために。志村市はいい街だな。そう言ってほしい。些細な目標なのかもしれない。それでも、その実現が市役所職員の本分ではないのか。

閑静な住宅街を進んだ。大きくも小さくもない戸建てが並んでいる。いくつかの区画を過ぎ、目当ての戸建てに向かった。

佐藤。木製の表札を横目に、黒木は金属製の門扉脇のインターホンを押した。すぐに佐藤の声が漏れてきて、名乗ると、ほどなくドアが開いた。

客間なのだろう。テレビも何もないが、ソファーセットとテーブルがある部屋に通された。夫人が落ち着いた足取りでコーヒーを運んできて、会釈だけで出ていった。

佐藤が微笑んだ。

「資料は集まってますか。次は抑えられる自信はありませんので」

「鋭意準備中です」

「なによりです。今日はなんでしょうか。お急ぎの用とか」

黒木は息を止め、腹に力を込めた。

「市そのものに問題があるのかについて、佐藤教授はいかがお考えでしょう」

「書類の紛失なんて、どこでもありますよ。年金機構、防衛省、警察。数えたらきりがありません。全てが電子化されているわけでもない。神浜大学でもよく起きます。報道は鬼の首をとったように騒いでましたが、自分たちだって他人事ではないはずです」

口調は穏やかで、表情も柔らかいが、意図的にそうしている気配を感じた。

黒木は姿勢を正した。

「私が佐藤教授に色々とお願いしたこと自体が、何かを物語っているのでは？」

「市の言い分にも一理あります」

佐藤がコーヒーを口に運んだ。のんびりしているように見えるほど、ゆったりした動作だった。黒木はカップが置かれるのを待ち、言った。

「事故調査委員会の委員長として本来の責務を全うして頂きたい」

「何をおっしゃりたいので？　私は委員長の職務を全うしますよ」

「もう市側に立って頂く必要はないんです。安易に市を非難してほしいのでもありません。公平な目で事故原因を分析して下さい」

「私なりに一定の立場から、公平な目で見ております」

「事故調査委員会は、まだ始まっていないも同然です。事故現場の掘り返し作業も、資料精査も終わっていません。何かでその一定の立場が変わるのも、十分にあり得ます」

佐藤は平坦な目をしていて、表情もない。

「黒木さんは、市に責任があるとお考えなのですか」

「率直に言って。それなりの根拠もあります。それをここで述べるつもりはありません。佐藤教授には、それを見つけて頂きたい」

「以前のお話があります。息子の件です」

部屋には二人だけなのに、佐藤は声を潜めていた。黒木は佐藤の平坦な目を見据えた。

「私は漏らしません。あの話は私しか知りません」

「なぜこの段階でこんな話を？」

「個人的な理由です。ですが、今回のお願いの方が公共の利益にかなっています。息子さんの件については、信じてもらうしかありません」

黒木さん、と佐藤が静かな声で言った。

「私は今、神浜大でも学会でもそれなりの地位を築いております。私よりも優秀な学者は大勢いる。私より頭が切れる人物など、それこそ掃いて捨てるほどいる。なのに、私がこの分野では第一人者と言われております。なぜだか、おわかりですか」

「ご自身が何と思われようと、佐藤教授が一番優秀だからでしょう」

「いいえ。愚直だからですよ」

佐藤が腕を組み、天井を仰いだ。時間が過ぎていき、佐藤の顔が戻ってきた。

「市には組織的に問題がある。黒木さんはそう主張させたいのですね」

「端的に申し上げれば、その通りです。佐藤教授が事故調の委員長として本来の職務を果たして頂けるのなら、自ずと同じ結論になるかと」

佐藤が目を瞑った。なかなか開かない。黒木は喉を押し広げた。

「私に借りがあるはずです。私が知らせなければ、息子さんの所業を知る由もなかったのでは？　知らなければ、不意討ちを食らったかもしれない。不意討ちを食らえば、どんな打撃を被ったでしょうか。私は息子さんの一件を忘れます。あとはご家族で解決して下さい」

数秒後、佐藤の目が開いた。

「黒木さんのご意見、しかと受け止めました。私は私の責務を愚直に全うします」

淡々としたその口調は変わらなくても、尻尾を摑ませない発言を繰り返す佐藤から、言質をとれた。

責務を愚直に全うする。あの発言で十分だ。ここは引こう。

だが、気になる。柔らかさを装った、あの気配だ。何度か取調室であの気配と向き合った。一度決めると、てこでも動かない。そんな人種の気配だった。

神浜駅まで出た。繁華街を抜け、春の陽気が残る裏道を行く。雑居ビルに入り、ドアを開けると奥のスツールで今日も椎名は一人だった。

「最近は一人で飲むのが好きなのか」

「ふられましてね。四十直前の独身男には付き合いきれないんでしょう。いつものですか」

ああ、と応じた。椎名はカウンターに入ると、今夜も手慣れた手つきで氷を削り、ウイスキーを注いでマドラーで十三回転半かきまわし、カウンターに置いた。

黒木はそれを一口含み、言った。

「口止めにきた」

「何をですか」

「神浜大の学生の件」

「もう忘れてました。安心して下さい。今までだって黒サンから頼まれた内容を、誰かに話したことはありませんよ」

「知ってる。信じてもいる」

椎名が自分のロックグラスを振った。グラスに氷が触れる甲高い音がする。

「じゃあ、どうして」

「確かめたかったからかな。自分がしようとしてることを」

戻りましたね、と椎名がグラスを置き、煙草に火を点けた。

「何がだ？」

「目」椎名が煙をゆっくり吐き出す。「口調や表情、態度は穏やかでも、溢れる熱を放つ目です。獲物を狙う目、と言い換えてもいい。ライオンや鷹、蛇が獲物を狙う寸前の目です。明らかに、その目は餓えてます。生きるために狩ろうとする目です」

「生きるための狩り、か」

「そうです。懐かしい目です。おかえりなさい、黒サン」

18

「もう当時の現場責任者も退職しておりましてね、申し訳ありません」

名刺交換した。豊本幸一。川北建設土木事業本部第一課課長。志村海岸のような公共事業を担当する部署だという。大手ゼネコンだけあって、応接室はふんだんにあり、その一室で向き合っていた。テーブルには一冊の分厚いファイルが置かれている。

紛失ファイルと同じ内容が綴じられたファイルだ。黒木は静かに深呼吸した。心臓が高鳴っている。それを無理矢理に抑えつけ、豊本に話しかけた。

「お手数をおかけしました」

「原本は志村市に提出してるので、これはコピーになります。正確にはコピーのコピーですね。お持ち頂けるよう手配したものです。本当に痛ましく、大変な事故ですね」

「おっしゃる通りです」

「弊社としても残念です。要望をおっしゃって頂ければ、できる限り協力いたします」

「先の話ですが、事故調査委員会から連絡があるかもしれません」

「承知しました。心に留めておきます。ただ、説明できる人間がもういないのも現実なのですが」

「当時現場に出ていた他の方もいらっしゃらないのですか」

「何人かおりますが、いずれも下っ端だった者たちなので事業の仔細を把握していないんです」

本当なのだろう。嘘を言っても仕方がない。

「この場でファイルを拝見しても構いませんか。土木工事は門外漢なので、疑問点が出てくるはずです。それをここで教えてほしいのですが」

「どうぞ。そのための時間はとってあります」

黒木は視線を手元に落とした。ざっと百枚ほど綴じられている。腹の底が引き締まる。ここに書かれている内容。それを隠したかった誰かがいる。

開いた。読み慣れた体裁だった。

ページを捲るたび、指先に緊張が走り、文字を追う目が強張った。読み落としがないよう入念に、それでいて省くところは省いて読み進める。気が散るでしょうから。途中、豊本は内線番号を告げて部屋を出ていった。

目を通すまでに三十分ほどかかった。が……。

なかった。

引っ掛かる記述はどこにもなかった。このファイルを紛失させる意味はない。偶然このファイルだけが杜撰な管理の末、紛失した。そう考えるのが妥当に思えてくる。

もう一度、目を通し返した。今度も三十分かかった。

やはりなかった。陥没事故に繋がる記述はどこにもない。黒木は背もたれに力なく寄りかかった。

あの手紙。殺人未遂。その文字が目の奥で躍る。

おかしい。あの手紙に対する引っ掛かりは消えない。単純な紛失だとすれば、業務で必要となった職員が閲覧したのだ。ならば、業務が終わった時点で速やかに返却するのではないだろうか。紛失すれば、その火の粉が降りかかってくる。もちろん、返却を忘れ、どこに置いたのかすら失念したのかもしれない。そんな職員ならば紛失自体を忘れているか、憶えていても素知らぬふりをするだろう。

しかし、この一冊だけという点が気になる。特に閲覧すべき内容でもないのだ。この素っ気ない記述に何か別の意味があるのだろうか。あるとするならば、どんな意味が隠れているのか。豊本に質問しようにも、質問すべき内容などない。

黒木はじっと壁を見つめた。

目の前に絶壁が立ちはだかるのなら、登るために指がかかる箇所を見つけなければならない。裂け目、出っ張りを手当たり次第に探すのだ。

似ている。

ガサだ。ガサは大人数で犯罪を固める資料を探すため、根こそぎ資料やデータなどを押収する。いま自分は一人だ。一人であっても、できる何かはある。では、いま何ができるのか。この黒木という人間の表面がたとえ錆びついていても、芯まで侵食されてはいないはずだ。芯は菅原と過ごした時間であり、かけられた言葉——。

一つの教えが、すうっと脳裏に浮かんだ。

黒木は冷めたコーヒーを飲み干し、内線をかけた。ほどなく、豊本が新しいコーヒーとともに部屋に戻ってきた。

「お疲れ様です。いかがでしたか」

「参考になりました。持ち帰り、重ねて精読したいと思います」

黒木は出されたコーヒーに口をつけ、プラスチックカップを置き、豊本を見据えた。

「他の工事関係の書類も拝見したいのですが」

カマをかけた格好だった。完成前年の十月から十二月分のファイルを見せてほしい。市から要望していたのはそれだけだった。

推し量るような間の後、豊本が口を開いた。

「備忘録のような工事記録でしたら、ありますが」

「それをお願いします」

黒木は間髪を容れなかった。

全てを公開するのが、企業や組織にとって正しい道とは限らない。公開しなくていいものはしない。隠すほどの内容ではなくとも、公開が得にならない限り、進んでその情報を公開しない。全ての組織に共通する防衛意識だ。黒木は今回、それを体に刻み込まれている。逆に利用した形だった。普通に考えれば、提出義務のない書類もあるはずだ。

五分後、豊本が一冊のファイルを抱えて戻ってきた。用意してあったのだ。切り出してこないのならば、見せる必要はない。そう考えていたのだろう。要望を言えば協力する。挨拶(あいさつ)の段階で、豊本はそう述べていた。

――人間なんて、自分に都合の悪いことは隠しているもんだ。聞かれなかったから、言わなかった。そう言い訳できないよう、調べ、切り込むのが正道だ。

先ほど脳裏に浮かんだ菅原の教えを、黒木は改めて嚙(か)み締めた。

「これは提出義務のない書類ですので、市には提出していないものです」

そう言って豊本が机に置いたのは、単に工事記録と書かれたファイルだった。

黒木は早速開いた。日付、作業内容、備考と項目が分かれている。特に目を引く内容がないまま、ページを捲っていく。備考欄は空欄が続いていた。

十一月四日。備考欄にようやく記述がある。日付は紛失ファイルの記録時期の範囲だ。

　特殊布袋を購入。施工業者払い。

これまでの施工記録では見たことのない記述だった。

「公共工事の場合、自腹で施工業者が工事備品を購入する場合もあるのですか」

「いや、聞かないですね」

「これなんですが」と黒木はページを見せた。

「下請けさん、か」

「特殊布袋は何に使うのでしょうか」

「さあ」と豊本は首を捻った。「そもそも特殊布袋が何なのか。ちょっと私には」

豊本は立ち上がると内線を手に取った。ああ、豊本だけど、ちょっと教えてくれないか。特殊布袋って、何に使う道具なんだ。そう、特殊布袋。数秒、沈黙があった。ああ、そう。うん、了解、すまんな。豊本は受話器を置いた。

「施工関係の部署に問い合わせたんですが、わからないようですね」

「特殊じゃない布袋もあるのですか」

ううん。ひとつ唸ると、豊本が言った。

「布袋じゃありませんが、土嚢を使う場合があります。通常は堰き止めや、土台の補強なんかに」

「この下請けさんに聞くしかないですね」

「残念ですが、倒産してますので」

「多くの方が転職されたのでしょうね。どなたか、ご存じですか」

「さあ、私にはちょっと。個人的な交流もないので。知っていたとしてもプライバシーの問題がありますし」

重い口ぶりだった。黒木は喉の力を抜いた。

「この特殊布袋の正体を明らかにした方がいいのでは？　特に何も問題なければ、それでいいですが、問題があるとなると、御社にも少なからず影響を及ぼしかねません」

それに、と黒木は豊本の目を見据え、言い足した。

「いずれ事故調から要望が出ますよ。世論を考えれば、要望を撥ねつけられないですし、現段階ではっきりさせておけば、御社としてもその後の対応を考える余裕が生まれます。今のうちにしかるべき人物から事情を聞くべきです。市としても把握しておくべき点です。ご協力下さい」

豊本が押し黙り、壁掛け時計の音が妙に響いた。

黒木が返答をじっと待っていると、豊本が口を開いた。

「誰かの連絡先を知っている者がいるかもしれません。後日、連絡いたします」

あとは厚意に期待するしかない。黒木には連絡が来る確信があった。ジャブとして放った脅しが効いている感触はある。名刺に携帯番号を書きこみ、再度渡した。

市に提出していない工事記録をコピーしてもらい、川北建設を後にした。


庁舎に戻り、資料をひっくり返してみたが、特殊布袋という記述はなかった。五時過ぎ、別室に佐川がきた。

「悪いな。会議が長引いたんだ。海岸を完全に閉鎖するかどうかを延々とな。色々と悪戯にくる連中もいるみたいだ。度胸試しとか言って」

大熊たちの姿、石を投げる高校生の姿が頭に浮かんだ。

「事故原因が解明できないうちは、一般の立ち入りは閉鎖すべきでしょうね」

「まあな。で、どうだった」

黒木は紛失ファイルには特に目につく内容はなかったと伝えた。

「すると、ただの紛失か」

「例の手紙があります」

「悪戯と結論づけていいのかもしれない」

「気になる記述がこの資料にあります」黒木はコピーしてきた、市には提出されていない資料を佐川の前に置いた。「特殊布袋という記述です」

「それが事故に関係あるのか」

「まだ何とも言えませんが、紛失ファイルと同じ時期の記述です。川北建設の人間にも定かでないそうですし」

「正体不明で時期が一致していても、それがあの手紙の裏づけにはならないさ。ひとまず、お疲れさん」

佐川の言う通り、正体不明でも、それが陥没事故に関係しているとは限らない。ファイルの紛失原因は、単なる職員の怠慢かもしれないのだ。けれど、黒木には指先が何か出っ張りにかかった感触があった。紛失ファイルの記載時期と一致している点が気になる。

八時、庁舎を出た。帰り道でも思考が巡り続けていた。あれから特殊布袋をインターネットで検索してみたが、それらしいものはヒットしなかった。

コンビニで夕食を買い、路地に入ると人通りが途絶えた。

突然、油の臭いがして背中に衝撃がきた。膝が崩れそうになるも踏ん張り、黒木は背後にビニール袋を振って数歩進んで距離をとり、素早く振り返った。

目出し帽を被る男が五人いた。その背後には壁に寄りかかる男もいる。目出し帽は被っていないようだ。街灯の光は届かず、その顔までは見えない。

ここは住宅街なのに、孤島のような場所だ。周囲は壁に囲まれ、壁の向こう側は墓と公園。誰かが通りかかるのを待っている場合ではない。一人で切り抜けないと……。

黒木はビニール袋を掲げた。

「アンタらのおかげでミートソースがよく混ざったよ」

返答はない。黒木は姿勢を整えた。

二人が突っ込んできた。ビニール袋を一人に投げつけ、相手の足が止まる間に、もう一人に向き直った。拳がきた。何とか鼻先でかわし、踏み込む。腹に打ち込んだ。いい感触があり、男がくぐもった声を発する。続いてその顎を打ち抜き、足をかけた。転倒の派手な音がした。腹に衝撃があり、息が詰まった。三人に囲まれている。拳を二発腹に食らい、よろけた。黒木は間合いをとるために鋭角に曲げた肘を大きく振り、蹴りを放った。

一人が肩から突っ込んできた。足をすくわれるも、手を伸ばして男の服を摑んだ。薄い生地が鈍い音をたてて裂け、不意に黒木の体は宙に浮いた。黒木は背中からアスファルトに叩きつけられ、体の力が抜けた。

革靴が腹に食い込んできた。息ができず、胃液が込み上げてくる。黒木は頭を抱え、内臓を守ろうと体を丸めた。背中、腹、足、肩……。二十発まで蹴りを数えたが、そこでやめた。この連中に殺すつもりはない。殺すつもりなら、もう殺されている。こういう類の連中に恨まれる理由なら数多いが、腑に落ちない。この七年、何も起きなかった。つまり今、痛めつけられていることに意味がある。

黒木はひたすら耐えた。意識を失わないよう注意した。

痛みが痺れに変わり、ついに何も感じなくなった頃、蹴りがやんだ。

「俺たちが何を言いたいのかわかるよな」

聞き覚えのない声だった。

「さあな。読心術の心得はないんだ」

革靴の蹴りを喉元に食らった。強烈な一撃で息ができず、むせた。肺が酸素を求めるが、体が言うことをきかない。

黒木の咳が治まるのを見計らったように、男が言った。

「わかってるはずだ」

「念のために教えてくれ。勘違いしたくない」

「これ以上はやめておけ」

「仕事の話か」

「ああ」

感情を飼い馴らすのには慣れていた。七年間、抑えつけてきたのだ。この一瞬を誤魔化すくらい造作もない。心の一部を切り落とせば済む。

「……適当にやるよ。仕事だから、やらないわけにはいかない」

「何事も適当が一番だ」

蹴りが腹部にきた。別れの挨拶にしては強烈な一撃だった。

19

肘をつき、上体を慎重に起こした。路地を這うように進み、上半身だけ汚れた壁にもたれかかり、唾を吐く。血は混じっていない。内臓は無事だったようだ。黒木は肩で息を吐いた。

あの連中は何者なのか。いま携わっている仕事に口を出してきて、しかも自宅近くで待ち伏せしていた。……その正体は漠としていても、明確になったことがある。

立ち上がろうとすると、腹が強烈に痛んだ。歯を食い縛って痛みをやり過ごし、だましだまし片膝を立てた。そこに腕を置いて反動で一気に立ち上がる。痛みが全身を貫き、壁に思わず全身を預けた。三十秒数え、一歩、踏み出してみる。足先から腹に鈍痛が響くものの、歩けないほどではない。点検するように一歩ずつ足を動かして路地を抜け、マンションがある大通りに出た。普段は五分で歩ける道のりを、三十分かけて歩いた。オートロックを抜け、エレベーターに乗る。壁に手をついて内廊下を進み、鍵をドアに差し込む。ドアを開け、体を入れると、黒木は靴も脱げずに玄関に倒れ込んだ。

背後から冷たい空気が流れてきていた。

「そこがこの部屋で一番寝心地がいいのか」

……玄関で倒れたまま眠っていたらしい。どれくらい眠っていたのか。声の方向にしずしずと首を向けると、阿南が腕時計を一瞥していた。

「お目覚めだな。午前零時か。おはようにはまだ早いか」

「寝起きに見るには強烈な顔だな。ここはオートロックだ。不法侵入したのか」

「オートロックの入り方なんて、黒木もよく知ってんだろ」

強張る体を動かし、腕をついて上半身を起こそうとした。腹部に痛みが走り、体が崩れ、呻き声が勝手に漏れた。黒木っ。鋭い阿南の声を浴びた。

阿南の肩を借り、部屋に入ると、黒木はソファーに腰掛けた。

「殺風景な部屋だな」

立ったままの阿南が言った。

「整頓されてると言い直せよ」

「そういう見方もあるな」

「何か飲みたければ勝手に冷蔵庫からとってくれ。動く気分じゃない」

「お前は？」

「ビール」

阿南がキッチンに行き、缶ビールを二本とってきた。黒木は受け取り、口をつけた。途端に喉の渇きが強くなり、一気に半分を飲んだ。

「何しに来たんだ」

「長田さんから電話があった。『黒木が来た』って。お前がもう一度逃げ出さないよう、尻を蹴飛ばしてやりたくなってな」

「そうか。お節介をありがとう。長田さんに俺のことを話したそうだな」

阿南が鼻で笑った。

「自惚れた鼻をへし折ってやろうとしただけだ」

「自惚れ？　俺とは縁遠い言葉だよ」

「いや。うじうじと自分を追い詰めてた。見苦しいほどにな」

「それが自惚れなのかよ」

「ああ。お前、何様だ？　別に世界は黒木を中心に回ってないんだ」

「それだけのことをした」

「お前なんて世界にありふれた一人に過ぎない。スガさんはお前ごときに殺されたんじゃない。第一、スガさんはお前を恨むほど、小さな人間じゃないだろうが」

心地よい痛みが黒木の胸にあった。それを見透かすように阿南が続ける。

「あと、我慢できない点がもう一つ」

「この際だ。聞いておく」

「俺に嘘を吐くのは構わん。でもな、自分に嘘を吐いてるのは見苦しかった。何か勘違いしたお前が一人で殻に閉じこもってただけだ。しかも偽善者の意味を曲解してな」

「勘違いに、偽善者か」

阿南が視線を巡らせ、鼻をこれみよがしにひくつかせた。

「忘れたわけじゃないんだな。鶏蕎麦の匂いがする」

「何日か前に作った。今さら作り方を忘れるはずはないけど、忘れそうで怖くてな」

「忘れたくても忘れないさ」阿南がビールを飲み、微笑んだ。「菅原塾の塾生なら捜査方法より、まず鶏蕎麦の作り方を叩き込まれる。俺も昨日作ったばかりだ。待機班は暇でな」

黒木も微笑んでいた。阿南の顔が不意に引き締まった。

「何があった？　その体の怪我だ」

「おかげではっきりしたよ。陥没事故は単純な事故じゃないってね」

ほう、と阿南が目を細める。

「傷害の被害届を出せ。そうすりゃ、県警も介入できそうだ」

「誰も暴行を受けたとは言ってないぞ」

「一目瞭然だよ」

「だとしても、俺が届を出すと思うか」

「いや」阿南が言った。「俺がお前ならしないな」

襲ってきた連中は、大事な部分を忘れていた。余計に疑いが強まることを。

「やっと、やる気になったみたいだな」阿南が肩をすくめた。

「エンジンのかかりが悪くてな」

「お前を見てたら、スガさんの教えを思い出した。これでいいのか。そう思わなくなったら終わりだ、ってな」

「これでいいのか？　終わり？　俺は言われた憶えがない」

「お前には言う必要がなかったんだろう。どうせ今回だって、うじうじ悩んでたんだろ？　お前はそういう性格なんだ。だからスガさんは言わなかったんだ」

これでいいのか。そう何度も悩んだが……。

「俺は記者会見が紛糾しかけた時、志村市への風当たりが強まるのを避けたいと思った」

「当たり前だろ。お前は市の職員だ」

すうっと黒木は胸が軽くなった。

「なあ、鑑識に弁天は残ってるか」

「ああ。相変わらず優秀だよ。いまや鑑識のエース様だ。携帯は変わってない」

阿南はそれ以上、踏み込んでこなかった。すまない。黒木は胸の内で感謝した。口に出してしまっては、心遣いを無駄にしてしまう。

「黒木、逃げるのは負けじゃない。お前は変わってない。単にやるべきことが変わっただけだ。どんな職種に就こうが偽善者だ。偽善者の務めを全う（まっと）しろ」

「そのつもりだ」

阿南は共感してくれていたのだ。菅原が目の前で殺される立場に追い込まれたら、辞める以外に選択肢がない、と。だから強く引き留めてこなかった。そして、今——。

いい同期を持った。

「お前が一人で背負えるほど、世の中は軽くない」阿南が言った。

「憶えておく」

「背筋だけは伸びてるな。暴力を受けたくせに生意気だ」

阿南が再び微笑んだ。

スポーツ新聞を広げ、コーヒーを傾ける若い男、読書をする若い女。観光客らしき男女。土曜の昼過ぎのジャンゴには様々な人種がいた。のんびりとした空気が満ちる店内で、マスターが嬉（うれ）しそうにコーヒーを淹（い）れている。黒木も新聞に目を落としていた。しばらくすると甲高いヒールの音が近づいてきたので、顔を上げた。

「はあい、黒木さん、お元気」

弁天が手を振っていた。昨晩、夜遅くにもかかわらず電話をすると、弁天は快活な声でこの時間にジャンゴで会ってくれると言った。

弁天は薄手のコートを翻し、肩までの髪をなびかせている。薄手のニット越しに嫌でも目がいくスタイルは相変わらずいい。整った顔立ちに薄い化粧も変わらない。ジャンゴの客の誰もが弁天に目をやっていた。弁天も間もなく三十五歳。いい歳の取り方をしている。

黒木は弁天を初めて見た時を振り返っていた。

県警本部に上がってきた直後、殺しがあった。その現場に弁天がいた。若い女性は警察ではただでさえ目立つ。おまけに長身で整った顔立ちも、余計に目を引いた。滅多刺しの遺体にも物怖(ものお)じせず、弁天は仕事をてきぱきとこなしていた。

あの女、最近民間から転職してきたらしい。留学してたから英語とスペイン語がぺらぺらだそうだ。近くにいた先輩が言った。なんで県警に来たんですかね。さあな。先輩は首を傾げた。名前も生意気らしいぞ。名前が？　財前仁美(ざいぜんひとみ)、な、生意気だろ。意味不明だったので黒木は生返事するしかなかった。

弁天は色眼鏡で見られていた。周囲の鑑識課員も腫(は)れ物に触るような態度で、あからさまに舌打ちする課員も見かけた。すみません、邪魔はさせませんので。一人の課員はそう黒木たちに声をかけてきた。

作業の最後、弁天だけが遺体に手を合わせていた。

そしてその現場で、弁天が犯人の決定的な遺留物を見つけた。

事件の解決後、打ち上げをするのが捜査一課の伝統だ。その席に鑑識組も来て、弁天もいた。黒木は一升瓶を抱え、労(ねぎら)いの意味も込め、酒を注ぎに行った。

「ありがとう。助かったよ。君は福の神だ」

「仕事ですから。でも、礼なんて初めて言われました。気持ちいいものですね」

「君だけが遺体に手を合わせてた。だから、君が犯人の遺留品を見つけたんだろうな」

「奇遇ですね、わたしも同感です。それにしても福の神ですか」

「ああ。これからもあやかれるよう、君の名前にちなんで弁天と呼ばせてもらうよ。鑑識で紅一点だし、名字もそれっぽいから」

「悪くないですね」

以来、黒木は弁天と呼んだ。

弁天は優雅な仕草でトーストセットを頼み、黒木の正面に座った。

「黒木さん、お変わりないようで」

「弁天も」

「やだな。女は一日ごとに変わりますよ」

「それなら、弁天は女じゃないらしい」

「なにしろ福の神ですから」

「実は神頼みしたいんだ」

「神頼み？」弁天は軽く眉をひそめた。ただし、その目は笑っている。「今まで一回もデートに誘ってくれなかったのに？」

「先約が多いだろうから遠慮してたんだよ。俺は初詣にすら行かないタイプだしさ。神様には縁がない」

「神様に遠慮は無用です。神頼みされるのが仕事ですから」

黒木は鞄から、昨日襲ってきた男からちぎり取った布を出し、弁天の前に置いた。弁天は一瞥し、視線を戻してきた。

「この布を調べればいいんですか」

「ご明察。指紋、染みついた成分、その他もろもろ」

「人使いが荒いですね」

弁天のトーストセットが運ばれてきた。コーヒーの香りがぷんと舞い、淹れたての香りが弁天に似合っていた。失礼して頂きますよ。弁天は厚切りのトーストにたっぷりのバターを塗り、ハチミツをかけた。黒木もコーヒーを口にして、カップを置いた。

「規則違反は承知してる。頼めるのは弁天しかいないんだ。日常業務の合間を縫って何とかやってほしい」

「黒木さん」その眉間に皺が現れた。「怒りますよ」

弁天がトーストを皿に置く。

「見損なわないで下さい。黒木さんは恩人です。最優先でやります」

「俺が恩人？」

「そうです。肩に力を入れなくていい。そう教えてくれたのは黒木さんです。初めて会った現場のこと、憶えていますか」

ああ、黒木が言うと、弁天の眉間から皺が消えた。

「あの頃、色眼鏡で自分が見られてるって知ってましたし、絶対に負けたくなかった。だから必要以上に突っ張ってて、肩に力も入ってました。運よく、あの時は結果が出ました。でも疲れるし、自分の居場所はここにはないと感じてたんです。だから辞めようと。それを黒木さんの軽口が救ってくれました。こんな人も県警にいるんなら、もう少し続けてみようと思えたんです」

「そんな大事業を成し遂げていたなんて、知らなかったな」

「誰にも言ってないのに知られていたら、気持ち悪いですよ」

それから三十分ほど、とりとめのない話をした。静かな時間だった。久しくこういう時間を過ごしていない。

「どうですか、これからピクニックにでも行きます？　はたまた映画なんか」

「悪いけど、長い間歩けそうもないし、座っていられそうもないんだ」

「風邪ですか？　そんな感じはしませんけど」

「筋肉痛」

「どうやら振られましたか」

「弁天を振る男なんていないよ」

「世間知らずですね」

弁天が手袋をつけ、黒木が渡した布をバッグから取り出したビニール袋に入れた。

「じゃあ、そろそろカイシャに戻ります。昼休憩って、ほんと短いですよね」

「土曜出勤か。どっちみち、ピクニックも映画も行けなかったんだな」

「長年連絡もくれなかった腹いせに、振ってやりたくて」弁天が舌を出した。「筋肉痛、お大事に」

黒木は弁天を見送り、それからコーヒーをもう一杯飲んだ。二日分の食糧を買い込み、自宅に戻るなり、ベッドに横になった。

寝られる時には寝ろ、食べられる時には食え。刑事の鉄則だ。性根に染み着いた習性は簡単には消えない。だったら従えばいい。

土日を睡眠に費やした。眠りながらも、意識の底では思考が巡り続けていた。

日曜の夜は、明日の第二回事故調査委員会の資料を暗唱できるくらいまで読み込み、佐藤に電話を入れた。

「私は私の責務を全うします」

佐藤はきっぱりと言った。

20

午後二時、志村市内のホテルで第二回事故調査委員会は始まり、佐藤が開会の挨拶をすると、委員と市職員は二台のワゴン車に分乗し、志村海岸に向かった。

海岸にはすでに重機が三台用意され、作業員の準備も整い、記者も揃っている。テレビカメラはなく、新聞各社も地元記者ばかりだった。陥没事故から三週間が経ち、マスコミ各社の戦線は縮小している。応援部隊が、かかりきりになるほど大きな事故ではない。マスコミはそう判断したらしい。

砂浜に棒で刺した穴は見当たらず、もう跡形もなく消えている。だからといって、あれが愚行とは言えない。大熊らは意志を持って行動したのだ。

委員が見守る中、事故現場の掘り返し作業が始まった。重機の激しい唸りが海岸の波音をかき消し、その場を支配した。遠巻きにしている記者が、作業の様子を一眼レフカメラで撮影している。黒木はその光景を眺めながら、考えていた。

誰かが何かを隠そうとしている。金曜の夜に襲ってきた連中が何よりの証拠だ。誰かが連中を動かしたと見るのが自然だ。その誰かがファイルを持ち去ったのだろうか。

……ファイルに目を引く記述はなかった。それでも、まだ単なる紛失だとは言い切れない。川北建設独自の資料に記してあった、特殊布袋の正体も不明だ。蓋を開ければ、事故とまるで関係なかったとしても、片付けるべき問題だろう。

重ねて、あの手紙もある。手紙の差出人に問い質したかった。

アンタは何を知っている？　誰が何を隠そうとしている？

その時、ざわつきが起こった。

思考が遮られ、黒木も視線が吸い寄せられた。佐藤が現場監督に何か声をかけて重機が止まり、海岸に潮騒が戻ってきた。

委員の一人が膝を突き、這いつくばるように穴を覗き込んでいる。黒木も足を砂にとられながら近づき、委員の背後から穴を覗いてみた。

土嚢が積まれていた。歳月に晒された土嚢だ。見るからに湿っていて、周囲には細かな砂利が散らばっている。この砂利も土嚢と一緒に埋められたのだろう。防砂板の背部ですね、と佐藤が言った。

一番若い委員が穴に下り、土嚢と防砂板に顔を近づけている。しばらくして、写真を、と呼びかけてきた。準備室の市職員の一人も穴に下り、写真を撮った。

「防砂板に縦のひび割れが現認できます」若い委員が振り返ってきた。「そこから海水が漏れてますね」

「妙ですね」佐藤が眉根を寄せた。「以前も亀裂が確認されているにしても、資料では防砂板は五センチの厚みがあると書かれてました。五センチの厚みがあれば、普通ならまだ亀裂は入らない。個体差で一部だけが劣化するならともかく、あちこちで亀裂が見つかるのはおかしい。このような状況となるのは、十数年後のはず」

「見る限り、厚みに偽りはないですね。あるいはそれ以上の厚みかもしれません。施工も問題なく、しっかり目地部にはめ込まれています」

なるほど、と佐藤が重々しく頷いた。

さらにこれまで陥没した箇所をいくつか掘り返した。同じように防砂板の背後に土嚢が積まれている箇所があった。いずれも周囲の砂は湿り、防砂板の亀裂も数か所で現認された。黒木が見る限り、施工にも防砂板の品質にも問題はなさそうだった。

「自然が相手ですからね」

佐藤が呟いた。

委員は順番にそれぞれの穴に下り、防砂板やその周囲の様子を確認した。黒木も委員の観察が終わった後、穴に下りてみた。

防砂板に手をやると湿っていた。顔を寄せてみる。縦に三ミリ程度、目で見える亀裂があった。湿った土嚢を摑み上げようと試みるも、かなり重たく、全力でやっと底が浮いた。一袋で二十キロはありそうだ。

頭に叩き込んだ資料を反芻する。防砂板の背後に土嚢を積む。そんな施工方法ではなく、そんな記述もなかった。

この土嚢は何を意味するのか。

別の場所で作業が進む中、黒木は土嚢を見つめていた。そろそろ戻りましょう。しばらくして、佐藤の声が背後でした。海岸に来て、いつの間にか二時間近くが経っていた。

ホテルの会議室に戻ると、議論が始まった。川北建設から取り寄せた資料、先ほど撮影した写真のプリントアウトなどが各委員に配布された。

会議は粛々と進み、資料と施工状況を照らし合わせ、施工や部品そのものには問題がなさそうだと結論づけられた。

委員の一人が言った。

「あちこちにあった土嚢についてですが、資料に記載がありませんね。当初の施工計画とは違いますし、市に施工方法の変更届も出されていないんですか？　工事打ち合わせ簿もありませんし。通常、予定外の作業をする場合、そういう手順を踏むはずですが」

慌ただしくページを捲る音が部屋に散った。……記録にはありません。準備室の市職員からの、か細い声だった。

現場ではよくありますよ、と別の委員が応じた。へえ、と何人かの委員が声を上げる。

そうそう、と大手ゼネコンから大学教授に転じた委員が話を引き取った。

「各整備局のガイドラインでは口頭協議での施工変更は認めず、変更特記仕様書の作成や費用の計上を求めています。だけど、実際には現場での口頭協議のみの変更は頻繁にあります。不測の事態が起きたら、現場は上の協議なんて待ってられません。工事期間が延びますからね。特に公共事業ですと、予算の再計上など色々と面倒でね。だから、それにまつわるトラブルも後を絶ちません。よくあるからこそ、ガイドラインが存在するとも言えますな」

そういえば、と別の委員が口にした。部屋の空気が変わっている……。取調室で何度か味わった空気だった。話が流れて行きそうになる空気。

「ちょっとよろしいでしょうか」

我知らず、黒木は声をあげていた。委員の目が一斉にこちらを向いた。どの目も丸くなっている。黒子役が声をあげた。その顔には一様に驚きが表れている。準備室の市職員に至っては、敵意にも似た目つきだった。

黒木は腹を括った。予定外の行動でも仕方ない。ここで自分が言わなければ、話は流れてしまう。

何もしなければ、何も起こらない――。この七年、何度も自分に言い聞かせてきた。何もしてこなかった七年が、その真実を実証している。

黒木は腹に、喉に、目に力を込めた。

「今日の掘り返し作業で見つかった土嚢ですが、あれは何のためのものでしょうか」

一瞬の空白があいた。

「そりゃあ、君、補強しかないよ」先ほどの、ゼネコン出身の委員が言った。

「先生のお話を加味すると、緊急に補強する必要が出たと捉えられますよね」

「そうだね」

「その場合、当時どういった事態だったと想定されるのでしょう」

「さあ。記録にもないからね。でも今回の場合、それは根本的な問題ではないよ」

「といいますと」

ちょっと君、と準備室の市職員が鋭い声を発した。黒木は無視して、ゼネコン出身の委員を見据えていた。

「しかし不測の事態が起きたわけですよね」黒木は食い下がった。

「事故の原因とは関係ない、ということだよ」

いい加減にしないか。準備室の市職員が立ち上がり、こちらに向かってきた。

「出てってくれ、邪魔するな」

腕を掴まれるも、黒木は力任せに振り解き、思わず睨みつけていた。市職員が一歩退き、部屋の空気が硬くなっていく。

咳払いが部屋に響いた。

佐藤だった。援護射撃がくる。黒木は胸の奥が軽くなった。委員の顔が一斉に佐藤に向き直っていく。

「元々、志村海岸は浸食が激しい海岸でしたね」

佐藤が落ち着いた口調で言い、委員がそれぞれ資料を捲った。黒木も彼らに倣った。概要が書かれているページを見る。佐藤の指摘通りの記述がある。

「想定以上、いえ、そもそも自然の影響を想定するのはかなり難しい」

佐藤はゆっくり委員を見回してから、黒木に目を向けた。

「防砂板には亀裂がありました。波の運動に合わせ、その亀裂から水が浸入し、砂を掻き出した。そこに最初は小さな空洞ができ、次第に大きくなっていき、ついには空洞の上に載る砂の重みで崩れた。それが陥没のメカニズムだと推測されます。実験していないので、あくまで仮定の話ですが。ただこの仮定が正しいのなら、土嚢があってもなくても、メカニズムには関係ありません」

委員が一斉に頷いている。委員の誰もの頭にあった仮定を佐藤が言語化したのだろう。第一人者としての言葉の重みもあるのか。

黒木には佐藤の目に急に力が宿り、その体が大きくなったように見えた。

「防砂板の厚みにも留め方にも問題があるようには見えません。おそらく、波の浸食力が想定以上に強かったのでしょう。今回の陥没事故は、不幸にして崩れる前の砂に少年が載ってしまった末の事故。そう考えられます」

想定以上？　まさか……。黒木は息を止めた。佐藤から目が逸らせなかった。

「市や国がもう少し早く対応していれば、もちろん事故は防げたでしょう。もっとも、これを予見するのは不可能に近い。専門家の私ですら、これまで考えもしなかったんです。自然の恐ろしさ。その一言に尽きます」

黒木は口を開けた。何とか言葉は押し止めた。

やられた――。

私は私の責務を愚直に全うする。あの言葉はこういう意味だったのか。佐藤は市を追及する側にはいない。原因が予想以上の自然の力だとしても、管理責任を問える。そうすべきなのに……。

「では」佐藤が粛然と続ける。「私が申し上げた推論について意見のある方はどうぞ」

全委員、佐藤の意見に賛同していった。

実験の方法、場所、時期についての話が進んでいき、六時、第二回事故調査委員会は予定通りに終わった。

「私は私の責務を全うしたまでです」

九時過ぎ。黒木は佐藤の自宅で向き合っていた。佐藤は表情も変えず、声も穏やかだった。その分、動かしがたい岩を彷彿(ほうふつ)させた。

「予想以上の自然の力が原因なのは、ほぼ間違いない。黒木さんもご覧になったでしょう」

「管理は市です。何度も陥没が発生し、確認されてもいます。もう少し早く対応に乗り出していれば、事故は防げたのではないでしょうか」

「その可能性はあります。けれど、今回の事故を予想するのは難しいという意見を変えるつもりはありません。最初の陥没ではおろか、数度目の陥没でも何か海岸に異変があると感じるのは、専門家でも難しい。それを市の落ち度というのは酷です。というよりも、自然を蔑(さげす)むも同然です。市に責任があるのなら、設計担当者、開発担当者にも責任が及んでしまいますよ」

「それは論理の飛躍に思えます」

「いずれにせよ」佐藤は粛然と言った。「実証実験にもよるでしょうが、私の推論はおおむね正しいと認識しております」

「あくまでも市に責任はない、と」

「その通りです」

黒木は唇を嚙んだ。重い。余りにも重い。……これは自分が流れに身を任せた代償だ。そういう意味では、佐川は順当な指示を出した。市にとって、これほど有り難い援護射撃はない。工学の第一人者がお墨付きを与えているのだ。

使いたくないカードが心中で存在感を強めていく。一度、切ったカード。じわり、と脂汗が額に、腋に染み出た。ぐっと指先を太腿に食い込ませる。とっくに汚泥にまみれている。躊躇う必要はない。何のためにこのカードを使うのかを考えればいい。汚いカードでも利用すべき時だ。

「息子さんの件ですが」

黒木さん、と佐藤の強い声が覆い被さってきた。

「この際、息子は息子、私は私です。二度目にお目にかかった際、そう痛感したんです。もはや息子の名誉のためではありません。公にしたいのなら、どうぞご自由に。その代わり、私は私にされた提案を公にします。私の名誉のためです。市の示唆に関係なく、市に責任を問うのは酷だと考えた。そう主張するだけです」

刃を向けていたつもりが、逆に鋭く突きつけられた……。売られた喧嘩は買う。そんな気配が佐藤から濃厚に漂っている。第一人者の矜持、それとも本来の性質なのか。どちらにしても読み切れなかった。佐藤には佐藤の強い意志があった。足元を見られた、その忸怩たる思いが今の佐藤を動かしているのだ。佐藤はあの差出人不明の手紙も、特殊布袋の記述も知らない。金曜に黒木が受けた暴行も知らない。たとえ知っていたとしても、同じ決意をしただろう。

振り返ってみれば、最初から佐藤はこの気配を発していた。息子の所業を突きつけた時、佐藤の頬は紅潮し、震えていた。あれは憤怒と口惜しさだったのか。

佐藤が公にすれば、その刃は間違いなくこの首を斬る。

長田親子の顔が頭に浮かんだ。宮前の顔、大熊の姿も浮かんだ。黒木は引き下がるしかなかった。

21

佐川が自席で新聞を置いた。防砂板亀裂が原因か。各紙、似た見出しだった。非難めいた記事はない。佐藤がそういう会見を開いていたからだ。

「おおむね、思惑通りに進んでるな。事態をコントロールできてる」

自分の考えを佐川に話せば、どうなるか。黒木は昨晩考えていた。……結論は出ていない。佐川は市の体制について、良くは思っていない。その面だけを見れば、元凶を明らかにし、市の責任を問う方向に賛同してくれるだろう。他方、佐川は市を庇う手立ても考えている。佐川は市に愛着がある。家族に降りかかった経験から、市職員の家族が余波に巻き込まれないよう、防波堤となっているのだ。この側面から見れば、市の責任を問う方向には反対するだろう。

「やりあったらしいな。昨日の委員会で」

「肝心な部分が流れていきそうだったので、発言しただけです」

「そうか。まあいい。県警の動きはどうだ」

「特には。動くのなら、私に接触してくるはずです。その気配はありません」

「その後、差出人不明の手紙は」

「あれ以来、届いてません」

佐川の内線が鳴った。ええ、はい、参ります。受話器を置くと、佐川が目を上げた。

「一緒に来てくれ」

向かったのは市長室だった。普段は開け放たれているドアを佐川が閉めた。部屋が一瞬しんとし、座る権田が切り出してきた。

「事故調準備室からの苦情が広報課にいき、佐川君と私の耳にも入った」

黒木は黙って次の一言を待った。権田が続けた。

「あくまでも事故調査は第三者機関に委ねなければならない。そこに市の意思が介入したと思われる行為は慎まねばならない」

「妨げようとしたのでも、市の意思に従わせようとしたのでもありません」

「そう見られるのが問題なんだよ。幸い、昨日は委員長の佐藤教授が会見で触れなかったから助かった。外部に漏れた場合、どうするつもりだったんだ」

「あの場でするべき発言をしただけです」

「情報の取捨選択をするのは君じゃない。第三者機関である事故調査委員会だ」

「示唆が必要な場合もあります」

「はき違えるなッ」権田が机に拳を落とした。「今、我々が考えるべきなのは陥没事故の原因ではなく、いかに市を守るかだ。市が傷つかない方法を講じて、実行するかなんだ」

権田のこめかみに青筋が浮かんだ。

「君は市のために働いている。君は市から給与を貰っている。その給与は市民が払っているんだぞ。市の名誉を守るのは、市民のためでもある。君は市を守るために特命を与えられていた。市の利益を最優先に考えて行動しなければならない。君個人の考えなど微塵も必要としていない。君への特命は、市を守る方策を考える材料集めに過ぎない」

黒木はじっと権田を見返した。何かを隠そうとしているのは、この男なのか。

市長が現場のことまで把握しているのだろうか。わからない。とはいえ、志村海岸の整備事業は市長の肝煎りだ。全てを把握しようとし、実際にそうしていても不思議ではない。振り返ってみれば、ファイルの紛失にも動じた様子はなかった。あの時点で紛失を知っていたのは自分と佐川を除けば、事故調査委員会準備室だけだ。それなのに、妙に腹の据わった態度だった。知っていたのならば、あの態度にも納得はいく。

黒木君、と権田が言った。

「私は聖人君子を気取るつもりはない。この際だ。はっきり言おう。市がいかに傷つかず、名を上げるのか。それが市長および市職員の重要な務めだ。今回の陥没事故は流弾だ。こんな事態を誰が予想できる？　守るべきものは市の名前や評判、職員の名誉だ。保身だ。それの何が悪い？　自分の身や組織を守って何が悪い？」

権田の目つきが尖った。

「君は君の行動で市が不利益を被った場合、市職員や市民に責任がとれるのか。いや、責任なんて生易しいものじゃない。君は彼らの人生を背負えるのか」

ドッ、と全身の血が一気に滾った。背負ったザマを見ろ。これで背負っていると言えるのか――。

黒木。気勢を削ぐように、傍らから佐川が言った。黒木は奥歯を噛み締め、感情を鎮めた。

権田が机に上半身を乗り出し、人差し指を黒木に突きつけた。

「我々は瀬戸際にいる。それを強く認識してくれ。きっちり立場をわきまえ、果たすべき役割を果たしてくれ。市の利益になる行動をとってくれ」

勢いよく権田が背もたれに寄りかかり、革が擦れる音がした。

「今後委員会には出席しなくていい。県警とのパイプは生かしてもらうが、特命からは外れてくれ。君には別の業務がある」

「何でしょうか」

「電話番だ。いずれ陥没事故についての苦情や問い合わせ先を一本化する。その先陣となってもらう。場所は今まで通りの部屋を使って構わない。何人程度必要なのか、どんな問い合わせが多いのか。その調査をまずしなければならない。その担当だ。君には事故についての知識がある。他にも知識がある職員もいるが、それぞれ業務を抱えている。今、この瞬間から君は電話番だ」

午前八時から午後六時半まで。通常業務よりも長い時間が課された。窓際に追いやられた形だ。従っておけばいい。ここで疑念を問いかけても、かわされる。かわせない何かを掴み、目の前に突きつけなければならない。

懲罰のつもりだろうが、気は楽になっていた。電話をしてくる市民の中には文句を放つ行為自体を目的にし、ここぞとばかりに責め立てる輩も多いだろう。ただ耳を傾けるべき意見もあるはずだ。それは健全な市職員の仕事だ。

別室に戻った。ついてきた佐川が肩を叩いてきた。

「堪えてくれ。俺も一人の上層部として受け入れないとならない。市も組織だ。組織の一部が暴発するのを防がないといけない。気長にやれ」

九年も同じ油絵を描き続けている佐川に言われると、説得力があった。

苦情の電話はかなり回ってきた。なんとか一人で捌(さば)ける量で、別業務を進める余裕も時間もなかった。

苦情記録をつけていた午後七時。携帯電話が鳴った。局番は市内。表示された番号は、もう憶(おぼ)えていた。何度も電話をしていた相手だった。

黒木さんの携帯かな。石沼(いしぬま)さんですね。軽い挨拶(あいさつ)を交わし合った。

「何度も電話を貰ってたのにすまなかったね。この二週間、海外旅行に行っててね。携帯は無粋だから持っていかなかったんだ。おかげで不便したよ」

「こちらこそ何度も失礼しました。これからお会いできないでしょうか」

「ずいぶん急だな」

「留守番電話にも入れた通り、志村海岸での陥没事故のことでお話を伺わせて下さい。石沼さんが土木局長だった時代についてです」

「役に立てないと思うがなあ」

「話すうちに記憶が蘇(よみがえ)る場合もありますよ。志村市のためにご協力をお願いします」

石沼は渋々といった調子で了承してくれた。

一時間後、志村市内の喫茶店で向き合った。石沼は白髪を撫(な)でつけ、でっぷりとした体が不健康なほど、よく陽に焼けている。

「ハワイでゴルフ三昧でね」石沼は豪快に笑った。「長く働いたご褒美さ。体が丈夫なうちに、せいぜい楽しんでおかないと。いやあ、夜に喫茶店ってのも妙な気分だなあ」

適当に話を合わせた後、黒木は紛失ファイルの件や特殊布袋について尋ねた。

「さあ。すまんね、役に立たなくて。局長なんて、お飾りだからね。下からの報告書にハンコを押す。それが仕事みたいなもんだったから」

……反応が速い。速すぎるほどだ。

「だいたい、もう十年近く前の話だよ。私も七十前だ。記憶力も鈍ってるよ」

石沼は口調こそ朗らかだが、目元は引き締まっている。

「そうそう、佐川君は元気かね」

唐突な話題の転換だった。

「市民部の部長です。私の上司でもあります」

「それは良かった。優秀な男だけに、彼も色々あったから」

「佐川部長とはどんなご関係で？」

「彼は土木局が管轄してた、環境保全課の課長だったんだ」

「佐川さんにまつわるあれこれを憶えていらっしゃるなら、志村海岸の件も憶えていらっしゃるのでは？」

黒木が話題を力ずくで戻すと、石沼の眉間に深い皺が寄った。

「そんな無理を言わないでくれ。知らないことは知らない。憶えてないことは憶えてない。そもそも陥没事故は私には関係ない話だよ」

石沼が去ってからも黒木は喫茶店に残り、今後の動き方を考えていた。日中は身動きがとれない。できるとしても、せいぜい資料を見返すくらいだろう。

電話がテーブルの上で振動した。弁天だった。

「黒木さん、ご機嫌いかがですか」

「五里霧中の真っただ中だな」

「そんな可哀想な黒木さんに朗報です。簡易結果が出ました」

「速いな、さすがだよ」

「神様ですから。善は急げとも言いますし」弁天が口調を不意に改めた。「指紋は黒木さん以外になし。ああ、黒木さんの指紋は県警に保管してあるので、それで照合しました。布は大量生産されてる布地です。ファストファッション系の製品でしょうね」

「焦らさないでくれ。朗報というくらいなら、何か見つかったんだろ」

「これまで一度もデートに誘われなかったんですよ? 少しくらい焦らしても罰は当たりません。わたし、神様ですし」

弁天が軽く笑った。その笑顔が想像できた。

「黒木さんの得意分野ですよ。硫酸ピッチの成分が検出されました」

硫酸ピッチ……。黒木は大きく息を吐いた。

「得意分野？　関わったのは、だいぶ前だよ」

「でも知らないわけじゃない。知ってるんなら得意分野ですよ。アイドルのプロフィールと同じ。一度しかしてなくても趣味はサーフィン、ぬいぐるみ集めと言っちゃえばいいんです。イメージこそ全てです。心の持ちようですよ」

「鑑識の言葉とは思えないな」

「鑑識課員である前に、わたしは一人の人間ですから」

「人間じゃなくて神様だろ」

「忘れてました。今は世を忍ぶ仮の姿だって」

硫酸ピッチ。黒木は軽口の最中も、その単語を頭の中で転がしていると、確かめたい事柄に行き当たった。

「硫酸ピッチは、覚醒剤みたいに成分比較が可能だよな」

「ええ。癖がありますから。覚醒剤と同じで」

覚醒剤は製造者や地域によって、微妙に不純物や配合成分比が異なる。指紋のようなものだ。といっても、国内には大規模な製造工場はない。臭気対策などが面倒な上、海外から仕入れる方が安上がりだからだ。成分比較は北朝鮮製やロシア製、中国製などと密輸先の分析に活用され、流通経路の洗い出しや、密輸先と関係の深い卸元の炙り出しに繋がっていく。

「近いうちに、また神頼みするよ」

「お待ちしております。神は祝福を授けるのが仕事です」

電話を切ると黒木は店を出て、駅に向かった。ベランダで洗濯物を取り入れる女性が見えた。笑顔を振りまく初々しい高校生のカップルもいた。駄々をこね、母親に抱っこされる幼女もいた。

志村駅から街を見下ろした。黒木は湧き上がるものがあった。灯り(あか)が街を彩り、マンションや家々の影が夜を縁取っている。木々が風で揺れ、潮の香りがする。ざわめき、笑い声が聞こえる。滑らかな空気が体を包み込んでくる。

志村市が好きだ——。黒木はそう気づいた。

今日も店内には椎名一人だった。黒木はスツールに腰掛けた。

「この店、本当に客がくるのか?」

「神のみぞ知る、ですね」

「その神からお告げがあった。手を貸してくれ」

「喜んで。せいぜい功徳を積みましょう」

「尾行して突き止めてほしい場所がある」

用件を話し終えると、椎名が二本の指を立てた。

「少し時間を下さい。丸二日もあればいけるでしょう」

22

朝から曇り空で冷たい風も吹き、冬が戻ってきたようだった。庁舎内も空気は冷え、骨まで染みてくる。時折、ぱらついた雨がアスファルトを濡らし、風に乗った雨粒が窓を叩いた。そんな午前中、黒木は三本の電話を受けた。そのうち一本は一時間にも亘った。男の老人からだった。市の対応はなってない、市は何を考えてるんだ、市民を裏切るな。言われる通りだった。昼、広報課に戻ると、宮前だけが残っていた。

「昼に出ないのか」

「電話があるかもしれないので。ここでお弁当です」

「広報課への電話は減ってないのか」

「減りましたよ、黒木さんのおかげで。でも一応残ってないと。誰も出なかったら、また市への不満が溜まるだけですから」

仕事への責任感。菅原の言葉が蘇ってきた。宮前も持っている。それも強い責任感だ。

いやあ、参ったよ。

隣の児童教育課から中村の声がした。広報課にいるのは自分と宮前という、中村とは相容れない二人だ。だから児童教育課に止まっているのだろう。中村は明日まで長田秀太が入院する市民病院に詰める担当だったはずだ。なぜここに？

「やっと病院番から解放されたよ」

中村は大きく両腕を突き上げ、欠伸交じりで伸びをした。お疲れさん、お疲れ様です。児童教育課から次々に労いの声が飛ぶ。

「ほんと、お疲れだよ。やってらんないよね。何で私が子供の容態を気にしなきゃいけないんだ？　私には児童教育課は無理だよ。君ら、大変だねぇ」

乾いた笑い声が児童教育課から上がる。黒木は思わず周囲を見た。良かった。市民の姿はない。

「これでやっと仕事に専念できるな。課長も暇じゃないからねぇ」

中村は聞こえよがしに大声を発した。

黒木さん、と宮前が囁いてきた。見ると、宮前の大きな目には強い光が宿り、中村を睨みつけるようだった。黒木は視線を隣の児童教育課に戻した。どうして中村は病院から戻ってきた？　病院詰めが別の担当に代わったのか。もしくは……。

「何の因果か、俺の番の時に亡くなるとはね」中村がへらへらと笑みを浮かべた。「どうせ死ぬなら、もっと早く死んでくれって話だよ」

なんだと――。黒木は弾かれたように立ち上がり、一歩を踏み出していた。

まったくさ、と中村が得意げに吐き捨てる。

「往生際が悪いよ、死に損ないなのに。ま、死ぬのが怖かったんだろう」

周囲からその発言を咎める声はあがらない。もう中村さんったら。児童教育課の女性課長ですら中村をたしなめようともせず、あっけらかんとしていた。黒木は息を止めた。長田秀太が亡くなったのにこいつらは……。周囲から音が引いていく。こめかみの脈動が荒ぶり　強く耳朶を叩いてくる。

中村の正面に立った。

「あんたの仕事は何だ」

「ああ？　君はお疲れ様の一言もないのか」

「あんたの仕事は何だ、と聞いてる。あんたに責任感はあるのか」

「それが上司に対する口の利き方かね」中村は舌打ちした。「私の仕事は子供のお守りじゃないんだよ。何が哀しくて、お守りなんかしなきゃならない？」

「長田秀太君がどんな思いで闘っていたのか、想像できないのか」

「思いも何もあるわけないだろ。あの子供は意識不明だったんだぞ」

中村が鼻で笑った。

黒木は目を剝いた。体が熱く、今にも破裂しそうだった。

「長田秀太君の家族が事故以来、どんな心境か考えたことはあるか」

「あの一家の心境なんて、私には無関係だよ。いい歳して、綺麗事ばかり言ってんじゃない。あ、綺麗事ばっかり言って現実が見えてないから、県警で失敗して逃げてきたのか。言われた仕事もできないガラクタの分際で、正義漢ぶるなよ」

外国人のように両手を広げ、中村は肩をすくめた。黒木はその胸倉を摑んだ。中村の顔から嘲笑が引いた。

「おいおい、そんなに熱くなるな。子供の一人や二人が死んだって、世の中は何も変わらない。私たちにだって関係ないんだ」

「もう一度聞く。あんたに責任感はあるのか」

「いい加減にしろっ。あんな子供のことなんて知るか。自分で穴に落ちたんだ。自業自得で、死んでも仕方ないだろうが。あんな子供のために病院で時間を費やす身にもなってみろ」

鈍い音がした。

黒木は拳を放っていた。崩れ落ちる中村の顔面に、膝を叩きつけた。悲鳴がフロアに響いた。さらに髪を掴んで顔を上げ、拳を打ち込もうとした。

背後から腰に抱き着かれた。

「駄目です。堪えて下さいっ」

宮前だった。すっと意識が冷め、黒木は中村の髪を放した。中村は力なく床に倒れ込んだ。

黒木の脳裏には長田楓のあどけない顔が浮かんでいた。

「記者や市民に見られなくて良かったな」佐川が抑揚もなく言った。「見られていたらアウトだ。市民がいれば、中村も何も言わなかったかもしれないが」

「すみません。けど、あの態度はあり得ません。周りの連中も」

決して受け入れられないにせよ、自分の意見を口にする中村はましだと言える。時間が経った今、何も言わずにいた連中に摑みかかりたい衝動に、黒木は駆られていた。

「宮前に事情は聴いた。世の中には何事も見て見ぬふりをする人間が多いのも事実だ。県警にいたんだ。それくらい百も承知だろ。そんな連中を全員殴って回るつもりか」

「いえ」

それしか返す言葉はなかった。腹の底はまだ煮えているものの、佐川の顔も立てねばならない。声高に処分を叫ぶ中村を納得させ、騒ぎが広がらないよう手を打ってくれた。

佐川が首を軽く振った。

「中村も、あんなんじゃなかったんだ。俺の部下が死んだ話はしたな。その部下と中村は結婚寸前だったんだ。知ってたのは俺だけでな。役所は狭い世界だ。別れた時に面倒だからと、二人はこっそり付き合ってたんだよ」

驚いた。勝手にかつての佐川の部下が男だと、黒木は思っていた。

「それが何か」

「部下にビデオカメラを貸したのが中村だ。自分を責めてな。カメラを貸さなければ死ななかった、と。日に日に中村の頰は削げ、顔は青白くなり、目が異様な光を帯び始めた。そんな時、親御さんの体調も崩れた。ある日、中村が突然言い出した。『哀しいけれど、私のせいじゃない。あいつが貸してほしいと言った以上、死んだのはあいつに原因がある』ってな」

佐川が腕を組んだ。

「あの事故以降、中村は必要以上のことを極端にしなくなった。聞いてはいないが、怖いんだろうよ。一種の防衛本能さ。長田秀太が死んだのは、長田秀太のせいじゃないと認めると、自分が崩れると直感してるんだろう。最初の記者会見前、中村の貧乏ゆすりが止まらなかっただろ？　煙草の本数もひどかった。あれも恐怖の表れだな」

本能だろうが恐怖だろうが、そんなものは崩れればいい。理由が何だろうと、度を越している。

話を進めるか、と佐川が言った。

「黒木、通夜には行かなくていい」

「長田家の対応は私の役割でした」

「今は違う」

「市からは誰が参列するんですか。中村課長じゃないでしょうね」

「それは俺がさせない。部署から考えれば、児童教育課か教育委員会の誰かだな。誰かが出席して、市の誠意を形として見せなきゃならない」

苦みが込み上げてきたが、黒木は押し止め、言った。

「市長は参列しないのですか」

「責任者はまずい。まだ市に責任があると決まったわけじゃない」

「報道各社に出すコメントはできましたか」

長田秀太が亡くなった以上、報道各社が市にコメントを求めてくる。黒木はその作業に関わっていない。

「ああ、あと一時間ほどで各社に流す。『心からお悔やみ申し上げます。志村市では事故原因の追究に全力を尽くしております』。まあ、常套句だな」

当たり障りのない言葉だ。感情は微塵もこもっていない。

その日、それから三本の電話を受け、黒木は帰宅した。テレビでニュースを見た。長田秀太は低酸素症による脳障害で死亡していた。

殺人未遂。あの手紙の文言が浮かぶ。とうとう未遂がとれ、殺人になった。ソファーに寄りかかり、電話を耳にあてた。すぐに呼び出し音が切れた。

山澤の背後に声はしなかった。捜査中であれば、ある種の緊張感が伝わってくるが、それもない。

「教えてほしいことがある。俺を騙した報いだ」

「教えられることなら」

山澤は朗らかに言った。

翌日、午前中は三本、午後は五本の電話を受けた。どれも三十分以上という長い電話だった。二時間に及ぶものもあった。まだ謝罪しないのか。まだ原因を突き止められないのか。調査はいつまでかかるのか。質問は似通っている。そして、市の対応がなっていないという話に流れていく。昨日の老人から再び電話があった。

「市はなってないなあ。こんな市に存在価値があるのかね」

今日も老人のそんな話を一時間以上、真摯に聞いた。

最後の電話を切ったのは午後七時半だった。黒木は足早に庁舎を出た。途中で駅前のビルに入り、そのトイレでネクタイを締め直し、腕には数珠をはめた。

こぢんまりした集会場だった。周辺住民用の施設だ。長田秀太と同じ年頃の少年の手を引きつつ、目頭を押さえる母親がいた。目を真っ赤にする少女たちがいた。黒木は姿勢を正し、参列を終えた人々の間を抜け、歩みを進めた。

昨晩、山澤に長田秀太の通夜会場を聞いたのだ。

会場に入ると、香と菊のニオイで満ちていた。白黒の幕が壁一面に張られ、正面には菊に囲まれた長田秀太の遺影がある。成長すれば精悍な顔立ちになっただろう、端整な顔をしていた。時間が遅いからか、もう参列者の姿は会場にはない。

遺族席に長田の姿はなかった。母親の隣で楓がぼんやり遺影を見つめている。黒木は深く息を吸った。ゆっくり頭を下げる。遺族席が一様に頭を下げ返してきた。

楓がこちらを向いた。

「あ、おじさん」

あどけない声だった。

黒木は焼香し、しっかりと手を合わせた。君の死は無駄にしない。どうか安らかに眠って下さい――。長田秀太の遺影に胸中で語りかけ、冥福を祈った。

手を解くと、楓に歩み寄り、真っ白なハンカチを差し出した。

「この前はありがとう。返すよ」

楓は小さな手でハンカチを受け取ると、言った。

「ねえ、おじさん。おにいはどこにいったの？」

言葉に詰まった。

「とおくってどこ？　かえで、おにいにあいたいな」

楓、と隣の母親も絶句していた。

黒木は楓の小さな手を握った。何も言えなかった。ただ唇を嚙み締めることしかできなかった。体の芯が揺れている。その揺れは大きくなる一方で収まる気配はない。

話は終わりました、早く帰って下さいっ――。

急に怒声にも似た長田の声がした。遺族席の背後にある扉の向こうからだ。目を向けると、ほぼ同時に扉が開き、見覚えのある顔が出てきた。

児童教育課の女性課長だ。中村の発言をたしなめようともしなかった人間。手には菓子折らしきものを持っている。

「せめてこれはお受け取り下さい」

女性課長は会場に背を向け、扉の向こうに菓子折を出している。結構ですので、お引き取り下さい。長田の強い声が押し返す。

「そうおっしゃらず、これは気持ちですので」

女性課長は笑みを浮かべていた。それはどこか怒りを滲ませた笑みだった。

女性課長を押し出すように長田が扉から出てきた。二人は扉の前でこちらに横顔を向け、対峙した。

「一つ教えて下さい。あなたには秀太を弔う気持ちがありますか」

「はい」女性課長が意気込むように言った。「教育行政に携わる一人として市内の児童が亡くなってしまい、遺憾の意を表します」

「では、どうかそのまま出ていって下さい。秀太はあなたに弔われたいとは思わない。少なくとも、私はそう教育します」

女性課長は開けた口を、きつく閉じた。顔が紅潮し、唇が震えている。その目は長田を睨むようだった。

「失礼いたします」

振り返った女性課長と黒木は目が合った。女性課長は露骨に眉をひそめた。すれ違いざま、黒木は舌打ちとともに囁かれた。

なんで、あたしがこんな目に遭わなきゃいけないの。

床を叩く攻撃的な靴音が去った。

「黒木さん、少しよろしいですか」

長田は真っ赤な目をしていた。

扉の向こうに入った。和室になっていて、そこの使い古された座布団に座り、小さな座卓を挟んで向かいあった。長田は静かに切り出してきた。

「率直に申し上げます。志村市は腐ってる。本当に秀太が亡くなったのを残念に思う人間がこういう場で、遺憾などという日常で使用しない言葉を用いますか」

「あれは児童教育課の課長でしたね。何があったのでしょうか」

「菓子折を持ってきました。通夜の席にですよ。それだけでも見識を疑いましたが、話をしたいというので、この部屋で向き合ったんです」

長田の口調は以前と同様に淡々としていた。それだけに、黒木には感情を押し殺している気配が濃厚に伝わってきた。

長田は拳を座卓に置いた。

「市として子供たちに悪影響が出ないよう、教員を通じて海岸は危険だと周知徹底させる。それでも海岸に行くのなら、両親の手をしっかり握るよう教える。そう言ったんです」

馬鹿な……。黒木は口ごもった。長田が悪いともとれる言い方だ。問題意識の根本がずれている。

長田が続けた。

「心底呆れたのはその後です。人間は生きている以上、誰にでも使命があるという見方がある。早すぎる死を迎えたとしても、息子さんはその使命を成し遂げたと言えるのではないか。あの女は、そう言ったんです」

黒木は完全に話の接ぎ穂を失った。手前勝手すぎる理屈だ。長田が首を振る。

「成し遂げた？　冗談じゃない。まだ九歳ですよ。プロ野球選手になりたい夢、楓と手を繋いで学校に行きたいとのささやかな望み、もっと字がうまくなるために習字に通いたいという希望。秀太が何を成し遂げたというんです？　秀太の未来はこれからだった」

長田は拳を開き、胸の前でその手の平を見つめた。

「私はもう二度と秀太とキャッチボールができない。マメのできた、あの小さな手を握れない。寝る前に本を読んでもやれない。楓と仲良く話す姿も見られない。中学生や高校生になり、生意気な口をきかれる不安も抱けない。一緒に酒も飲めない。社会人となり、彼女を紹介される驚きも待ち望めない。私はもう秀太の喜びや哀しみを一緒に味わえないんです。それどころか、秀太の叫び声すら聞けなかった――」

長田の体が小刻みに震えた。

「いっぱい笑って、いっぱい食べて、いっぱい遊んで大きくなってほしい、そんな願いすらもう抱けないんです」

黒木は体内がかき乱された。ドンッ、と腹の底から熱の塊が突き上げてきた。

長田の視線が弱々しく揺れた。

「このままでは、私は本当に志村市を嫌いになってしまう。秀太が好きだったこの街を恨んでしまう。私はそれが怖い。楓に伝染してしまいそうで恐ろしい。秀太との思い出までが穢れてしまいそうで恐ろしいんです」

　お浄めの席には、大人に交ざり、長田秀太の同級生と思しき児童の姿もあった。ほとんどの人が会場に行っていますし、秀太を弔うと思って。長田に乞われ、黒木は参加した。こういう席だからだろう。いつもは賑やかなはずの児童の間にも会話はなく、よそよそしい雰囲気すら漂っている。なぜかくっきり二手に分かれていた。三十分が経ち、そろそろ黒木が席を立とうとした時だった。

痛いっ。黒木の近くで叫び声があがった。目をやった。大人一人を挟み、黒木の隣の隣に座っていた女子児童だった。

　その女子児童の髪を、背後に立つ別の女子児童が引っ張っていた。叫んだ女子児童はそのまま引き倒された。

　倒した女子児童が怒鳴った。

「なんで、アンタがいんの。秀太が死んだの、秀太のせいってテレビで言ってたじゃないっ」

　やっちまえ。やめなさいよ。あちこちで二手に分かれた児童の声が飛んだ。

　慌てて周囲にいた大人が割って入るも、女子児童は放さない。アンタ、恥ずかしくないの。叫び、ますます強く髪を引っ張る。引っ張られる方は無抵抗で、言い返しもしなかった。止めに入った母親と思しき女性が弾き飛ばされた。

黒木も止めに入り、思いがけず踏ん張った。女子児童は小学三年生とは思えないほどの力だった。その体は異様なくらいに熱く、手足がでたらめに動き、絶えず何かを叫んでいる。

「やめるんだっ。長田秀太君がどこかで見てるぞ」

黒木が言うと、不意に女子児童の体から力が抜けた。黒木は手を離した。

その場にへたり込んだ女子児童は体を震わせ、泣き出した。その体が張り裂けそうなほど激しい泣き声だった。すみません。母親と思しき女性が、黒木に頭を下げた。いえ、黒木は曖昧にしか返事ができなかった。

ざわめきが澱む中、長田が隣に並んできた。

「学校では秀太派と反秀太派に分かれたそうです。ワイドショーが秀太や私の責任を問うインタビューを流したのが、原因だそうです。髪を摑まれた子も、この場では何も言い返せないでしょう。哀しい限りです」

黒木は、女子児童のしゃくりあげる背中をじっと見据えた。余波はこんなところにも及んでいる。

事故が起きなければ、入らなかった児童たちの亀裂。不要な裂け目……。

23

黒木は朝から市長室に呼び出された。室内の空気は硬かった。

「昨晩、通夜に行ったそうだな。行かなくていい、と佐川君は言わなかったのか」

「市職員として行ったのではありません。個人として参列しただけです」

権田が睨みつけてきた。

「詭弁だ。勝手な行動は慎んでくれ」

「プライベートな時間まで指示を受けるいわれはありません」

「今はそんな屁理屈を言ってる場合ではない。通達も出してる。読んでないのか」

「電話対応で忙しく、読みそびれていたようです」

嘘だった。目は通している。全市職員宛ての通達だ。市職員の参列は市の責任を認めることにもなりかねない。そのため指定された職員以外は、長田秀太君の通夜、告別式には参加しないように。くだらない通達だった。

「一体、君はどちらを向いて仕事をしてるんだ」

そのまま問い返してみたかった。市長はどっちを向いてるんですか、内側ですか外側ですか。ファイル紛失を知っていたのではないですか。あのファイルには隠れた意味があるのですか。明らかになると、あなたの首は飛ぶのですか。黒木は喉まで込み上げたそれらの言葉を呑み込んだ。権田の答えは予想できる。問いかけるまでもない。

「来週の火曜は国交省に行かねばならない。その前に妙な火種は作るな」

黒木は素直に頭を下げた。それまでは腹の中を見せる必要はない。逃げられない確証を手に入れ、喉元に突きつける。

失礼します、と黒木は市長室を出た。

廊下の向こうから市議の升嶋が歩いてきた。周囲には誰もおらず、升嶋が口元を歪めるように笑みを浮かべた。

「色々と大変だそうだな。窓際に飛ばされたんだって？　中村から聞いたよ」

「大変じゃない仕事なんてありません」

「おお、クールだねえ。まあいい。市長もそろそろ身を引く時期だと思わないか。あんな市長のために働くなんて恥ずかしいだろ」

「別に市長のために働いているのではないので」

「それなら話は早い」升嶋が声を潜めた。「市長を説得できる材料はないか。事故調のために色々と情報を集めてるんだろ？　一つや二つあるはずだ。悪いようにはしない。アンタ、このまま進むと引き返せないぞ。提供資料の下準備とか広報課として説明を聞いていた、そんな理由は嘘っぱちだろ？　隠蔽工作に携わってたんだろ？」

「隠蔽できるほど、小さな事故とは思えませんが」

「アンタさあ、あの写真、公開されたいの？　先が断たれるぞ。あの写真だよ」

少し間をあけ、升嶋は粘着質な口調で続けた。

「あの時に天気の話をしていようが、夕飯の話をしていようが、今あれを見た人間はそうは考えないだろうなあ」

この男は最初からこういう使い方をするつもりだったのだ。あれから日数が経っているのに、写真を公表していない。密談場面という確証はなくても、ただそれらしく写真を公表すればいい話だ。

隠蔽を疑ったところで証拠はない。実際、権田と佐川から出るわけがない。今のところ、佐藤教授も表に出す気配はない。嗅ぎ回って、煙を感じたとしても火は見えないはずだ。だからこそ今、あの写真なのだ。膠着を打破し、打撃を与えるべく、升嶋はカードを切ってきた。

「公にしてない情報があるんだろ？　生きてれば、誰にだって傷はあるもんだ」

「それなら升嶋さんにも傷があるんですね」

升嶋は肩をすくめた。「冗談だよ。生真面目というか、何というか。いいかね、もう権田さんの時代じゃない。私が市長になった方がいいんだ」

黒木は軽く頭を下げ、脇を抜けようとすると腕を摑まれた。

「考えてもみろ。志村海岸は国の管轄だ。最後は国が尻拭いしてくれる。むしろ尻拭いさせなきゃならない」

「国が尻拭い？　正気ですか」

「当然だろ。いま、そんな気配があるか？　少なくとも私には感じられない。その時点で、あの人の政治手腕は落第なんだよ」

升嶋は得意げだった。

この男……。権田の保身には少なくとも意地がある。褒められた行為ではないにしろ、市のためになろうとする気構えがある。

「市議、市長になったら、どんな市にしたいですか」

「そりゃあ、もちろん、なんだ、そうだ、ああ、市民が安心安全で暮らせる街さ」

何も言っていないに等しい一言だった。

「なぜ、そんなに市長になりたいんです？」

「男なら負けっ放しはいかん。目の上のタンコブに一泡吹かせたいだろ。権田さんには事業でも抑えつけられてるしな。……これも冗談さ。なあ、アンタに残された時間は少ないぞ。一筆書いておくか？　アンタは情報を集め、私に提供する。その代わり、私はあの写真は公開しない。この条件でどうだ」

「残念ですが、その気はありません。それにしても一筆がお好きですね」

「世界は契約と取引でできてるんだよ。一筆が身を守る材料にもなる。どんな場合も一筆は不可欠だ。アンタは今、チャンスをふいにしたんだ。大馬鹿だな。ま、アンタより使えそうな若い職員もいるしな」

升嶋はぽんと肩を叩いてきて、市長室に向かっていった。今日こそ一筆を貰いますよ。

その野太い声が廊下に響いた。

午後一時に携帯電話が震えた。川北建設の豊本からだった。黒木は内容をメモし、電話を切ると、早速かけた。豊本さんから聞いています。来週月曜の夜なら時間がとれますので。かつて川北建設の下請けで、志村海岸の現場担当だった笹原(ささはら)は言った。

電話が鳴らない合間、何度か電話をかけた。留守番電話に繋(つな)がるだけだった。今日もいつもの老人やその他の電話を受け、一段落ついた時、佐川が別室に来た。

「市長にご注進があったそうだな。通夜の件だ」

「気にしても仕方ありません。別に恥じる必要もありません」

「意に介せずか。で、苦情はどうだ」

「それなりには。市役所は市民と近い存在だと痛感させられます」

「応(こた)えてるようだな」

「仕事じゃなければ、放り出したいですよ」

佐川が壁に寄りかかった。

「どんな人間だろうと、その職分と一人の人間という二つの顔がある。俺も昔、それを強く実感した」

電話が鳴り、黒木が受話器を取ると、佐川は部屋を出ていった。

六時半に退庁し、神浜市に向かった。

椎名の店は閉まっていたので、黒木はジャンゴに入った。七年前同様、夜に入るマスターが微笑みかけてきた。金曜の夜だけあって、生演奏していた。まだ店内に客は少ないが、若い女が艶っぽい声で歌っている。この店で夜にだけ用意される、特製の干しササミとビールを楽しんだ。干しササミは相変わらず旨かった。塩気はない。それなのに旨みだけがある。

帰り際、マスターにそう告げた。マスターがビニール袋を出してきた。

「どうぞお持ち帰り下さい。干しササミです。菅原さんが亡くなって以来、お久しぶりですからね。またのお越しを」

九時、再び椎名の店に向かった。今度はドアが開いた。

「やあ、黒サン。以心伝心ですね。今、まさに連絡しようとしてたんです」

「男と以心伝心できても嬉しくないよ」

「まあ、そう言わずに」

黒木はスツールに座った。

「連絡しようとしてたんなら、突き止めたんだな」

「ええ。僕はデキる男ですから。またの名を責任感の塊と言います」

「案内してくれ」

「そうくると思って、今日は酒を控えてたんですよ。いざドライブへ」

手を叩き、椎名は眉を上下させた。

椎名の車に乗りこんだ。バイパスを抜けて、家がぽつりぽつりとある集落に入り、西へ走っていく。

「一つ聞いていいか」

「なんなりと」

「どうしてここまで俺を助けてくれるんだ。最初に俺が助けたのを借りだと思ってるのか？　だとしても、もうずいぶんと借りは返してもらった。むしろ借りてるくらいだ。他に何か理由があるんだろ」

「そりゃ、ありますよ」

「何なんだ」

「ねえ、黒サン。世の中の全てに理由が必要なんでしょうか。動機なき殺人を描いた推理小説があってもいい、わけがわからないまま終わるハリウッド映画があってもいい。全てを理解しようなんて、おこがましい話なんです。それに全てに理由があるとしても、それを知る必要がありますか？」

「墓場まで持っていく気なのか」

「そんな大げさな」

車は山道に入った。山道といっても、トラック同士がすれ違える程度の道幅はある。ここは神浜市外れの山中で、志村市、さらに別の隣市との境界線がある。街灯もなく、木々やガードレールを照らす車のライトだけが頼りだった。

不意に椎名が口を開いた。

「一つ言えるとするなら、最初は打算でした。でもね、黒サンとの付き合いを重ねていくうち、僕の中で変わっていくものがあった。……実のところ、核心的な理由は僕自身も判然としません。最大の謎は自分自身って言いますし。多分、僕も黒サンと同じような経験があるからでしょう」

椎名の過去か。語り合ってこなかったし、椎名は語ろうともしない。全ての指に骨折した跡のある手、繁盛しない店を続ける意味、決して結婚しようとはしない態度、柔らかい物腰に備わった芯。全てに何か理由があるのだろう。別に聞かなくていい。椎名の言う通り、全てを知る必要などない。

椎名が軽くハンドルを叩いた。

「やりたいけど、やりたくない。自分で望んだのに現実になってほしくない。そういう矛盾なんて誰でも抱えてるんじゃないでしょうか。黒サンにとっては県警を辞めたこととか」

曲がりくねった道を抜け、やがて開けた場所に出た。場所はまるで違うが、佐藤の息子を追った先にも似ている。車が静かに止まった。

ライトの先に大きな倉庫が見えた。敷地の周りは金網フェンスで囲まれていて、大きな鉄門の先には砂利が敷かれている。十台以上のトラックが駐車できるスペースが広がっており、倉庫はその奥にある。

椎名がライトを消すと、周囲は漆黒の世界になった。

「グローブボックスに二本の懐中電灯があります。取って頂けます？」

黒木は言われた通りに開け、まさぐり、二本のうち一本を椎名に渡した。

「この二日間、夕方の六時から午前零時まで人の出入りはありませんでした」

「あれが丸権運送の倉庫なのか」

「関係性は不明です。不動産登記も法人登記も県外の男性名義でした。この二日間、昼間は中年の男が何人か詰めてました。志村市内の丸権運送本社から、小ぶりのトラック三台が来ています。尾行したんです。その三台はドラム缶を運び込んでました」

「登記では倉庫の用途は何になってたんだ」

「砂利や建材保管用の倉庫と」

徐々に目が闇に慣れてきたので、黒木はフロントガラス越しに辺りを確認した。ひと気はない。

「午前零時以降は出入りがあるのか」

「トラックが出入りします。やはり、ドラム缶を積んで出ていくんです」

黒木は腕時計を顔に近づけた。十時過ぎ。時間は充分にあるとはいえ、早めに済ませるのが得策だ。監視カメラの類は見当たらない。あるとしても、街中からここに来るまでには時間がかかる。倉庫に人がいるとも思えない。

倉庫からもう少し頂上方向に進み、山道に車を止めた。昨日、一昨日とあれ以上、山道を登るトラックはなかったので。椎名はそう言った。

車を降りた途端、鋭利な風が吹いた。体が芯から震える風だった。

しばらくその場で立ったままでいた。さらに目が慣れてくると、おぼろげに倉庫やフェンスの輪郭が夜の闇に浮かび上がってきた。念のため、懐中電灯を点けずに進んだ。確かめるように足を踏み出し、フェンスに近づいていく。

「昼間にチェックした限りでは、監視カメラはどこにもありませんでした」椎名が小声で言った。「ここまで来た以上、見るだけじゃないんですよね」

「いい占い師になれるよ」

「そりゃ良かった。転職の心配がなくなりました」

黒木は見上げた。高いフェンスだ。自分の身長から考えると、二メートル近くはあるだろう。

飛びついた。フェンスが揺れる音が散った。構わずに腕を伸ばし、足をひっかけた。上りきると、一気に飛び降りた。膝で衝撃を吸収したが、体がよろけ、思わず手をついた。まだ腹部の痛みが燻ぶっている。椎名も隣に飛び降りてきた。

音を立てないよう気をつけても、砂利を踏みしめる二人の足音が響いた。弾む息と自分の靴音が、早く行けと追い立ててくる。耳を澄ました。今のところ物音はない。本当に監視カメラはないのか。……椎名を信じるだけだ。

倉庫が間近に見えた。こちら側全面がシャッターだ。すべて閉じられていて、窓もない。二人がかりでもシャッターは上がらなかった。壁に沿って歩くと、扉があった。ドアノブを捻っても、開かない。

「昨晩は鍵を差し込まなくても、開いてたんですけどね」

椎名が首を傾げた。

表からは見えない倉庫の陰にプレハブ小屋があり、窓から覗きこんだ。暗い空間には誰もいない。ファイルやパソコンが並ぶ影が見える。この小屋は事務所か。やはりドアは開かない。窓もいくつかあったが、どれも鍵がかかっていた。窓を軽く叩いてみる。

どうするか。束の間、黒木は逡巡した。

不意に足元に何か温かいものがきた。慌てて視線を向けると、猫だった。額を足に擦りつけてくる、人懐こい猫だ。頭を撫で、黒木はポケットに入っていたビニール袋から、干しササミを投げた。猫はニオイを嗅ぎ、咥えると足音も立てずにどこかに消えた。

「このまま午前零時まで待とう」

「金曜の夜ですよ、誰も来なかったら？」

「その時は、その時だ」

「黒サンにお任せしますよ」

椎名が両手を広げた。

静寂が耳に痛いほどで、椎名の鼓動まで聞こえてきそうだった。黒木の頭には様々な事柄が浮かんでは消えていった。長田秀太と楓、菅原の死、宮前や大熊の責任感、事故の余波……。

手足の指先がかじかみ、全身が冷え切った頃、野太いエンジン音が近づいてきた。

「来ましたね。週末だというのに丸権運送は仕事熱心なようです」

椎名が呟いた。

エンジン音に混ざり、鉄門が開く錆びついた音がした。時計を見ると、いつの間にか零時を過ぎている。倉庫の壁に背をつけ、様子を窺った。トラックのエンジン音が消えた。足音が近づいてきて、懐中電灯の光が揺れている。プレハブ小屋の電気が点いた。中年の男だった。プレハブ小屋の中央には、スチールデスクの長い辺を合わせたシマがある。それとは別に、窓際に他の椅子とは違う革張りの椅子が置かれた席があった。その机の引き出しから男が無造作に鍵を取り出している。

男が小屋から出てきて、こちらに向かってくる。黒木は倉庫の壁面にへばりついた。懐中電灯の光を向けられれば終わりだ。

足音が近づいてくる……。息を殺した。足音がひときわ大きく聞こえ、そして遠ざかった。ほどなく鍵の開く音、ドアが開く音が続いた。黒木は全身の力を抜いた。あの男以外、まだ誰の姿もない。今、動くしかない。

「待機しててくれ」

黒木は言い残すと、プレハブ小屋に向かった。

ハンカチを手に巻いて指紋がつかないようにし、プレハブ小屋のドアを開けた。滑り込むように入って窓の鍵を二か所開け、速やかに椎名のもとに戻った。

倉庫のシャッターが開く音が静寂を砕いた。その音を荒いエンジン音がかき消す。トラックが三台、次々に到着した。バックの音、ドアの開閉音、足音が続く。

やがて正体不明の音がした。重く、鈍い音だ。何かをコンクリートに叩きつけるような音。何だ……、何をしている？

黒木たちは倉庫の裏側を回った。膝が没するほどの草をかき分け、進んだ。時折雑草で足が滑った。プレハブ小屋の逆側に出ると灯(あか)りの漏れる小窓があり、倉庫内を覗き込んだ。

黒色のドラム缶と茶色のドラム缶があった。次々と黒色のドラム缶がトラックに積み込まれていく。先ほどの鈍い音はもうしない。が……。

異臭がしていた。

「あのドラム缶の行き先は尾行したのか」

「いえ、そこまでは。この倉庫における行動パターンを把握する段階だったので」

「じゃあ、今日は記念すべきその日だ」

「嫌な記念日ですね」

ドラム缶を積み込み終えたトラックに、男たちが別の黒色のドラム缶を転がしてきた。

さらにポンプをドラム缶とトラックの給油口に突っ込んだ。

最後の一台にだけ、茶色のドラム缶が大量に積み込まれた。作業を終えた一人が、そのナンバープレートを付け替えた後、倉庫のシャッターを閉めた。

黒木と椎名は闇に紛れ、敷地を出た。途中、一瞬だけ視線を感じたけれど、ひとまずやり過ごせた。車に戻ると、トラックが出てくるのを待った。やがて一台、二台とトラックが出ていき、椎名の言った通り、いずれも山道を登らずに下っていった。

最後の一台は茶色のドラム缶を積んだトラックだった。その運転席から男が降りてきて鉄門を閉め、再びトラックに乗った。

椎名がゆっくり発進させた。つかず離れず、ライトが見られない距離を保った。やがてトラックは二手に分かれた。一方は神浜市街、もう一方は市街とは逆方向に向かっていく。茶色のドラム缶を積んだ、市街とは別方向に進むトラックを追った。

一時間ほど走り、雑木林が広がる地域に入った。あちこちに古タイヤや家電が廃棄されている。ひと気はなく、工業地帯でもない。見放されたような土地だった。

先方でブレーキランプが灯り、それはけばけばしいほど真っ赤だった。

トラックから二人の男が降りてきた。慣れた手つきでドラム缶を転がし、草むらに消えていく。何度かそれが繰り返され、三十分後、男たちは去っていった。

トラックがいなくなった後、黒木は草むらに向かった。

そこには大雑把に見ても、百缶以上のドラム缶が並んでいた。

独特の異臭を放っていた。鼻の奥を殴りつけてくるような臭いだ。指先で触れると、錆と粘り気の強いタール状の半液体がついた。椎名に借りたハンカチでそれを拭き取り、ビニール袋に入れる。ドラム缶から漏れだした、硫酸ピッチだ。

ここは嫌な雰囲気ですね。椎名が言った。黒木は写真を何枚か撮影し、その都度、フラッシュの閃光が夜を切り裂いた。

24

再び一時間をかけて、倉庫に戻った。黒木は静かに興奮していた。追っていた犯人のヤサに踏み込む前の感覚と似ている。

倉庫は午前三時の世界に沈んでいた。敷地内にはトラックの影も、ひと気もない。フェンスを乗り越え、プレハブ小屋に向かった。逸る気持ちが黒木の足を速めた。開けておいた窓に手をやる。

開いた。この寒さだ。窓を開けない。そう読んだ通りだった。サッシを乗り越え、体をねじ込み、懐中電灯の灯りを頼りに進み、窓際のデスクの引き出しを開ける。

二本の鍵が右隅にあった。倉庫1、倉庫2。そんなシールが貼られた半円のキーホルダーが付けられている。鍵を手に取ると、再び窓から出た。

倉庫の扉と向き合い、まず倉庫1の鍵を差す。合わない。続いて倉庫2。鍵が回る音がした。一応、ドアに耳をつける。聞こえるのは自分の鼓動だけだ。

中は真っ暗だった。空気はひどく澱んでおり、喉や目を刺激する臭いが充満している。壁を手でまさぐる。スイッチ。押すと何度か瞬き、光が落ちた。目に痛いほど光が染みた。椎名がゆるやかにドアを閉めていく。

空虚な空間だった。バレーボールコートが三面はとれるほど広いのに、あるのは壁際に積まれた袋だけ。足元のコンクリートは所々がへこみ、染みもついている。近づき、屈みこんで染みの臭いを嗅ぐと、たちまち背筋に緊張が走った。

不正軽油の臭いだ。

不正軽油は、利用者はともかく、保管場所や製造場所の摘発が難しい。内部告発がない限り、不可能にも近い。購入者を問い詰めても、どこで誰が製造しているのか知らないケースがほとんどだ。麻薬に似た構造とも言える。

黒木は視線を巡らせ、壁際に向かい、積まれた袋を触った。ごつごつとした硬い感触がある。砕石だろう。一袋にかなりの量が詰まっている。

椎名が摑むと、呆れたように言った。

「二人でやっと動かせる重さですね」

足元には濡れた土が散らばっていた。雨はしばらく降っていない。この湿り気のある土はどこから来たのか。もう一つ、不思議な点がある。二本の鍵だ。一本はこの倉庫の出入り口の鍵。倉庫1、倉庫2とある以上、もう一本も倉庫に関する鍵に違いないが、見える範囲に扉はない。

先ほどのコンクリートに何かを打ちつけるような音に加え、倉庫全体の大きさを考えた。

黒木は砕石袋を見据えた。壁一面に積まれている。縦方向には三袋が積まれ、人の背丈ほどの高さになっている。

「椎名、力仕事だ」

三十分ほどかかった。息が切れ、腕は悲鳴をあげたものの、何とか六袋を前方にずらし、黒木は体をその後部に生まれた隙間にねじ込んだ。

予想通りだった。

「腕がもげそうですよ」椎名が手をはたいた。「その甲斐はありましたね」

内壁があり、そこに大きな扉が設置されている。砕石袋はその扉を隠すように積まれていた。ドアノブは回らず、鍵を差し込んだ。今度は倉庫1で回った。

ドアを開けると、強い臭いが押し寄せてきた。暗闇。壁を手で探る。ここにもスイッチがあり、電気が点いた。黒木は身震いした。

ドラム缶が並んでいる。

それだけではない。高さ五メートル、幅は十メートル近くあるオレンジ色のタンクと、緑色のタンクが並んでいた。もっと大型のタンクもある。プレス機や土嚢のようなものまである。土嚢のうち、口が開いているものの中身を覗いた。ただの黒い土にも見えるが、不正軽油の製造時に出る残滓（スラッジ）だ。先ほど見かけた濡れた土の正体はこれか。

また、大きな棚があり、そこには活性炭や活性白土、アルカリ性薬品と思（おぼ）しきものが瓶詰めにされ、大量に保管されている。

ドラム缶は三種類の色で分けられていた。重油、灯油、硫酸ピッチだろう。また、タンクはその形から見て、オレンジ色は原材料タンク、緑色は攪拌（かくはん）タンクと目される。

間違いない。この場で不正軽油が製造されている。県警退職後も新聞に目を通してきたけれど、製造元を摘発した記事はなかった。

黒木はここも何枚か写真を撮り、ハンカチで大型タンクの縁を拭き取った。不正軽油からも硫酸ピッチの成分が遡（さかのぼ）れるかもしれない。

その時、物音が聞こえ、耳を澄ました。エンジン音。慌てて電気を消した。

「ここから消えよう」

「砕石袋は」

「仕方ない。このままだ」

精製所を出ると、鍵を閉め、走った。息が上がる前に内臓が悲鳴をあげた。力仕事で痛みがぶり返していたのだ。椎名にだいぶ遅れ、倉庫の扉まで辿（たど）り着いた。倉庫の電気を消すと、暗闇に包まれた。

シャッターの向こうで砂利を噛む音が散っている。すでにエンジン音はない。足音だ。近づいてくる……。いま倉庫から出ても、たちまち見つかってしまう。

「黒サン、不意をついて殴りかかるしかないですよ。相手、何人ですかね」

「多くて四人。エンジン音は一つだった。やるのは最後の手段だ。できるだけ面倒は避けたい。砕石袋まで戻ろう」

暗闇の中、再び走った。懐中電灯は点けなかった。シャッターの隙間から灯りが漏れかねない。激突するように砕石袋まで戻り、その陰に体を入れ、隙間から覗き込み、耳を澄ました。

足音が近づいてくる。ドアの前で止まった。黒木は息を殺した。ドアが開いた。

「開いてんな」

男の訝しそうな声だった。

「鍵の閉め忘れだよ。よくあるじゃねえか」

別の男の声がした。他に気配はない。相手は二人か。

「まあな」最初の男が言った。「けどよ、運び出しの時、影を見た気がするんだ」

「さっさとしようぜ。付き合わされたこっちの身にもなってみろ」

二本の灯りが左右に振られ、光の筋が砕石袋越しに黒木の頭を掠めた。まずい……。

体が強張った。

「電気、点けるぞ」

二番目の男がぶっきらぼうに言った。黒木は拳を握った。電気を点けられれば、打って出るしかない。緊張が腹の底から迫り上がってきて、意を決しかけた時だった。

ミャァオ。猫が鳴いた。よく響く鳴き声だった。

「おい、こいつじゃねえのか」

猫がもう一度、鳴いた。

「猫が入らないうちに閉めるぞ」二番目の男は呆れたようだった。「女を待たせてんだ。早く帰らせてくれよ。こんな場所にこんな時間に来る人間なんていねえよ」

舌打ちとともにドアが荒々しく閉まり、黒木は大きく肩で息を吐いた。そのまま身動きせずにいると、足音が遠ざかり、エンジン音がした。

「情けは人のためならず、ですね。猫の恩返しだ」

椎名が言った。

黒木は額の脂汗を拭った。菅原に助けられた……。菅原とジャンゴに行っていなければ、干しササミは手に入っていない。手に入っていなければ、あの猫が味をしめて再びやってくることもなかった。

「どうして丸権運送に目をつけたんですか」

「潰すだけ、潰したかったんだ。昔話がどうもきな臭くてな」

「子供が喜びそうもない昔話ですね。今さらですけど、零時を過ぎても誰も来なかったら、どうするつもりだったんです？」

「懐中電灯でプレハブ小屋の窓を割って、鍵を探し出すつもりだった」

「それ、面倒を避けたい人のセリフですか？　怖いなあ。くわばらくわばらっと」

軽口が遠くで聞こえた。黒木は恐怖にも似た迷いを感じていた。

今朝目覚めた時、空は曇っていた。今はもう雲が消えている。柔らかな潮風が吹き、穏やかな波音がする。志村海岸の牙の名残は目の前にあった。

誰が作ったのか、立ち入り禁止を示す規制ロープの前には壇が設けられ、花束やジュースが捧げられている。野球の軟式球やグローブもあった。黒木は屈みこみ、手を合わせた。目を開けると、隣に誰かが屈みこんできた。

宮前だった。

「どうしたんだ」

「秀太君が亡くなっても、例の通達で告別式や通夜には行けなかったので。かといって、お宅にお邪魔するわけにもいかないですし。でも、弔いだけはしたいなと。それで海岸に来たんです。黒木さんはどうして？」

「現場百回。この使い古された言葉には、ある種の真実があるんだ。何も見つからなくても気配が残ってる。その気配が語りかけてくる時もある」

心霊体験とは違う。捜査に携わった人間なら、一度は経験するだろう。

宮前はお菓子と花を捧げ、ゆっくり手を合わせた。黒木はそのまま砂浜を眺め、波の音を聞いた。宮前は長い間瞑目し、手を合わせていた。やがて衣擦れの音がした。

「咄嗟に楓ちゃんを守ろうと、助けようとしたんでしょうね。新聞で読みました。秀太君が突き飛ばしたって」

「なにより肝心なのは、大きくなった時に彼女が何を思うかだ。どうして兄は死んだのに、自分だけが生き残ったのか。そう苦しんでしまうかもしれない。その時の彼女の心情を、当事者じゃない俺たちは完全に理解できない」

「そうですね」

「だけど今、俺たちにできることもある」

波音が言葉を消していく。

なあ、と黒木は砂浜を眺めたまま切り出した。

「このまま進めば、俺のせいで市が壊れるかもしれない。職員やその家族に迷惑がかかる。宮前も例外じゃない」

「大丈夫ですよ。だって、もう市は壊れてるんですから。この砂浜と同じです。原因を突き止めて、直さないといけないんです」

黒木は宮前を見た。宮前は真っ直ぐな目で微笑みかけてきた。

「これ以上壊れても、わたしは文句を言いません。誰も文句なんて言えませんよ」

「ありがとう」

「どういたしまして。わたしは黒木さんの味方ですからね。何でも一人でしようとしないで下さい。お忘れなく」

25

「なんだか、都合のいい女ですね」

「都合の、は余計だな。弁天は単純にイィ女だよ」

そんな口先だけの言葉には騙されませんよ、と弁天は笑った。

神浜市内の喫茶店で向かい合っていた。土曜の午後だけあり、今日も店内はリラックスした空気で満ちている。

黒木はビニール袋を二袋、出した。ハンカチがそれぞれ一枚入っている。

「この前、鑑定してもらった硫酸ピッチと成分が同じなのかを調べてほしい。一枚は硫酸ピッチ、もう一枚は不正軽油が染みてる」

写真を渡すつもりはなかった。いずれ弁天か阿南に渡す時が来るだろう。まだ手元に留めておかねばならない。

「厳密に調べるとなると、多少時間がかかりますよ。科捜研にも手を回さないと」

「簡易的な鑑定で構わない」

「前回分と合わせ、ディナー一回で手を打ちましょう。フレンチのフルコースが食べたいな」

「喜んで」

「では、こちらも喜んで」

弁天がしなやかな手つきでコーヒーを口にした。

「今日も土曜出勤なのか」

弁天がカップをゆるやかに置き、陶器の触れ合う音がした。

「今月はそういう星回りらしいです。周りの出勤数が少ない分、こっそり黒木さんの鑑定をしやすいとも言えますね。黒木さんは運がいい。今日のご予定は？」

「西区に行ってくるよ。相談事があってな。追い返されないといいけど」

「追い返される？　まさか初めてなんですか」

「そのまさかだな」

「絶対に喜ばれますよ」

カイシャへ向かう弁天を見送った後、黒木は電車とバスを一時間半、乗り継いだ。

その丘陵地には柔らかな陽射しが注ぎ、小鳥が囀っていた。そよ風が吹き、途中で買った花束のビニールが軋む。小高い丘の墓地からは神浜市西区の街並みが見下ろせた。

黒木は墓地の入り口にあった管理事務所で聞いた道順を歩いた。空を見上げた。上空の雲の動きは速い。あっという間に流れていってしまう。

菅原の墓。その墓石に辿り着いた。まずは墓地から借りた桶とたわしで墓を洗った。輝く墓石に花を供え、線香を捧げて、手を合わせる。

このまま進めば、今の志村市は壊れる。それは市職員、その家族の生活を無茶苦茶にしかねない。佐川一家の前例がある。その重さを背負える自信はない。背負えるわけもない。真相に近づいた感覚を抱いた途端、そんな怖さがのし掛かってきた。県警時代にも経験のない怖さだった。しかし――。

進まなければ、長田秀太は無駄死にになる。進まなければ市の体質が変わらず、また同じ類の事故が起きかねない。

偽善者になりきる。口だけでなら何とでも言える。これがその本当の重みなのだ。この重みを背負って歩めるのか。それが問われている。

墓石はじっと佇んでいる。菅原に見下ろされているようだった。黒木は目を固く閉じた。

カッと見開いた。

背負ってやろう、歩いてやろう――。

ただひたすら前を向いて進むだけでは、偽善者にはなりきれない。その先を見据え、時には振り返り、進むのが大事なのだ。許せない過去がある。だったらその分、とことん燃料にしてやればいい。

墓地を出ると、背筋が伸び、気分がすっきりしていた。

それから、黒木は週末を休息の時間にあてた。

月曜の昼過ぎ、佐川に呼ばれた。

「夜の九時まで電話番をしてくれ。この土日の宿直から引き継ぎがあってな。八時半くらいに電話があったそうだ。陥没事故の件でお怒りの電話だ。十時頃まで付き合わされたらしい」

「どうして今日から電話番の時間を延長するんです？　これまでも平日にそんな電話があったんですか」

「市長の指示だ。明日（あした）の国交省の絡みがあるからだろう」

本当に国交省の絡みなのか。今晩、海岸工事を請け負った会社の元社員と会う予定だ。そのタイミングを狙ったような仕打ち……。市長に何らかの意図があるのなら、ここで退けても別の何かが降りかかってくる。黒木は了承するしかなかった。

どうかわすか。電話番をしながら、黒木は思案を巡らせた。隠れた思惑があるのなら、余計に今日は元社員と会わねばならない。アポイントを別日に再設定しても、また妨害がくるだろう。

時間だけが過ぎていった。今日に限って時間の流れが速かった。

「別に嫌がらせをしたいんじゃない。アンタならわかるよな。志村市に住む人間として、言いたいだけなんだ」

いつもの老人だった。今日もすでに一時間、老人の話を聞いていた。

「職員に責任感はあるのか。仕事を全（まっと）うしようという気概があるのか。悪いが、俺にはそうは思えない。職員は税金泥棒だよ」

さらに三十分が経ち、老人の電話が切れた。それからも何本かの電話に対応した。

この仕事を放りだせば、部屋から出ていける。……それでは負けだ。仕事の責任は果たし、なおかつ話を聞きに行かねばならない。たった一つだけ、その手段があった。だが、と唇を嚙む。巻き込んでしまう。

逡巡の時間が続いた。

五時半。意を決し、黒木は一本のメールを携帯で送った。すぐさま返信があった。その五分後、ドアが開いた。

「何ですか。急な頼みって」宮前が興味深そうに言った。

「宮前の今晩が欲しい」

「直球の口説き文句ですね」

「口説いてるんだよ」

「何をすればいいんでしょう」

「午後六時半から九時まで、ここで電話を受けてくれ。すまん、宮前にしか頼めないんだ」

「演じるんですね」

「ああ。演じ切りたい」

宮前がにっこり笑った。

「しっかりと口説かれました。助演女優賞を狙います」

六時半、宮前に見送られて別室を出ると、誰とも顔を合わさぬように裏口から庁舎を後にした。駅前に着くと、電話がポケットで震えた。大熊からだった。

「悪いな、少しいいか」

「どうしたんだ」

「升嶋市議が若手に接近してる。俺と砂浜で棒を刺してた若手だ。マスコミとも会ってるらしい。升嶋市議は反市長派の急先鋒だ。どう見る？」

生暖かいのに、黒木はさむけがした。升嶋の誘いを断った時に浴びた、捨て台詞がある。

――アンタより使えそうな若い職員もいるしな。

升嶋は明らかに若手を取り込もうとしている。黒木はその推測を述べた。

「そういうことか」大熊は重たい声だった。「個人の考えにつべこべ言うつもりはないが、いい気分じゃないな」

「どうして俺に連絡してきたんだ」

「黒木が砂浜で高校生を怒鳴りつけたからだ。黒木がどんな指示を受けて動いてるのかは知らない。だけど、俺は黒木が市のために行動してると信じる。だからだよ」

黒木は臓腑がふっと浮き上がった。その場に踏ん張り、正面を見据えた。

「市長の責任を問うのは正論だ。問題はその後の動き方を、きちんと考えてるかだ」

「そうだな、探ってみるよ。升嶋市議が市のために行動してるとは思えない」

きつい口調で言うと、大熊は電話を切った。若手への対応は大熊に任せるしかない。

笹原の転職先はさほど川北建設と離れていなかった。電車を乗り継ぎ、笹原に指定された喫茶店に着いたのは、約束の七時半前だった。

しばらくすると、初老に手が届きそうな男が近寄ってきた。

「黒木さんですか、笹原です」

名刺交換した。笹原は現在、大手ゼネコンの土木監理部に所属していた。肩書は課長。川北建設の下請け会社から、ゼネコン大手への転職。いい転職に思えた。

長年現場にいたからだろう。笹原の肌は分厚く、この季節でも赤銅色だ。それがこの人の性根を示している。

「会議が長引いて危ないところでした。黒木さんの携帯番号を書いたメモを失くしてしまって。慌てて土曜日に市役所に電話したんですが、週末というのを失念しておりました。今日は今日で、会議が長引きそうだとお伝えする時間すらとれなくて」

市役所に電話、宿直が受けた……。

宿直は職員宛ての電話について記録を残す。その記録を権田が見たのだろうか。相手が大手ゼネコンの社員という点を鑑みれば、陥没事故と結びつけられる。通常、広報課はゼネコンと関わらない。

黒木は姿勢を正した。

「お忙しいのに、時間を割いてもらい恐れ入ります」

「なに、構いません。私も工事に関わった人間として残念な限りですので」

笹原のコーヒーがきた。ウェイトレスが離れると、笹原が軽く身を乗り出してきた。その額の皺が深くなっている。

「とはいえ、くれぐれも私の話は内密にお願いします。過去の話であっても、業務内容を外部に漏らしたと今の会社に知られれば、口が軽いと思われかねませんので」

不安を抱えながらも会ってくれたのだ。仲介があったにせよ、笹原はまっとうな人物だといえる。承知しました。そう応じると、黒木は単刀直入に切り出した。

「市に提出がない川北建設の記録簿にあった記述についてなのですが、特殊布袋とは何を示しているのでしょうか。ご記憶にありますか」

特殊布袋か。呟くと、笹原はぽんと手を叩いた。

「ああ、あれですね。いわゆる土嚢です。防砂板周辺の補強に使ったんですよ。当時、会社で土嚢袋を特注していて、特殊布袋と呼んでたので、そう記述したんです」

やはりか。掘り返し作業で見た土嚢だ。

「施工予定にはない作業ですよね」

「ええ。あの時の作業工程は大まかに言えば、ケーソンを設置し、その継ぎ目に防砂板をはめ込み、砂や小石で周囲を補強する、そんな流れでしたから。でも何日かすると砂が減ったり、濡れたりする場所があったんです。最初は大きな波でも被ったのかなという感じだったんですが、さすがに毎日続くとね。現場では変だなと話してたんです」

「場所は今回の陥没事故の辺りですか」

「今回の現場をニュースで見る限りは違いますね」

「当時、すでに亀裂が入った防砂板があったのでしょうか」

「目視では認められませんでした。ただし、見えない小さな亀裂が入っているのかもしれない。そんな話も出てましたよ」

聞き捨てならない証言だった。黒木は喉の力を緩めた。こちらが身を乗り出せば、相手はその分、硬くなってしまう。何でもない話題、そんな演技が必要だった。

「どうして、そんな推測に至ったのですか」

「推測だなんて、そんな大げさな」笹原は顔の前で手を振った。「大波を被った気配はない。施工もきっちりやってる。それなら、残すは材料しかないじゃないですか。でも、前例のない大工事でしたからね。これも計算のうちかもしれない。そんな話も出ていました」

「では、なぜ土嚢の補強を？　誰が土嚢の補強を提案したんです？」

笹原は斜め上を見た。しばらくして視線を戻してきた。

「作業員の誰かでしょう。どちらにしても、我々の仕事は設計通りの施工ですから、勝手にはできません。あの時も社長が市の担当者に現状を伝えました。社長はいつも現場にいる人だったんで。亀裂についての推測も話していましたよ。間違いありません。私が隣で聞いてましたから。これは土嚢で処置する。そう社長は言ってました」

「土嚢の処置で砂は漏れなくなる。そういう判断だったんですか」

「いえ。さっきの黒木さんの質問――なぜ土嚢で補強したのかという質問への答えになりますが、あれは作業に支障をきたさないための応急措置でした」

「海水の浸食を防ぐためだった、と」

ええ、と笹原は重々しく頷いた。

「砂が減って生じた海水溜まりで、子犬が死んでいたことがあったんです。そんな事故を防ぐため、ほとんどの目地部に土嚢を積んだんです。子犬が死んだのは十一月四日でした。あの時季、どんどん寒くなる一方ですし、ああいう事故で士気が下がるのは避けないといけません。実際問題、穴があちこちに開けば、余計な作業が増えて作業効率も落ちます。海水溜まりには煙草が捨てられていて、環境にも良くなかったですし」

「作業を進める上での応急処置だったんですね」

「そうです、その場限りの。そうじゃないと、設計変更の書類を提出してますよ」

理屈は通っている。

「よく日付まで憶えてますね」

「ワンワン死。現場でそんなゴロを言った奴がいたんです。なんというか、不吉な出来事ですからね、何とかして笑い飛ばそうとしたんでしょう。でも犬好きもいたし、悪趣味だし、逆効果でね。だから今でも印象に残っています」

犬の死……。黒木は頭の芯が張りつめた。

「砂の流出原因については、話し合われなかったのですか」

「ええ、なかったですね。土嚢で処置して以降、砂も漏れていませんでしたし」

「社長が土嚢対応すると伝えた際に、応急処置だとはっきり市側に言ったとの理解でいいでしょうか」

「いえ、社長も応急措置だとは明言してなかったと記憶してます。でも、現場の状況を考えれば、誰だってそう捉えますよ」

何も言わないよりはいいにせよ、言葉足らずだ。

笹原がコーヒーで唇を湿らせ、口を開いた。

「暖をとるために一斗缶で火を焚く、砂利を運ぶために台車を増やす。あれはそういう類と同じで、作業を進めやすくする処置です。現に設計に関わる部分ではないので、打ち合わせ簿も市に出していません。求められもしませんでした。市が応急処置だと認識していた証明でしょう」

「社長が市側の誰に話したのか、名前は憶えていますか」

「担当課のどなたかでしたが、ちょっと名前までは」

無理もない。かなり前の話だ。もっとも黒木の脳裏には、一人の挙動不審だった男の顔が浮かんでいた。

「応急処置なら、どうして土嚢はそのままに?」

「砂の代わりです。中身は砂ですから。これは、市の担当者も了承していましたよ」

「設計の変更にあたるのでは？」

「厳密に言えば。でも、そう考えなかったんでしょう」

「笹原さんもですか」

「狡いようですが、判断は私の仕事ではありません」

笹原たちは責められない。応急処置だと明言していないにしても、市に情報を伝えているのだ。伝えられた側が想像力を働かせていれば、今回の事故は起きなかったかもしれない。

「市が設計の変更だと考えなかった理由はご存じですか」

「いえ。けど、施工の根本には関わらないからではないでしょうか」

あっ、と笹原が跳ねるように言った。

「そういえば、犬の死んでいた翌日には土嚢処置を終えて、それをいつもの方に伝えたんですが、その後に別の市職員の方もいらしたんです。社長はその方にも伝えていました。名刺も貰ったはずですが、どの課だったかな。名前も忘れてしまって……」

笹原はこめかみに指を当て、唸るように続けた。

「社長は名刺を持ち歩かなくて、サブの私が名刺交換する役だったんです。だから名前は憶えられなくても、業務に関係ありそうな部署なら、役職だけは憶えるようにしてて。今でも憶えていますよ。古い出来事の方が憶えてるくらいです。記憶にない以上、施工に無関係の部署だったんですかね。よく煙草を吸う方だったのは間違いないんですが。

その二番目に来た方には、社長が砂の怖さを伝えたはずですよ」

「怖さ？　どういう意味ですか」

「要因がある限り、最初は三ミリの空洞でも、時が経つにつれて一センチ、十センチ、一メートルと成長していく場合もあるんです。その上、それが自身で崩れる場合と崩れない場合とがある。だから、砂の流出が原因で落とし穴が生まれかねないとは伝えました」

落とし穴……。黒木は息を呑んだ。

「あれ？　二人ともに説明したのかな、どっちだったかな。すみません、その辺の記憶はちょっとあやふやです。社長が落とし穴の話をしたのは間違いないですけど。あの日、あちこちでトラブルがあって、私も何度か現場から抜けたんですよ。そっちの印象が強くてね。ああ、そのトラブルは事故とは関係ないですよ。作業員の喧嘩です」

引っ掛かりがあったものの、その原因に黒木はにわかには行き当たらず、その後、笹原から実のある話も引き出せなかった。

「当時の社長の連絡先はご存じですか」

「もちろん。恩人ですから。社長は会社を畳む際、全従業員の再就職先を世話してくれたんです。今でも頭が上がりません」

連絡先を聞き、ほどなく喫茶店を出た。早速電話して約束を取りつけてから、別の番号にかけた。調子はどうだ、と黒木は問いかけた。

「上々ですね。主演女優賞も狙えそうです」
宮前が歌うように言った。

26

午後九時前の住宅街を歩いていた。家路を急ぐ会社員が多い。塾帰りなのだろう、小学生らしき児童がコンビニ前でカップラーメンをすすっている。

個人情報保護法って知ってます？

つい三十分前の、宮前の楽しそうな口調が耳に残っていた。宮前に名簿で住所を調べてもらったのだ。

笹原の話と突き合わせると、犬の死というキーワードが一致している。……二人のうち一人が潰せる。どちらかは確実に落とし穴が生じる可能性を把握していたのに、手立てはとられず、長田秀太は犠牲になった。法律上は殺人に該当しないが、道義的には立派な殺人だ。

黒木は自分の靴音を聞きつつ、電柱の住所表示を頼りに進んだ。古い住宅街の目当ての区画に入り、表札を確かめていく。

こぢんまりとした、それでいて周囲と調和した古い戸建てだった。

連絡は入れていない。不意討ちの有効性は捜査員時代、嫌というほど体に叩き込まれている。相手の都合など考えなくていい。迷惑。その二文字を頭から追い出せばいい。門扉脇のインターホンを押した。夜にその音が響いた。もう一度、押す。ぶつりと、鈍い音がした。どちらさまでしょうか。女の声が漏れてきた。声の背後からテレビの音が聞こえる。

「志村市役所の黒木と申します。このような時間に突然失礼します。緊急にご主人と会って、お伝えしなければならないことがあり、参りました」

お待ち下さい。戸惑ったような声だった。インターホンが途切れ、黒木はそのまま待った。ドアの向こうから足音が漏れてきた。ドアが静かに開いた。

「陥没事故の件です」黒木は言った。

諏訪の目は怯えていた。

和室に通され、和テーブル越しに向き合った。正座する諏訪はうつむき、目を合わせてこない。シャツにゆったりしたチノパンというリラックスした姿が、態度とちぐはぐだ。茶を運んできた諏訪の妻が出ていくと、諏訪がわずかに顔を上げ、切り出してきた。

「もう話しました。あれ以上、話すことはありません」

「何度も同じ話をしていると、不意に記憶が浮かび上がる時もあります。警官時代、私は何度もそういう場面を見ています。施工当時について、もう一度お聞かせ下さい」

諏訪は再びうつむいた。諏訪の体が縮んだようだった。黒木は切り込んだ。

「あなたは砂浜の土嚢処理について、施工業者から話を聞いていましたね」

諏訪の肩がかすかに震えた。

間を置いた。諏訪から言葉が漏れてくる気配はない。ただし、うつむいていても、諏訪の目が泳いでいるのは見て取れる。黒木は一気に詰め寄った。

「子犬が死んでいた日。憶えていますよね」

冷たい沈黙が返ってきた。

子犬の記憶、当時の立場、加えて聴取した時の挙動不審な態度。それぞれの矢印は、笹原たちに砂の流出状況を伝えられたうちの一人が諏訪だと示している。

「業者側から話は聞いてます。これ以上黙ってるのは諏訪さんのためになりません」

諏訪が顔を上げた。顔色が悪化し、目は泳ぎ、頰と唇も小刻みに震えている。

やがてその口が開いた。

「はい」

「なぜ報告しなかったんですか」

言下に黒木は尋ねた。報告していれば、その時にしっかり対応でき、長田秀太は死なずに済んだかもしれない。

「報告はしました」諏訪が唇の端を引き攣らせた。「業者が話している内容を、私はよく理解できませんでした。そこで、判断を丸投げしようと上にそのまま伝えたんです。何かが起きれば面倒ですから」

そうか……。この数時間、思考に詰まっていたものが外れた。ことなかれ主義に毒されているのなら、上に判断を預けるはずなのだ。

「上とは誰です？」

「石沼さんです。当時土木局の局長だった」

先日顔を合わせた際、石沼は『知らないことは知らない』などと臆面もなく嘯いていた。むろん、何かを隠す素振りはあった。材料がなく、突っ込めなかった非はこちらにもある。だが、と黒木は虚空を睨みつけた。

あの男がハワイに行っている間、長田秀太はベッドで機器に繋がれていた……。

諏訪が力なく続ける。

「業者から処置すると聞いた日は、石沼さんが出張中で伝えられませんでした。携帯も切られてたんです。翌日も石沼さんは会議が立て続けに入っていて、伝えられたのは夕方です。その日の午後に現場に顔を出した際、業者からもう処置したと聞かされたので、気が気ではありませんでした」

「どのように報告したんですか」

「業者の言葉をそのままです。あとは上に従うだけです」

黒木は体温が上がった。怒りより、恥ずかしさからだった。志村市職員に蔓延る責任感のなさ。ほんの数日前まで、己もそうだった……。

一息おき、尋ねた。

「諏訪さんは業者の話がよく理解できなかったのにもかかわらず、土嚢設置は砂流出への対応で、応急処置だとは考えなかったんですね」

「考えるも何も、業者が『これは土嚢で処置した』と言ったので、そのまま伝えただけです。石沼さんには、理解できなかった旨を正直に伝えてます。私にはちんぷんかんぷんでも、石沼さんは専門知識があるので理解できるはずなので」

「先ほどからおっしゃる『理解できない』とは、どういう意味です？　土木局には、土木や建築の専門知識を持つ職員が配置されるはずです。なのに、諏訪さんは業者の話が呑(の)み込めなかったんですか」

諏訪は喘(あえ)ぐように口を開けた。

「私は元々文系なんです。職員が足りずに土木局に配置されて以来、その畑を歩いてるだけで。石沼さんも私に専門知識がないのは、ご存じでした」

「だとしても、長年勤めていれば知識は身に付くでしょう」

「ある程度までで間に合うんです。工程管理が私の仕事でしたから」

黒木は眉根(まゆね)に力が入った。目的がすり替わっている。完成が目的になり、何のための人工海岸なのかが忘れられている。その上、人的構造にも問題があったのだ。志村市は大企業でもなければ、名のある自治体でもない。だから必要な人材が必要な分、いるとは限らない。それは理解できるが……。

「専門知識がないとしても、原因を追究すべきだとは思わなかったんですか。業者に応急処置かどうか、質(ただ)そうとは思わなかったんですか」

「それは私の担当外です。石沼さんの指示もなかったですし。それに、それから工事完了まで砂は減っていませんでした。私の仕事は業者が日程通りに工事を進めているのかを見極め、進んでいないのなら調整し、工期通りに工事を終わらせることでした」

諏訪は真顔だった。黒木はやりきれなかった。なぜこんな男たちのために、長田秀太は死なねばならなかったのか。

「報告した際、石沼さんの指示は？」

「ありません。砂の流出原因は不明でも業者が対応したんだな、と言われたくらいで」

「業者が根本的な処置をしたのなら、設計変更にあたり、変更の仕様書などを作る必要がある。ですが、書類は提出されていません。この点は、どうお考えだったんですか」

「書類作成の指示はありませんでした。だから現場レベルで臨機応変に対応すべき些細な問題だと認識したんです。私は私の仕事を果たしています」

「私の仕事？　砂の流出に伴い、落とし穴が生じるかもしれない。そう指摘されても、仕事の責任を果たしていると思ったんですか」

「落とし穴？」諏訪の声が裏返った。「ちょっと待って下さい。そんな指摘、私は聞いていません。聞いていたら、違った対応をしたはずです」

黒木は黙って見据えた。諏訪の目は揺れたままだ。その揺れの種類が微妙に先ほどとは違う。対応したとは思えないが、聞いていないのは間違いなさそうだった。

「子犬が死んだ翌日、現場を訪ねてきた市職員は誰です」

「知りません。私は誰とも会っていません」

「現場に出向くのは、海岸整備課以外ではどこの課でしたか」

「さあ。あの現場で別の課の職員と会った記憶はないので」

黒木は意識的に息を吸い、吐いた。

「改めて確認です。石沼さんは砂の流出原因が不明だと知ってたんですね」

「ええ。私が報告しております。業者が対応したと考えたんでしょう」

石沼には重い責任がある。対応済みと考えたにしても、状況と処置を重ねれば、応急処置だと察せられる。察せられなかったとすれば、それはそれで問題だけれど、そこまで愚かではないだろう。報告された時に思い至らなくても、時間を置けば、気づくはずだ。その段階で問い質せばいい。それを石沼は黙過した。いや、待て……。

何もしないというリスクを冒すだろうか。

紛失ファイルの件もある。あれは石沼の線はない。もう市職員ではなく、ファイルを自由に持ち出せる立場ではない。退職前に隠したとも思えない。足がつけば、紛失の責任まで問われる。隠すくらいなら、はなからリスクなど冒さなければいい。

つと一つの仮定が像を結んでいく。

「実質的には、石沼さんが市の責任者だったのですね。名目上は市長でしょうが」

「あの時は市長にも伝えたとおっしゃっていました。志村海岸の整備事業は市長主導の大事業でしたので。名目上も実質的にも市長が最終責任者でした。石沼さんにしてみたら、何かが起きれば面倒なので伝えないわけありません」

　権田の顔が浮かんだ。やはり、あの男……。

「その際の市長の反応はご存じですか」

「いいえ。末端の私には知る由もありません」

　それはそうか。

「最後に一つ。亡くなった長田秀太君に対し、今、どう思われていますか」

　諏訪が唾を飲んだ。その音が部屋に響いた。諏訪は口を開けたが、言葉を出せないまま閉じ、うつむいた。

　やがて諏訪は力なく顔を上げた。

「ご冥福をお祈りするしかありません。ですが、私が殺したんじゃない。もういいでしょうか。私には次がありませんので」

　次。その言葉が気になったが、問いかけても、諏訪はご冥福を祈るだけです、と繰り返すだけだった。

　諏訪邸を出ると足音が近寄ってきた。振り返ると、諏訪の妻だった。

「夫は何かしたのでしょうか。男の子が亡くなったあの陥没事故が起きて以来、何かに怯えているようで」

「ご主人は何もしていません」

　それが問題だったんです。そう続く言葉を黒木は呑み込んだ。

歩きながら考えていた。陥没事故の背景には、市職員の怠慢がある。市役所全体に漂う責任感とは無縁の、丸投げの澱んだ空気がある。諏訪から石沼、石沼から権田に判断が預けられ、結局その報告内容から権田は何もせず、石沼も思考を止めた。そんな筋が見えた。

さらに、これは単に職員の責任感の欠如が引き起こした事故ではない。裏にもう一つ何かがある。

施工業者から落とし穴が生まれる懸念を聞いた人間がいるのだ。組織である以上、通常、その市職員からも石沼に報告が入る。諏訪の報告と合わせれば、海岸の危険性に言及した報告を、石沼はいくらなんでも権田に上げる。握り潰すほどの度胸が石沼にあるとは思えない。そんなリスクを冒す必要もない。

それなのに権田は対応していない。妙だ。その結果はともかく、やるだけの対策はやったと責任を免れる方策をとるはずだ。権田にとってみれば何もしないのでは、自らが力を入れた事業に足をすくわれる危険を残すだけ。

つまり、石沼や権田に報告が上がっていないのだ。

なぜ……。黒木は思考を推し進めていく。

重みを増す言葉があった。あの手紙にあった、殺人未遂、という言葉。

落とし穴が生まれる懸念を知る市職員は、意図的に陥没事故を起こそうとしたのか。ある意味で無差別な犯行だ。誰が穴に落ちるかなんて計算できない。時間をかけてこんな真似をする理由も、その目的も想像できないし、単なる愉快犯とも思えないが。

そこで思考は止まった。黒木は歩きながら大きく深呼吸をした。

思考が行き詰まったのなら、あとは動くだけだ。

27

「今夜も真夜中のドライブがスタートです」

椎名がエンジンをかけた。

先週金曜に乗り込んだ倉庫から、黒いドラム缶を積んだトラックの一団が出ていく。不正軽油の生産装置は大がかりで、かなりの生産量が見込める。あれを自分たちだけで使うとは考えにくい。買い手がいる。黒木はそう睨んでいた。

「さあて、どこに行き着くでしょうか。このまま北海道まで行ったりして」

「その時はイクラ丼かウニ丼を奢るよ」

「多分、イクラとウニが一緒に盛られた海鮮丼があります。それにしますよ」

軽口を叩きながらも、椎名はこの日も見事な尾行だった。一時間ほど走ると、三台のトラックが二台と一台に分かれた。二台は丸権運送の方角だった。

「一台の方を追ってくれ」黒木は言った。

やがて神浜市内の湾岸倉庫地帯に入り、その倉庫の一つでトラックが止まった。椎名も距離を開け、停車した。すでに二台のトラックの影があるが、遠い上に暗く、よく見えない。

「残念、海鮮丼は食べられそうにないですね」

「楽しみが先に延びただけだよ」

尾行対象だったトラックから、あらかじめ止まっていた二台のトラックにドラム缶が積み替えられた。二十分後、野太いエンジン音が辺りに響き、黒木と椎名は慌ててシートに体を倒し、二台のトラックをやり過ごし、充分な間を置いてから追った。

しばらく走ると交差点に差し掛かり、トラックが通過した直後、信号が赤になった。こちらは止まらざるを得ず、トラックの影が遠ざかっていく。黒木はシートに背を預けた。仕方ない。別日に再チャレンジするか。その時、椎名がハンドルを握り直した。

黒木はシートベルトが体に食い込み、息が止まった。急発進の信号無視だった。椎名が軽やかに口笛を吹く。

「必要悪ですよ」

一分もしないうちにトラックが見え、そのまま追うと、行き着いた先は山鳥(やまどり)運送の倉庫だった。

山鳥運送。その名前を黒木は脳に刻み込んだ。

午前七時半。裏口から入ると、警備員室が騒がしかった。二人の警備員に交ざり、宿直の若い職員もいる。黒木が声をかけると、警備員の若い一人がこちらを向いた。

「こんなものがあったんです」

ビニールに包まれているのは分厚いファイルで、黒木は背筋が伸びた。ファイルの背表紙に書かれている文字に目が吸い込まれていく。

志村海岸整備事業。紛失していたファイルだ。

「どこにこれが?」

「庁舎裏に立てかけてありました。午前四時の巡回時に見つけたものです。その前の午前零時の巡回時にはなかったんですが」

時間はともかく、返す手口は大胆だ。市役所庁舎の敷地内への出入りを見張る、防犯カメラはない。ファイルを持ってきた人物は当然、それを知っていたのだ。

「見せてもらってもいいでしょうか」

ですが、と警備員と宿直が後ごんだ。黒木は真っ直ぐその目を見た。

「責任はとります」

一瞬、手袋を探そうとする自分がいた。捜査員時代の常備品だ。今は持っていないし、指紋を採取しても意味はない。比較対象がないのだ。職員全員の指紋を採取するわけにはいかない。ビニールごと摑み、黒木は広報課に向かった。

すでに宮前がいた。おはようございます。快活な声が飛んでくる。

「早いな。朝の電話対策を続けてるんだな」

「ええ、自主的に。それ、何ですか」

「お土産だ。警備員室が賑やかだっただろ」

「そういえば」

　黒木は自席でビニールからファイルを出し、開いた。付箋が貼られている。強張りそうになる指先を伸ばし、そのページを開いた。

　十一月四日。文字を目で追った。川北建設から入手したものと同じ内容で、書きこみもない。

「この付箋、新しいですね。最近貼られたようです」

　宮前の指摘通りだ。約十年もの歳月が経てば付箋は劣化し、剝がれ落ちるはず。

「これって紛失していたファイルですか」

「そうみたいだな」

「誰かが持っていた、それで精神的に耐えきれなくなって返してきた――となるんでしょうか。新聞やテレビで散々騒がれましたし」

「それにしてはタイミングが遅い。あの記事が載ったのはだいぶ前だ」

「じゃあ、どうして」

「俺も知りたいよ」

　差出人不明の手紙には、資料に書いてある、とは記されていなかった。他方、上層部はいずれ事故が起きると予想できた、構造の欠陥およびその危険性に気づけた、という指摘はその通りだった。差出人は事情を知る人間以外にあり得ない。施工現場で危険性を問い質した上で、落とし穴が生じる懸念を聞いた張本人だ。

どうして手紙を送ってきたのか。普通は自分の落ち度を隠したい。一種の犯行声明だ。そんな犯行声明を出すほど自己主張の強い人物ならば、これほどの歳月を待たず、とっくに何らかのアクションを起こしているはず。

黒木は次々とファイルのページを捲った。

目新しい記述もメモもない。付箋だけが何かを示している。なぜファイルから付箋を外さなかったのか。このページを見ろ。そう言っているとしか思えない。第一、持ち出したのに返却したのはなぜなのか。このファイルも手紙の差出人と同一人物の仕業と考えるのが自然だろう。市の内情を知る、という共通点がある。

そもそもここまで手がかりを与えるのなら、なぜ名乗り出ないのか。名乗り出ないまでも手紙を出してくるのなら、なぜ全てを書いてこないのか。

矛盾する行動をとる人物。そんな内面が推し量れる。

「この件、誰かに連絡しておきますか」

「佐川さんに。いや、俺からする」

受話器を摑み、佐川の携帯を鳴らした。黒木は事情を伝えた。

「すぐに行く」

短い一言が返ってきた。

佐川は十五分後に姿を見せ、その身なりはきっちり整っていた。

「速いですね。もう身支度してたんですか」

「ああ。今日は午前中に仕事を片付ける必要があるんでな」

別室に移動した。黒木はファイルを見せ、もう一度説明した。

「意味不明ってわけか」佐川が一つ唸った。「まあ人間なんて他人から見れば、誰もが意味不明なのかもしれないが」

黒木には聞いておくべきことがあった。

「市長は午後から東京でしたね」

「ああ。俺もお供の一人になった。新村さんたち、地元の記者も行くそうだ」

「午前中の市長の予定はご存じですか」

「志村署の幹部と会合だったな」

問い詰める時間はない。戻ってきてから切り込むか。かえって考えをまとめるいい時間だ。市長に切り込む前に手紙の差出人が割れるかもしれない。それは決定的な切り札になりえる。

「戻りは何時ですか」

「未定だ。夕方くらいだろう。国交省での報告は午後二時から一時間とってあるから」

佐川が目を細めた。

「黒木、目が覚めたような、いい顔をしているな」

「七年も寝てましたから」

「ファイルの件は市長に報告しておく」

言い残し、佐川が別室を出ていった。その背中を見送り、黒木は考えていた。志村市を健全化の方向に持っていくには、権田の言動が重要になってくる。どのタイミングで火を点けるべきか。

電話が鳴った。今日も一日が始まった。そう思わされる電話だった。

「志村海岸陥没事故、電話室です」

「ああ、東洋テレビだけど」

記者会見で横柄な態度をとっていた記者の声だった。

「升嶋市議のホームページの写真、あれは密談場面なんだろ」

瞬時に体内がざわついた。黒木は受話器を首と頭で挟んでパソコンに向き合い、急いで升嶋のホームページを開く。この際、はっきり認めろよ。男の声が遠くから聞こえてくる。少々お待ち下さい。黒木は上滑りで応じていた。

トップページだった。あの写真だ。市長室前で権田と佐川、黒木が写っている。写真の下に文章が添えてあった。

事故直後に私、升嶋が庁舎内で遭遇した場面です。市長といるのは、市民部の部長と広報課員。一体、何を話しているのでしょう。もしも密談だとすれば大事です。

必ず、私、升嶋が解明し、市民の皆様に報告いたします。

「おい、こっちの話、聞いてんのかよ」

「ええ。今、私も市議のホームページを見ております」

「で、市の見解は？」

「事故発生以来、市は事故原因の解明に努めております」

嘘ではない。ただし、ぎりぎりの返答だ。これ以上は踏み込めない。もう少しで真相に手が届く。邪魔されたくない。今の段階で外から火を点けられても、市は炎上するだけだ。内部から燃やさなければならない。何より、この手でやりたい。自己中心的だと罵られようが、蔑まれようが、この手で成し遂げたい。長田家に関わった以上、そこは譲れない。

「あのなあ、こっちはそんな御託を聞いてんじゃねえよ」

「それ以外に申し上げられることはございませんので」

「ほんと腐った市だな。っていうか、電話のたらい回しは何なんだ？　責任感がないのかよ」

「といいますと？」

「最初に広報課にかけたら、市議にまつわる内容なのでって議会事務局に回され、市長が関係するので、って今度は秘書課。また広報課に戻った挙げ句、最後にここに回されたんだよ」

写真についての押し問答をしばらく重ね、それをかわしきると電話は切れ、黒木は直ちに佐川に内線を入れた。

「……そうか。対応は頼む。黒木が一括でしてくれ。午後は俺もいない」

「対応は東洋テレビへのものと同様でいいですね」

「ああ。事実、あの時に密談はしてないんだ。市長には報告しておく」

午前中は普段と変わらず、いつも通りの電話を三本ほど対応した。升嶋の写真に触れる内容はなかった。

一時、黒木は広報課でテレビを見ていると、ワイドショーで、市長と一部の職員が隠蔽している噂を聞きました――と顔にモザイク、声が加工された男の映像が流れた。画面が変わった。このように市職員からも疑問の声があがっています。庁舎前でレポーターが報じ、マイクを隣に向けた。いかがですか升嶋市議？

「必ず私が真相を明らかにします。私が身命を賭して、実行します」

升嶋が目を見開き、唾を飛ばす姿が映った。

黒木が別室に駆け戻ると、吠えるように電話が鳴っていた。受話器をすくいあげる。

ふざけるなっ。怒号だった。対応を終えた途端、次の電話が鳴った。

電話は一向に鳴りやまなかった。何本目かの対応を終えた時、ドアが開き、顔を見せたのは宮前だった。

「手伝います」

「気持ちだけありがたく受け取っておく。対応は俺が一括ですることになってるんだ」

「佐川さんから聞きました。でも、わたしもやります」

「この部屋の回線は一つしかない」

「広報課に回ってきた分は、わたしがやります」

力強い眼差しだった。

「頼んだ。市は事故原因解明に努めている。そう応じてくれ」

頷いた宮前が駆け出していく。

瞬く間に時間が過ぎていった。電話を受け、切り、また電話を受けた。市民からだけではなく、テレビ各局からの問い合わせも相次いだ。新聞各社からはなかった。対応の合間、黒木は考えをまとめた。進むべき道は二本ある。

一本は、手紙の差出人を明らかにする道。陥没事故を起こした一人と言える、まだ見えない職員に行き着くはずだ。

そして、もう一本。差出人の正体が明らかになる前でも、やるべきだ。もう猶予はない。今こそ火を点けるのだ。火種は手に握っている。

五時、外線の合間に内線が鳴った。宮前からだった。

「新聞各社への説明はしておきました。各社、静観です。裏づけもないのに騒ぐ連中の気が知れない、升嶋市議に踊らされてるだけだ。新村さんがおっしゃってました」

「ありがとう。助かった」

「仕事ですから。ところで、今日は口説かれなくていいんですか」

「佐川さんたちが何時に戻ってくるのか知ってるか」

「秘書課の同期に聞いてみます」

五分後、宮前が部屋に来た。

「四時半の電車に乗って、そのまま直帰すると連絡があったそうです」

黒木は宮前を見据えた。

「今日も口説いていいか」

「喜んで口説かれます。その代わり、しっかり演じきって下さい」

「ああ。演技は得意なんだ。B級アクションの敵役ができるお墨付きはある」

庁舎を出る時、升嶋と並んで歩く若手職員の姿を黒木は見た。

28

神浜市の住宅街にあるマンションの一室。午後六時半、そこで黒木は田村幸造と向き合っていた。昨日約束を取り付けた、下請けとして志村海岸施工に関わった業者の元社長だ。ごま塩頭で顔の皮膚は分厚い。太陽や風を浴び、外で労働を繰り返した長い時間が皮膚に刻み込まれているようだ。

「ひでえ話だよな」田村はやるせなさそうに言った。「痛恨の極みってのは、こういう場合を言うんだろうな。俺が手掛けた現場で、あんな事故が起きるなんてよ。しかも子供だ。俺みたいなジジイが生きてんのに、まだ先の長い子供が死んじまうなんてさ」

田村はもう七十代後半に手が届くものの、矍鑠としている。

「志村海岸の工事で砂が流出していたこと、ご記憶にありますか」

「ああ。偉い人の設計なんだ。市の人に言ったよ。とやかく言うもんじゃねえとは思ったけどよ、一応は言っておかねえとさ。落とし穴ができんじゃねえかって」

その時のやり取りを聞いた。やはり応急処置とは告げていなかった。

「でも、市はそう理解してたんだろ。こっちは設計変更の書類を出してないんだ、求められもしなかったしよ」

田村の意見は筋が通っている。

「誰に伝えたのかは憶えてますか」

「名前は記憶にねえなあ」

「特徴でも構いません」

「参ったな。特徴って言ってもなあ。全員、顔も憶えてねえし」

田村がごま塩頭に手をやると、じゃりじゃりと音がした。その手がテーブルに伸び、両切りのピース缶から一本取り出して火を点け、旨そうに濃い煙を吐き出した。

「特徴でもなんでもないけどさ、そういや二人は煙草を吸ってたな」

「二人は？」

「ああ。一緒に吸ったから間違いねえよ」

諏訪は煙草を吸っていただろうか。自宅に押しかけた時も灰皿はなかったし、煙草のニオイもしなかった。そういえば、吸い殻が海水溜まりに投げ入れられていた、笹原はそう言っていた。

天井に視線を向けた田村は煙草を咥えたまま煙を吸い、吐き出していた。記憶をまさぐっているのだろう。黒木は黙って待ち続けた。田村が指で弾き、灰を灰皿に落とした。

「そのうち一人は行儀が良かったなあ」

「どういう意味ですか」

「現場で煙草を吸う時でも砂浜を汚さなかったんだ。くそ。思い出せねえ。最後の一人には、俺が別の職員に落とし穴になる危険を話したことも伝えた、その職員の名前を言って伝えたんだ。その時は名前を憶えてたのによ。歳をとるってのは厄介だな」

田村が煙で目を細め、続けた。

「一つ言えるのはさ、行儀が良かった職員についてだ。あの男は『この海岸は老若男女が憩う場となるから』と前置きした上で、放っておけばどうなるのか、砂がなくなる事態は海岸一帯に起こりえるのか、そう尋ねてきたんだ」

次々に住民が前を通り過ぎていくが、黒木に注意を向けてくる者はいない。気配を消して立ち、待つ。久しぶりの感覚だった。捜査中、何度か通報される冗談のような同僚もいたが、黒木は一度もなかった。

閑静な住宅街にいた。心地よい風が肌を撫でていく。食器が触れる音、子供の笑い声、カレーの匂い。一帯には、そんな生活の気配が漂っている。黒木は十メートルほど先に視線を据え、立ち続けた。

一時間後、少し先に車が止まった。ライトが逆光となってよく見えないが、ドアの開閉音がした。黒木はそっと歩き出した。車が脇を走り去っていく。

人影が門扉に手をかけているのが見え、黒木は駆け寄り、相手の肩に手を置いた。

「お話があります」

権田が不審そうに振り返ってきた。

客間には市長室と同じ様に権田の写真のほか、ゴルフコンペのトロフィーや賞状もあちこちに飾られていた。ソファーセットで対峙し、権田はその背もたれに寄りかかり、短い足をこれみよがしに組んだ。こちらを見下ろそうとする体勢で、少しでも自分が優位に立ちたいという心理が透けている。

「すまんが、コーヒーを出す気はない」権田がネクタイを緩めた。「ワイドショーの件なら、佐川君から聞いてる」

「それはそれで対応しております」

「当たり前だ。それが君の仕事だ」

「もう一つ、私の仕事でお尋ねしたいことがあります」

「手短にな。今日は疲れた」

ぞんざいな態度だった。黒木も長引かせる気はない。吸った……吐いた……。権田の呼吸を見極め、次に息を吸った瞬間、切り込んだ。

「志村海岸の施工段階での話です。原因不明の砂の流出を知りながら、応急処置だけで放置してたんですね」

権田の息が詰まったのが見て取れた。黒木は畳みかけた。

「なぜですか」

権田は口を開いて呻くような声を発すると、舌で唇を湿らし、組んでいた足をゆっくり下ろした。

「あれは不可抗力の事故だ」

「長田秀太君を殺した一人は市長です」

「知らんものは知らん」

権田は冷めた目をしていた。黒木は険しい視線を返した。

「保身を図る行為自体は否定しません。誰だって自分の足元は守らねばならない。しかし、そこに他人の命が関わってくるのなら、話は別です」

「何度も言わせるな。知らんものは知らん」

知らん、だと……。黒木は視線を外さずに携帯を取り出した。

「では、私が市長の足元を崩すだけです。通報します」

「通報？ 何を言ってるんだ」

「硫酸ピッチ。不正軽油ですよ」

「知らん」

「そうですか。市長はご存じなくても、私は知っているんです。とある倉庫から丸権運送のトラックが不正軽油と硫酸ピッチを積んで出ていき、加えてその倉庫には不正軽油の精製施設がある事実を。市長に関連する会社だ。責任は飛んできます。ましてこの時期です。あなたは再起不能になる」

「言いがかりはやめろ」

「私を襲ったのが運の尽きでしたね。止めようとしたのでしょうが、かえって進む動力を与えてくれたに過ぎない」

しばしの絶句の後、権田が言った。

「襲った？」

「ええ。その一人からちぎり取った布から辿ったんですよ。県警の鑑識にも鑑定してもらっています。現場の写真でも見ますか」

権田の目が泳いだ。喉元に食らいついた感触があった。黒木は重ねて揺さぶりをかけた。

「大手ゼネコンの人間と会う件も妨害しようとしましたね。おおかた、当直の職員からご注進が上がってきたんでしょう。それで妨害に出た」

権田が頬を震わせた。ビンゴの反応だ。

「もう一度、聞きます。なぜ、砂の流出原因を探らずに放置していたんですか」

知らん、と権田は視線を逸らした。

「残念です。答えて頂ければ、私から警察に話が漏れずに済んだのに」

黒木は携帯を操作しつつ、視界の端で権田を見ていた。権田は唇を噛み締め、こちらを窺っている。黒木が携帯を耳に当てようとした時だった。権田ががばっと身を乗り出してきた。

「脅迫するのか」

「取引です」

権田が喉を鳴らし、唾を飲みこんだ。

「本当に警察には言わないんだな」

「市長次第です」

黒木は身じろぎもせず、じっと睨みつけた。壁掛け時計の秒針音が、やけに大きく聞こえている。

権田は前のめりの体勢を崩さないまま、長い瞬きを一度して、静かに口を開いた。

「砂の流出についてなんて忘れてた。今回の事故が起こるまで頭の片隅にもなかった」

「具体的な処置内容は、ご存じでしたか」

「ああ。原因不明の砂の流出があったが、土嚢を積んで対応した。そんな報告だった。費用は先方持ちだともな。土木局長だった石沼さんからだ」

「原因不明の出来事に対応したというなら、業者は原因を突き止めたことになり、書類も提出されます。そこまで踏み込んで報告を聞いたのですか」

いや、と権田の声が落ちた。

「なぜ、根本的な原因を知ろうとしなかったんです」

「対応したという報告だったんだ。確かに私が工事責任者だったが、細かな判断は部局長の仕事だ。これは責任逃れじゃないぞ。役割の問題だ。市長はいちいち細かい点まで目を配り、指示するわけではない。信用もしていた。調査の提案があれば、一考しただろう」

「砂の流出は細かい点ではありません」

「それは結果論に過ぎん」

黒木は鼻から荒い息を吐いた。結局、踏み込める立場にいた誰もが信用という美名にもたれ、判断をお互いに預けたため、陥没事故の原因が生まれたのだ。

「報告を受けた際、何を思いましたか」

「何も思わん。日常の報告の一つだ」

「日常の報告をここまで憶えているでしょうか。引っ掛かりがあった証拠です」

「ほっとしたのは事実だよ。だから憶えてる。原因を探るとなれば工期は延び、その予算もかかる。補修工事となれば、さらなる予算も要る。予算は議会を通さねばならない。そんな面倒が省けた。そう胸をなでおろしたからこそ、憶えてるんだ」

「安全よりも工期と予算を優先したんですね」

「違う。対応したと報告を受けたんだ。全てが丸く収まったと考えるのが当然だ。私は誤った判断はしていない。私は間違っていない。私に責任はないっ」

権田がテーブルを叩き、鈍い音が散った。虚しい音だった。

「陥没事故発生時、市長の脳裏には施工段階での砂の流出がよぎらなかったのですか」

「よぎった」

「なぜ言わなかったんです。黙っておくつもりだったんですか」

「言えるわけないだろ。言えば責任が問われる。対応したとの報告を受けても、工事の責任者は私だ。市政のため、嵐が静まるのを待つしかなかった。他に何ができる？」

「とるべき対策は色々とありました。私に隠蔽工作をさせる以外にも」

権田の視線が粘り気を帯びた。

「君はどうするつもりなんだ」

「志村市のために行動します。私は志村市職員です」

市長、と黒木は鋭く迫った。

「あなたも市のために行動して下さい。トップの役割を演じて下さい」

「当たり前だ。言われるまでもない」

「では全てを話してもらいます。まだ隠していることがありますね」

「何が言いたい？」

「落とし穴が生じる。そう報告があったはずです。それを聞いていながら、抜本的な対応を指示しなかった罪は重い」

「ちょっと待て。落とし穴が生じるという報告？　何のことだ」

神経がぴんと張りつめて周囲からは音が消え、景色も薄れていくのを黒木は感じた。反射的に全身で捉えようとしていた。権田の目、顔色、口調、雰囲気、気配を——。取調室で被疑者と向き合っている時、この感覚に入った。音のない領域に入り込む感覚。立ち合いの一瞬で全てを感じる領域。

……権田は嘘をついていない。権田は落とし穴が生じる恐れについて、報告を受けていないのだ。どこで止まったのかを突き止めるべきだろう。長田秀太の墓前に報告しなければならない。それが市職員にできるせめてもの償いだ。

もう一つ。ここでけじめをつけておくべきことがある。

「どう発表しますか。私は会見を開くのをお勧めします」

「会見？　何の話だ？　何を発表する？」

「市長は施工段階で砂の流出について報告を受けていた。処置済みの判断を下し、抜本的な原因追究の措置はとらなかった。その責任をとって辞職すべきでしょう。その発表です」

「貴様、私を潰す気なのか」

「潰す気です」

黒木は淡々と言い返した。微塵も迷いはない。

権田の眉間に深い皺が入った。

「志村市には私の力が必要だ。そんな会見はできん」

「市長の代わりなんていくらでもいます。会見の段取りはしますので、ご心配なく」

「貴様は、市のために行動すると言ったはずだ」

「ですから、市のための行動です。もちろん、全ての責任があなたにあるんじゃない。いくつもの無責任や思慮の浅さが積み重なり、今回の陥没事故を招いた。それでも、あなたは組織のトップで、責任をとるべき立場にいる。市長という役回りを演じ切らねばならない」

「そんな会見を開けば、市は非難を浴びて燃え上がる」

「ええ。その一方、市が自ら健全化に動いていると、外部に主張することにもなる」

権田のこめかみに青筋が浮かんだ。

「ふざけるな……」

「ふざけているのは、あなたです。本気で市のために行動する意味を考えて下さい」

黒木はぐうっと睨みつけた。腹で煮える熱が視線に乗り移るのを感じ、その圧力が権田を呑み込んでいくのがわかった。

「あなたは、もう終わってるんです」

権田がカッと目を見開いた。数秒後、その全身から力が抜けていき、体が萎んでいくようにソファーにもたれかかった。それは、自分で自分を支えきれないような崩れ方だった。

「会見の件は、明日早速、佐川さんと相談します」

言い残し、黒木は権田邸を出た。携帯電話を耳にあてた。留守番電話に繋がるだけで、佐川は出なかった。

29

黒木は広報課のフロアに駆けこんだ。電話がけたたましく鳴り響き、その音が耳に、脳に、肌に突き刺さってきた。音の洪水で、嵐の渦中にいるようだった。

宮前と目が合った。午前七時のフロアには宮前しかいない。おそらく庁舎にいる市職員も宿直を含め、三人だけだ。……三人で対処できる電話の量ではない。

黒木は受話器をすくいあげた。

「何なんだ、この記事はよッ。お前らの仕事は市民の生活を支えることだろ。全員辞めちまえッ」

電話が叩き切られた。即座に次の電話をとりつつ、黒木は宮前のデスクにある東洋新聞に目をやった。そのページが開かれている。宮前も飛んできたのだろう。社会面のトップ記事。縦にも横にも太い活字の見出しが躍っている。

市関係者「防げた事故」

志村市長　砂の流出を把握

　原因特定せずに放置

　まだ記事に目を通せてはいない。黒木は県警時代からの習性で神浜と東洋を購読している。見出しを目にした瞬間、慌てて身支度をして、部屋を飛び出した。早く目を通したいが、抗議の電話が相次ぐのは目に見えていた。その電話を無視するわけにはいかない。

神浜に記事はなかった。この大扱いだ。東洋の特ダネだ。誰が書いたのか。原稿を読めば、それなりに推測はできる。

次々と電話に対応した。怒鳴られ、嘆かれた。厳粛に受け止めております、承ったご意見は必ず上に伝えますので……。隣席にいる宮前の応対が遠くから聞こえた。

八時。電話の波がわずかに引き、黒木は体ごと記事に向き合った。

志村市内の小学三年生、長田秀太君（九）が亡くなった志村海岸陥没事故で二十五日、権田武雄市長（六八）が工事段階で海岸の砂の流出が頻発する事実を把握しながら、土嚢による応急処置をしただけで、根本的な原因調査に乗り出さなかったことが東洋新聞取材班の調べでわかった。同市関係者は「どんな報告があがっていたにせよ、足りない対応だと認識できた。防げた事故だった」と話している。

前文に目を通した段階で、また電話が鳴った。黒木は記事から目を離し、受話器と向き合った。対応しながらも頭の片隅で考えていた。権田が砂の流出について報告を受けた事実を知る人間は少ない。誰がリークしたのかは考えるまでもない。

手紙の差出人であり、落とし穴が生まれる懸念を知っていた人間だ。

なぜ今なのか。どうせやるのなら、もっと早い段階でリークできた。

また、記事には気になる箇所もある。どんな報告があがっていたにせよ。この一文だ。目を通せていない記事部分に、その報告内容が記されているのだろうか。

いずれにしても外から出火した……。

出勤する市職員が増え、その手が次々に電話に伸びた。黒木は束の間時間があき、東洋新聞に目を落とした。笹原や権田たちから聞き出した事実が記されていた。特殊布袋、砂の流出、子犬の死。業者側からのリークではない。それなら、もう少し細かく市への報告内容が記されているはずだし、業者側のコメントもない。

市の談話もなかった。匿名の市関係者の一言があるだけだ。それが妙だった。この手の記事には当事者のコメントが付き物だ。きちんと裏づけがあるという信用を担保するためだ。

抜いたのは東洋。神浜ではない。神浜は地元紙だ。それだけに地元の警察、行政、民間企業など各方面に食い込んでいる。かたや東洋は全国紙。その一人が食い込んだとしても、異動となれば、引き継いだ次の担当者でも同じ取材先に食い込める割合は低い。よほど優秀な記者、あるいはネタ元がいる記者の記事だ。

広報課に佐川が入ってきた。

「黒木、ちょっといいか」

黒木は電話対応中の宮前に頷きかけ、廊下に出た。

「読んだな」

「今」

「記者がもう市長室前に詰めかけてる。新聞各社、テレビ各局」

「市長は在庁ですか」

「まだだ。電話で対応方針を話し合ったが、結論は出なかった。市長の自宅前にも記者が張りついてるそうだ」

「市の幹部は取材を受けたんですか。記事を見る限り、市側のコメントがありません。こういう記事には付き物なのに」

「市長のほか、全幹部にも確認したが、誰も東洋の取材を受けてないらしい。肝心なのは今後の対応だ。策を捻り出そう」

黒木はどこまで話すか迷った。佐川には無断で動いていたのだ。

佐川が不意に頬を緩めた。

「市長に聞いた。やり込めたらしいな。調べ続けてたんだろ？　市長は黒木が裏切ったと喚いてたよ」

「私はリークしてませんよ」

「ああ。市長も焦って、そんな風に言ってるだけだ」

黒木は腹を括り、業者側や諏訪から聞いた話をした。昨晩、権田に迫った状況も伝えた。東洋新聞に情報を流したのは、あの手紙の差出人だろうという推測も述べた。

「事がここに及んだ以上、市長は素早く会見を開き、潔く認め、何らかの腹積もりを示す以外にありません」

「そうだな。傷口を浅くするには、このタイミングを逃すべきじゃない。東洋のほかは、夕刊に載せるべく動く。すると十時には会見を開かないと間に合わない。その答弁書を用意する暇はないぞ」

「用意しなくていいでしょう。事実を述べればいいだけです」

佐川は肩で息をついた。

「ダメージは大きいな」

「その分、抜本的に歪みを是正できます。志村市のためです。志村市民のためです。志村市に愛着を持つ全ての人のためです」

「ある意味、良かったのかもな。一度更地になった方が次の開発はしやすい」

「しかし、事故は起きないほうが良かった」

ああ、と佐川は哀しそうに言った。亡くなった家族について話していた時を彷彿とさせる声音だった。

「次の世代のため、全ての世代は死ななければならない」

佐川はそう言うと、その場で市長に電話を入れた。短いやり取りがあり、午前十時に記者会見を開くと決まった。

黒木は佐川と市長室に向かった。たちまち取り囲まれ、地元記者だけではなく、以前、会見にいた新聞各社の本社からの記者、テレビ各局の記者もいた。一団は殺気立っていた。

市長はいつ来るんですか。東洋の記事は本当ですか。市の見解を聞かせて下さい。

記者は声を荒らげ、次々に詰め寄ってきた。その誰もが顔色は青白いのに眼だけは血走っている。

佐川が両手を挙げると、記者の声が引いた。佐川が口を開いた。

「午前十時に市長の権田が記者会見を開きます。東洋新聞の記事についての見解です」

あれは事実なんですか、と記者から険しい声が飛んだ。

「市長の口から説明があります」

黒木はやり取りを眺めていた。

一団に新村はいない。それが如実に物語っていた。

あの原稿は新村によるものだ。署名がなくてもそう導き出せる。自分の持ち場において、社内の違う記者の手による特ダネ記事を見れば、自分でも確かめようとする人間だ。

新村に接触したい。新村に情報を流した人物が、あの手紙の差出人だ。

突然、記者たちの電話が次々に鳴った。一人がきつい口調で言った。

「市長は質問を受け付けず、無言で自宅を出たそうですよ。本当に話す気があるんですか。市長には説明責任があるじゃないですか」

「ですから、会見を開くんです」佐川が冷静に切り返した。

これだから田舎は困るんだよな、こっちの都合も考えろよ。テレビ局の記者が粘り気の強い声で吐き捨て、聞こえよがしに舌打ちした。

「別にあなた方の都合で志村市は動くわけじゃありません」

佐川は強い調子で言い切った。

九時半。すでに三十分以上、佐川は権田と教育委員会の別室で膝を詰めていた。黒木はその間、廊下の壁に背を預け、記者室を見ていた。電話の声、パソコンを叩く音、新聞を捲る音、市への罵りの言葉が漏れてきている。

市長室に押しかけないよう見張る以外にも、黒木には思惑があった。東洋新聞志村通信部にも会見を知らせるFAXは出している。自分で書いた記事でも、新村なら会見に出る。

十分後、廊下の曲がり角から新村が現れた。黒木は背中で壁を押して勢いをつけ、新村に歩み寄った。

「少しお時間を頂けますか」

「ああ、いいよ」

驕（おご）りも気取りもない、いつもの新村だった。

上階の廊下で向き合った、ひと気はなく、市民もここには来ない。フロアに入るのは総務課や会計課だからだ。

「例の記事かい」

「ええ。うちも東洋以外の報道陣も朝から大慌てです。仕方ないですが」

「本当はこんな内幕を明かしちゃいけないけど、あれは俺の記事だ。いい置き土産ができたよ。あと少しで俺も記者生活を終えるから、卒業原稿みたいなもんさ」

「ルール違反を承知の上で、お尋ねします。裏取りは誰にしましたか。市長も市幹部も取材を受けてません」

「飛ばし、じゃない」

飛ばし。確証をとらずに記事にする行為だ。県警時代、何度か飛ばしで迷惑を被った。

「そんな心配はしていません」黒木は軽く首を振った。「別に魔女狩りがしたいのでもありません。記事内の市関係者とは誰ですか」

「言えると思うかい」

「だから、ルール違反を承知の上で頼んでるんです」

視線がぶつかっていた。黒木も新村も目を逸らさなかった。

「見損なわないでくれ。俺は今でも記者なんだ。そりゃ、政治部や社会部に進んで偉くはなれなかった。自分で選んだとはいえ、現場で最後まで這いずり回る役割だ。だからこそ、記者の心根を折るわけにはいかないんだ」

新村はいい目をしていた。その目の奥に、黒木は菅原の気配を感じた。

「どうしたんだ？」

「新村さんみたいな歳の取り方をしたいな、と」

「やめとけ、やめとけ」新村は顔の前で手の平を左右に振った。「ろくなもんじゃねえ。本流から外れたくたびれた老人だよ」

「私は本心ですよ」

新村の顔が引き締まった。「黒木さんには骨がある。損得勘定や計算で動く人間じゃない。そんな人間がルール違反を承知で頼んできてるんだ。よっぽどの事情があるんだろう。だけど、俺には俺の筋がある」

黒木は息を止めた。無理を言いました、と頭を下げた。

新村が黒木の肩を叩いた。

「これからがきついぞ。俺は志村市を応援してる。応援してるからこそ、今回の記事も書けた。黒木さんみたいな人間がいれば、立て直せる」

先に廊下を進んだ。一歩、二歩、三歩目だった。なあ、と背中に声がきた。足を止め、黒木は振り返った。

「もう俺も歳だ。無意識のうちにテレビに独り言を発してる時もある。市役所の廊下で独り言を発しても、おかしくない歳だ」

「新村さん？」

新村が微笑みかけてきた。

「名前は言えない。だけど、しかるべき立場の人間だよ」

会見の冒頭だった。権田は長田家に謝罪し、事故調査委員会の結論いかんを問わず、その報告結果が出た段階で任期を待たずに辞職する意向を発表した。会見場の後方で、黒木はその様子を見ていた。黒木から少し離れた壁際には升嶋が腕を組んで立ち、市長の発言を聞いている。

権田が素直に記事の内容を認めたため、会見は紛糾することなく進んだ。開けた窓から春の清涼な風が吹いてきた。その場にいる人間全ての体を洗い流すような風だ。

記者席から不意に手が挙がった。いつもの民放の記者だった。

「例の写真はやはり隠蔽（いんぺい）工作場面だったんでしょ？　密談場面ですよね？　升嶋市議の

ホームページに載ってる写真ですよ」

「そんな場面ではありません。書類紛失の報告を受けていただけです」

腹を括ったからだろうか。権田はかえって堂々とした口ぶりだ。その時、黒木の視線の片隅で変化があった。

升嶋の顔が緩んでいる。

あのさあ、と民放の記者が唾を飛ばした。

「この期に及んで隠すなよ。違うんなら、そう証明しろ」

「証明？　無理ですよ。レコーダーで会話を録音しているわけでもないんだ」

「曖昧なままで市民が納得すると思ってんのか。説明責任を果たせよ。責任を果たせないままの辞職なんて許されない。市長のくせに市民を裏切る気か」

民放の記者は机を叩き、立ち上がった。その時だった。

ちょっといいですか。口を挟んできたのは升嶋だった。報道陣の目が一斉に背後にいく。

「市議の升嶋です。割り込んで申し訳ないが、報道各社に提案があります。市に一時間の猶予を与えてはどうでしょう。その間に市は密談ではないと裏づける証拠を探す」

証拠を探すだと……、黒木は体内が波立った。

「一時間？　無茶だ」権田が言う。

「せめてもの譲歩ですよ。私は市議だ。行政の不始末について追及責任がある。でも不確実な要因を責める気はない。だから間を取り持とうと言ってるんです。報道各社、いかがですか。市にも時間を与えようじゃないですか」

じとり、と黒木は手の平に汗が滲んだ。升嶋が民放の記者と組んでいるのは明白だ。あの写真を糸口に、何かを仕掛けてくる腹だ。密談から派生するもの……。

脳に光が走った。特命だ。特命の追及だ。特命は密談から生まれた。表に出ていないものの、黒木は職員に話を聞いているし、升嶋側には若手職員もいる。

提供資料の下準備という言い分は、この状況では通用しないだろう。追及されれば、明かすしかない。そもそもここで隠しても、特命という爆弾を市が抱える状況は変わらない。むしろ、別の機会に表に出る方が打撃は大きくなる。

いや、追及を避ける手段はある。指摘される前に曝け出す――。

今はその時期ではない。市の信用が燃え盛っているのだ。立て直せるものも立て直せなくなる。どうするべきか。黒木は唾を飲み込んだ。鉛の塊を呑んだようだった。

異議なし。民放の記者がひときわ大きな声を発した。

「疑惑だと叫んでるのは升嶋市議だけです。あの写真を疑う根拠は何もない」

声を上げたのは、新村だった。

「ですから、その証拠を出せと言ってるんです。そうか、なるほど。東洋さんは何か摑んでいる。だから探られたくない。特ダネがふいになってしまいますもんね」

升嶋は口元を緩め、流暢な口ぶりだった。

市議の提案に異議なし。テレビ各局の記者が次々に声をあげた。新聞各社からもぽつりぽつりと賛同の声が続いた。

見事な誘導だった。東洋に特ダネを抜かれた報道各社は、連日、同じ相手に負けるわけにはいかない。また抜かれる恐れがある以上、東洋のネタを潰す方向に走るしかない。黒木は新村と目が合った。新村はきつく口を閉じていた。今にも唇が曲がりそうだ。

権田が口を開いた。

「私だけの問題ではない。せめて三日は欲しい」

「冗談じゃないッ」民放の記者が吠えた。「こっちはおたくらみたいに暇じゃないんだ。一時間で無理なら、今日中に何とかしろッ」

どうして無理なんですか。何を隠すつもりだよ。テレビ各局の記者から追及の声があがる。

まあまあ、と升嶋がとりなした。

「では、報道各社の皆様、市に一日の猶予を与えましょうよ。お忙しいとは存じますが、明日もう一度この場に集まって頂く。そこで説明を聞こうじゃありませんか」

升嶋はこの場で追及し、爆発させる気はないのだ。その分、より効果的なタイミングを狙った計算が透けて見える。

結局、この升嶋の提案で押し切られた。会見の最後、黒木は升嶋と目が合った。全身にまとわりついてくる、粘着質な視線だった。

会見を終え、廊下を歩いていると、佐川が溜め息交じりに言った。

「市議の罠にはまったな」

「民放のあの記者とグルでしょう」

「恩着せがましく言ってたが、結局は自分のための会見だ。今日中に答えを求めるつもりは最初からなかったんだ。今日報じられれば、市長の会見で手柄が薄まる。明日以降の続報という形なら、市に止めを刺せる上、自分を大きくアピールできる」

「ええ。密談場面ではないとの証明はできない、と市議は見越してるんです。それを糸口に、私が携わった特命について追及する目論見でしょう。市を破壊し、自分の名前を売る。あの人の頭にあるのはそれだけだ」

「集中砲火を浴びる公開処刑か。口惜しいが升嶋のシナリオ通りにいくしかない」

ここまで来て、負け戦……。黒木は唇を噛んだ。

広報課に戻ると、誰もが電話対応に追われていた。課長の中村ですら電話の向こうに頭を下げている。黒木も対応に加わった。何件か対応し、受話器を置いた時だった。隣の宮前が言った。

「どうしても黒木さんと話したいと、もう二十分も保留の方がいます。三番です」

「俺と？」

「声からすると、お歳を召した方のようです」

黒木は赤く点滅する三番回線のボタンを押して、お待たせしました、と言った。

「ああ、黒木さん、忙しいのに悪いね」

嗄れた声だった。いつも電話をかけてくる老人だ。市の対応はなってない、市は何を考えてるんだ、市民を裏切るな――。毎回同じ意見であっても、黒木はその都度、丁寧に対応してきた。老人は声を荒らげるわけではない。その分、効いた。まったくの正論だからだ。

「見たよ、東洋新聞」

黒木は姿勢を正し、身構えた。

頑張れよ――。

それは、穏やかな声だった。

「踏ん張りどこだぞ。黒木さんは俺の電話に面倒そうな対応をしなかった。そんなのはアンタだけだ。アンタが踏ん張らないと、志村市は駄目になっちまう。志村市に八十年住んでいる俺が言うんだから間違いない」

黒木は胸の奥が熱くなった。言葉が出てこなかった。声をあげることすら、できなかった。

「志村市を守ってくれ。アンタにしかできない。アンタならできる。俺は口惜しいんだ。この口惜しさを晴らしてくれ。頼んだぞ」

老人はそこで区切り、ひときわ落ち着いた声を発した。

「今日はそれだけだ、じゃあな」

一方的に話した老人が静かに受話器を置く音がした。黒木は電話を切ってからも、しばらくそのまま動けなかった。遠くから電話の音や職員の応対が聞こえてくる。

黒木さん？　やがて宮前の声がした。

負ける……、誰が決めた？　上等だ。まだ終わっていない。まだ時間はある。黒木は弾かれたように顔を上げた。

「宮前、落ち着いてからでいい。悪いが、探し物を手伝ってくれないか」

「もちろんです。何を？」

「写真を二枚。一枚は古い写真だ」

内線が鳴った。一〇〇番。市長室からだった。

五分後、黒木は市長室にいた。二人きりで向き合い、開口一番、権田が言った。

「すまん」

「何を謝ってるのですか」

「一日しか時間が稼げなかった」

権田は真っ直ぐな眼差しだった。黒木は問いかけた。

「一つ、聞かせて下さい。どうして市長になったのですか」

「志村市を発展させるためだ」

「なぜ」

「故郷だからだよ。故郷をいい街にしたいと願うのは人情さ」

権田の顔が引き締まった。

「私はどうなってもいいが、志村市は守りたい。升嶋に舵取りをさせてはならない。あの男には功名心しかない。市が食い物にされる。間違いを重ねたにせよ、私が市を第一に考えてきたのは事実だ。升嶋より数百倍も市に愛着がある」

「同意見です。でも、解せない点もあります。明るみに出れば命取りになるのに、なぜ不正軽油なんかを？ 市長の失脚は市のためにならない」

「信じられないだろうが、親族には止めろと言い続けている。いつ摘発されるか、私は常にびくびくしていた。環境派の旗印を汚すわけにはいかん。そう説得するため、環境部を局に格上げしてもみた。しかし利益が出る上、慣習だと言って、親族が首を縦に振らない。逆に暴露すると脅される始末だった。情けない話だ」

言うと、権田は椅子から下り、そのまま膝と手を床についた。ゆっくりと、権田の頭が下がった。

「黒木君、何とかしてくれ。志村市を守ってくれ。この通りだ」

黒木は身を硬くした。頭を上げて下さい。喉元まで出た言葉を押し止めた。口に出せば、権田の覚悟を踏み躙ってしまう。黒木はぐっと腹に力を込めた。

「はなからそのつもりです。市長には死んでもらいます」

「覚悟はできている」

頭を下げたままの権田に、黒木も頭を深く下げ返し、市長室を出た。

落ち着きを取り戻した二時間後、宮前に写真探しを任せ、黒木は別室にいた。人事課に立ち寄り、聞き出した先に電話をかけた。

「おかげさまでこの十年、病院に行ったこともありません。健康そのものですよ」

朗らかな女性の声だった。

電話を切ると、椅子の背もたれに寄りかかった。志村市はもう壊れている。あの宮前の一言にすがる自分がいた。一人でもそう言ってくれたので、推進力を得られたのだ。

いや、宮前だけではない。

一人だと思っていた。それは違った。阿南の言う通りだった。勝手に殻を作り、閉じこもっていたのだ。阿南、山澤、弁天、椎名。この七年、接触すらしなかったのに力になってくれている。殻に閉じこもった人間を切り捨てずに、力になってくれている。

黒木は、志村海岸施工時の写真が載る古い広報誌を見つめた。やおら背中で反動をつけ、受話器をすくいあげて内線をかけた。

相手がやってくるなり、黒木は問いかけた。

「煙草？　吸いません。吸ったこともありません」

諏訪が顔の前で手を振った。

「そうですか。次の質問です。以前に伺った際の発言についてです。次がない。これはどういう意味でしょうか。きちんと説明してもらいます」

30

街はいつもと変わらなかった。人々が歩き、食器が触れ合う音がし、家々の灯(あか)りが夜を彩っている。今日も電話番は宮前に頼んできた。黒木は歩きながら、一時間前の虎ビル最上階でのやり取りを反芻(はんすう)していく。

「知りませんね。つぅか、なんでアンタに話さなきゃいけないんですか」

中年男は無表情に言った。趣味の悪い原色のスーツ、発する剣呑(けんのん)とした気配。傍らには屈強な体つきの若い男もいた。

「もう一度、写真を見て下さい。それもよく見た方がいい。そうすれば、この店について通報しません。通報が入れば、県警も動かざるを得ない」

テーブルには黒木が市役所から持ち出した写真があった。宮前に探してもらった一枚だ。

尖(とが)った舌打ちがきた。

「ここからアンタを出られなくする手もある」

「身内がやられれば、喧嘩(けんか)を売られたと考え、相手の全滅に乗り出す日本一の暴力機関をご存じですよね。そこを敵に回す気があるのならご自由にどうぞ。私は元身内ですけど、まだ慕ってくれる人間もいる」

鋭利な沈黙の後、衣擦れの音がした。アンタ、と身を乗り出してきた中年男が目を細めた。

「仕事に困ったら、うちにきなよ。他人の脅し方をよく知ってる」

「残念ですが、転職は考えてません。まだやるべきことが残っているので」

口元だけで笑った中年男が写真に目を落とし、指で弾いて目を合わせてきた。

「この男はうちの常連だよ。特に金曜は開場と同時に来る。日付が変わる頃までぶっ通しで遊び、飯を食いに出て、戻ってくると閉場の朝までいる」

「金曜以外は」

「最近は、ほぼ毎日顔を見るな。金が入ったんだろうよ。まあ、日付が変わる頃には帰ってる。今日は見てねえな。にしても、楽しそうな写真だな」

「去年の忘年会ですよ」

虎ビルを出ると、黒木は椎名に電話を入れた。今頃、椎名が張っている。

一歩ずつ確実に近づいている。壊れた砂浜の下にある、濁流の源流まで近づいている。あと少し。あと数歩で辿り着ける。まずは仕上げまでの一歩目。その表札の前に立った。

あらかじめ電話対応の合間に連絡を入れていた。もう私には関係ない。逃げの一手を打ってきたが、黒木は言い返した。

「どうせ石沼さんにも矛先は向きます。まず市側の私に説明しておくべきです」

受話器越しに向こう側の空気が冷えるのが伝わってきた。間もなく、石沼が指定してきた午後八時だ。

権田は落とし穴が生まれる可能性を知らなかった。では、石沼はどうなのか。本当に報告を受けていないのか。

明日の会見には真相を背負って臨みたかった。自棄ではない。捨て身になるためだ。何よりも、長田秀太、志村市民のために突き止めなければならない。

インターホンを押した。ドアが開くなり、黒木は目を疑った。

顔を合わせたのは一週間前。それなのにまるで別人だ。石沼の眼窩は窪み、頰もこけつつあった。日に焼けた肌も健康的というよりも、くすんでいる。ただ目だけはやけにぎらついていた。

客間で向き合った。石沼の背後にはゴルフバッグやブランデーが並んだガラス棚、市史が並ぶ本棚があった。

黒木は顎を引き、切り出した。

「当時のこと、思い出しましたね」

「ああ」

「なぜ先週、話さなかったんですか」

「全てを話す必要はない。だいたい、私は当時も間違った対応はしていないんだ」

石沼の頰が震えた。怯えなのか、怒りなのか。そこまでは読み取れない。順を追って聞いていこう。

「土嚢対応で陥没問題は解決したと判断したのですね」

「私は市長に対応済みと報告しただけだ」

「原因を探る提案をしなかったのは、なぜですか」

「対応したのなら、それでいいと市長に言われたんだ」

「石沼さんの報告次第だったはずです」

沈黙がきた。石沼は唇を固く結び、じっとテーブルの一点を見据えている。言うべき内容がないのではなく、何かを言えない沈黙か。水を向けてみよう。

「どうして、応急処置なのかを聞かなかったんですか」

「応急処置という報告はなかった。対応したという報告だった」

「諏訪さんは、『業者が話す内容を理解できない』と前置きしたはずです」

石沼が視線を上げた。

「記憶にない。君の言う通りだとしても、業者が『対応した』と諏訪君に伝えたのは事実だろう。応急処置なら、そう伝えない業者が悪い。私は何も悪くない」

「応急処置でないのなら、書類が提出されるはずです。それを確認しましたか」

「憶えてないな。あの頃、毎日大量の書類を捌いてたんだ」

「砂が流出している事実があった以上、あなたは原因究明を提案すべきでした。業者から対応したと報告を受けてもです。彼らは構造の専門家ではない」

「私だって構造の専門家じゃない。けどね、私は受けた報告をもとに、その事実を市長に伝えた。市長は原因究明を指示してこなかった。下は上に言われた通りにやればいい。それが組織なんだ」

このままでは平行線を辿るだけだ。それだけに先ほどの沈黙が意味を持つ。石沼はこのような反論を即座にできた。なのにしなかった……。黒木は続けた。

「上が判断できる材料を、下が提出しなければなりません。それをあなたは怠った」

「違う。正確な判断のために、ありのままの材料を報告している」

「材料に基づいた分析を伝えるべき場合だったんですよ」

「何を偉そうに。所詮、君はミスをして県警を追い出された人間だろうが」

「だから痛感してるんですよ。もう逃げちゃいけない、と」

石沼は鼻で笑った。

「青臭いな」

「分別臭く、保身の計算しかできないよりはましです」

「話にならんな」石沼は吐き捨てた。「ガキの一人や二人でごちゃごちゃ言うな」

カッ、と黒木は体温が上がった。

「ごちゃごちゃ？　亡くなった長田秀太君について、どう思ってるんですか」

「率直に言おう。何も思わない。いちいちニュースの被害者について、『可哀想だな、自業自得だな、痛かっただろうな』などと考えてられんよ。私には私の人生があるんだ。時間を無駄にできん。ニュースはニュースで、私には関わりないんだよ。そりゃ、今回の陥没事故はむごい話だ。だけど、それがどうした？　こうしている間も人は死んでるじゃないか」

「志村海岸はあなたに関わりがある。あなたに責任感はないんですかっ」

思わず、黒木は声を張り上げていた。

石沼は眉をひそめた。

「もう関わりはない。過去の全てに責任をとらねばならないのかね？　今現在の担当者がいるのに、私が責任を感じねばならないのかね」

「過去のあなたの判断によって、現在の状況は間違いなく変わった。長田秀太君は死ななくて良かった。その責任は免れようがないでしょう」

「何度も同じことを言わせるな。私は事実を市長に報告した。市長の方針に従った。余計な真似はせず、すべきことをした。それが社会人として正しかったんだ」

「正しい？　あなたのした判断は打算でも計算でも保身でもない。ただの怯えだッ」

喉がひりつき、鼓膜がじんとした。己が放った強い声の仕業だった。抑えきれなかった。権田と向かい合った際は、抑え込めた熱が体内で弾けている。捜査員としては失格だ。……それがどうした。もう捜査員ではない。志村市の職員なのだ。

どうしようもなく昂っていた。荒ぶる自分がいた。

余計な真似はしなかった。石沼はそう繰り返した。それでいて権田に全てを預けていない。工期の延長や予算確保の面倒を避けるためだけとは思えない。それならありのまま市長に丸投げすればいい。矛盾した行動なのだ。先ほどの沈黙もある。一つだけ、その説明がつくケースが考えられる。それに直面し、興奮しない方がどうかしている。

ぞくりと背筋が震え、目元が熱くなってきた。きた……。捜査時にネタを摑んだ時や、取り調べで落とす時に生じる感覚。待ち望んだ獲物を前にした際特有の感覚。

黒木は身を乗り出した。

「諏訪さん以外にも、砂の流出を報告してきた職員がいたはずです。そこであなたは砂の流出が落とし穴に繋がる懸念を知り、ある行動を促された」

「何のことだ、現場からの報告は諏訪君が担当だった」

「忘れたとは言わせないッ」

黒木は鋭く返した。

石沼の目が見開かれ、黒木は続けた。

「私が警察と繋がっているのはご存じでしたね」

石沼は動かなかった。動けないようだった。黒木はさらに畳みかけた。

「知り合いの新聞記者に言うという手もある。明日の続報にはもってこいの内容です」

「待ってくれ」

石沼は弱々しい声音で言った。

31

全てが黒木の中で繫がっていた。糸のもつれが解けた。

予想通りの名前だった。

インターホンを押した。不在か。家に灯りはなく、玄関上の電気メーターも動くか動かないかの回り方で、今日の夕刊も郵便受けに刺さったままだ。居留守ではない。

腕時計を見た。午後十一時半。出かける時間ではない。まだ戻っていない。このまま待つしかなさそうだ。黒木はその時、黒い予感が胸を掠めた。

どこだ。

どこに消えた。

今日、実行するつもりだ。

どこで実行するつもりだ……。思考を巡らせ、目を瞑った。

ふさわしい場所が一か所だけあった。目を見開き、駆け出した。夜に靴音が響いた。早く行け。その音が急き立ててくる。

大通りまで出ると、タクシーを拾った。手遅れかもしれない。黒木はシートに体を預けた。そのまま沈んでいきそうだった。タクシーはなかなか進まない。進んでいるより、赤信号で止まっている時間の方が長いようにも思えた。

目的地まで三十分かかり、ようやくタクシーを降りると、目当ての場所に向けて駆け出した。赤色灯は見当たらない。救急車もパトカーも来ていない。単に誰にも見つかっていないだけかもしれない。もう誰も住んでいないのだ。

並ぶ建物は廃墟となっていた。目を凝らし、人影を探していく。上に下に視線を飛ばした。血の臭いも、死臭もない。視線をあちこちに放ち続けた。

屋上に夜よりも濃い影があった。建物は五階建てで、階段が正面から見て三本。各階段の両脇に部屋がある構造だ。どこかの階段から屋上に繋がっているのか。

階段を一段飛ばしで駆け上がった。五階を一気に上り切ると、両膝と両太腿が震えた。行き止まり。駆け下りた。次の階段を上った。やはり行き止まりだった。

三本目、息を切らし、ふらつきながらも五階に至ると、頭上に設けられた小さな扉から梯子が下りていた。黒木は太腿を叩き、自分を叱咤し、足をかけた。梯子は揺れ、体は大きくふらついた。それでも手を伸ばし、足を動かして梯子を上った。

屋上に這い上がるなり、黒木は視線を飛ばした。

手すりのない屋上の縁に人影があった。

「二人は何を最後に見たんだろうな」

落ち着いた声だった。影はこちらに向き直りもせず、外を向いたままだ。黒木は息も整えぬまま、喉を押し広げた。

「佐川さんには何が見えますか」

「街。家族三人で住んだ街。杏が好きだった街」

聞きながら、黒木は歩み寄った。一歩ごとに建物が揺れる気がした。

「そこまでだ」佐川が奈落を背に振り返ってきた。「それ以上、縁に近づくな。落ちるぞ」

五メートルほどの距離があった。黒木は従い、止まった。

「よくここがわかったな」

「次の世代のため、全ての世代は死ななければならない。この前、佐川さんはおっしゃった。佐川さんが死ぬとすれば、ご家族が死んだ場所を選ぶに違いない」

「なぜ俺が死を選ぶと？　それもこの場所で」

「復讐が終わったからですよ」黒木は嚙み締めるように続けた。「亡くなった奥様とお子さんの復讐です。お二人は市職員、その家族によって殺されたも同然です。だから、佐川さんは復讐のために市を貶める事故を起こす仕掛けを作っていた。その仕掛けが作動し、目的も達成された」

佐川は無言だった。その沈黙が続きを促してきていた。黒木は続けた。

「施工時、すでに砂の流出は確認されていた。放っておけばどうなるのか、それを確かめた職員がいました。それが佐川さんです。当時、佐川さんは広報課だった。古い広報誌に掲載された施工現場の写真。あれは佐川さんが撮影したものですね。石沼さんは、佐川さんから報告を受けたのを憶えてました」

——佐川君だよ。

石沼がそう発した時、衝撃はなかった。その分、じわりと哀しみが染みた。

「仕掛けとは何だ」

「何もしなければ何も起きない。ことなかれ主義、無責任な丸投げを利用した仕掛けです。不作為の作為を仕掛けたと言い換えてもいい。砂の流出原因に対処しなければ、いずれ深い落とし穴が生まれかねない。その落とし穴に市民がはまる事故が起きれば、市を傷つけられる。……佐川さんの奥さん、娘さんを傷つけた市職員を傷つけられる。白い眼を向けられる口惜しさを味わわせられる」

佐川の顔には夜より暗い翳が落ちていた。黒木はその顔を見据えた。

「起きるかどうかも定かでない。その上、起きるとしても時間がかかる。ずいぶんと気の長い仕掛けです。そこが佐川さんらしいとも言える」

「なぜだ」

「絵です。九年も描き続けた忍耐力。あの砂浜に打ち寄せる波を描いた、粗い筆さばき。振り返ってみれば、全てを物語っています。起きてほしくない。そんな気持ちもあったのではないですか。そうでないと、こんな不確実な方法はとらない。もっと手っ取り早い方法もあったはずです」

「石沼さんは、俺の報告内容も憶えていたのか」

「いえ。退職金の額と落とし穴が生まれる可能性だけは憶えていましたが」

「だろうな。そういう人だ。いや、ああいう人しかいなかった」

「どう報告したんですか」

沈黙がきた。夜の街の音もしない。黒木は待った。じっと待った。やがて佐川が口を開いた。

「『何もやらなければ、失敗しませんよ。現在の事実だけを報告し、下駄を上に預けて言われた通りにすればいい。下手に動いて失点がつけば、死んだ環境保全課の部下の件と合わせ、石沼さんの大きな汚点となり、退職後にも影響が出ます』。……俺は部下の死すら利用したんだ」

言葉が切れた。黒木には、佐川が言葉に詰まったように見えた。数秒後、何かを喉の奥から押し出すように佐川が続けた。

「砂の流出は計算外だ。その原因追究には時間と金がかかる。目玉事業の汚点だ。責任者の評価に繋がる。地位が降格すれば、退職金にも影響する。そこをくすぐったんだ」

「その結果、誰も踏み込まなかった」

「予想通りさ。石沼さんは見て見ぬふりをした。硫酸ピッチの時と同じだ」

佐川が横を向いた。その視線の先には街の灯りがある。

「黒木、信じられないかもしれないが、俺はこの志村市が好きだ。杏も妻もこの街が好きだった。死んだ家族のためにも志村市を傷つけたくはない。でもな、俺は志村市よりも家族の方が大切だった。だから復讐したかった」

黒木は長い息を吐いた。これまでにないほど、熱い息だった。

佐川が黒木に向き直った。

「そんな時、砂の流出を知った。使える。そう思った時の感覚を今も鮮明に憶えてるよ。あの時、肌の毛穴が開いた。額の周囲が一気に熱くなった。息も止めていた」

佐川がゆるゆると首を振った。

「俺も連中と同類だ。実現できたかどうかはともかく、この八年、抜本的な対策を提案しようとすればできたんだ。俺は連中と同じ穴に落ちた」

その穴が長田秀太を引きずり込んだ。作った連中は誰一人死んでいないのに、長田秀太は死んだ。穴を掘った中心にいる佐川は被害者でもある。やるせなくなり、黒木は目を閉じたくなった。……閉じるわけにはいかない。

佐川が夜空を見上げ、黒木も視線だけで続いた。星が瞬いている。久しく星を見ていなかった。しばらくして、佐川の顔が戻ってくる気配があった。

「俺は未来に自分を預けたんだ。事故が起きなければ、起きなくてもいい。起きるなら、起きてもいい。そんな気持ちだった。むしろ事故は起きてほしくない。そう強く思う日もあった。そんな時は絵に向き合い、筆をとった。全てが終わった時、この絵は完成する。ある時、そう気づいた」

もうじき完成する。黒木は佐川宅でのやり取りを思い返した。あの時、しみじみとした声だった。波を描いた荒れた筆さばきは、陥没事故に対する感情の発露だったのか。

「煙草を止めたのも、携帯灰皿を使うのが苦しかったからだ。杏に見られている感覚があってな。人間として卑怯な真似をし続ける姿を見られてるようでさ」

「志村海岸の施工現場では、携帯灰皿を使ってたんですね」

「ああ。向こうの社長の灰も引き受けた。礼儀正しいと褒められたよ」

佐川が肩を大きく上下させた。

「この八年、常にせめぎ合っていた。どっちつかずだった。……陥没事故が発生した時、腹を括ったんだ。復讐とともに市を変えてやろうとな。変わる土壌はあった。石沼さんのような人間しかいなかった市に黒木がきた。宮前もきた。他にも熱意のある若手職員もいる。後を託す、いい機会だ」

どれほどの喪失感だったのだろう。これほど市の行く末を考える人間が、市を陥れようとした。それも一人で。黒木は胸の奥がひどく痛んだ。この痛みの分も進まねばならない。

「私に手紙を送ったのは佐川さんですね」

「ああ。まずは黒木を復活させる手を考えた。それで肝となる時期のファイルを隠し、手紙を送った。お前は腐ってた。県警時代とは別人だった。疑問を抱くきっかけを与え、とにかく動かそうとしたんだ。そのうち錆が磨かれ、元の輝きを取り戻すだろうと考えてな。市を立て直すには、かつての黒木が必要だった。責任感を持ち、自分の頭で考えて動ける人材が不可欠だった」

「買い被りです」

「自分については、自分が一番見えないもんだよ」

漆黒の中、佐川が微笑む気配があった。

黒木は考え、尋ねた。

「私は妙な連中にも襲われました。あれは佐川さんの指示ですね」

「そうだ。匿名で丸権運送に電話を入れた。不正軽油について嗅ぎ回る市職員がいる、その職員は暴力で屈しそうな奴だ、と。俺が連中に電話した時点で、黒木はそんな動きをしてなかっただろうがな」

「おかげでいい運動になりました」

「連中が不正軽油を使ってる確証はなかったが、十年前の部下が事故に遭ったタイミングや状況を踏まえれば、市から情報が漏れたと睨むべきだ。漏れたのなら誰の便宜を図ったのか。連中が動くなら決まりだ。今の黒木なら、やられれば意地でも暴いてやろうとするはず。使えるカードは使う。この機会に出せる膿は出す。そう考えたんだ」

「彼らは不正軽油を使うだけではなく、生産もしていました。これまで、疑惑を県警環境犯罪課や県の環境部に言わなかったんですね」

「ある種、幸運だった。これまでに丸権運送が摘発されていれば、打てない手さ。その時は別の方法を考えたのかもしれないが」

手駒を確保するために、佐川は今まで不正軽油の一件を言わなかったのではない。それは長い留保で、迷い続けた佐川の心中を物語っている。

その留保がついには長田秀太を殺した……。黒木はぐらぐらと背骨を揺さぶられるようだった。佐川の喪失感、長田秀太の死、周囲への影響。全てが一緒くたになり、轟々と押し寄せてきた。

引き受けてやる──。

黒木は肺が痛むほど深く息を吸い、声を張った。

「特命も別業務の割り当ても、佐川さんの意図ですね」

「そうだ。特命から外すのは、ある種の賭けだった。あの時点で黒木が復活したのか確認する賭けさ。今、目の前に黒木がいる以上、賭けに勝った」

「では、ファイルを戻したのは駄目押しの確認ですか」

「ああ。最初に黒木が石沼さんに接触した直後、石沼さんから相談があった。あの時点で、特命から外れても黒木が動き続けていると知った」

「私に託す気で手紙などの色々な手を打ったのに、真相を明かさなかった。それは私が復活せず、真相に至らない可能性を考えたからですね」

佐川が頷いた。

「そんな程度の人間に明かすつもりはなかった。黒木が駄目なら、それも仕方ない。その場合は自分で市を立て直した後、身を引こうと思っていた。破壊者には破壊者なりの責任がある。人殺しなのに浅ましいけどな」

「破壊者、ですか。新村さんに情報を流したのも佐川さんですよね」

「後始末は黒木に任せ、火をつける頃合だった。利用した面もあるが、恩返しの意味もある。新村さんには助けてもらった」

いつの間にか、佐川の顔から翳が消えていた。穏やかな夜気が佐川を包んでいる。市への打撃を考えれば、誰が真相を明かそうと変わらない。むしろ、引き起こした張本人の口から出る方が大きな衝撃となり、より激しい復讐にもなる。……佐川はそれをしなかった。その胸中を察し、黒木は脳が痺れた。

「これは運命だったのかもしれないな」

「運命？　どういう意味ですか」

「この官舎も取り壊される。その年に陥没事故が起きた。偶然とは思えない」

「運命だとすれば、もう止めろという合図だったんですよ」

不意に佐川の足元が光った。封筒だった。目に痛いほど白かった。黒木が口を開こうとした時、先に佐川が声を発した。

「遺書だよ。長田秀太君の遺族への謝罪だ」

止める――。黒木の頭の中はめまぐるしく動いていた。

「確認させて下さい」

「今さら何を？　もう話すべきことは話した。あとは黒木が真相を公表すればいいだけだ」

「佐川さんが自分の口から真相を言わない理由です。それは二つある。一つは陥没事故を引き起こした張本人が、口を噤んで逃げる人間だと印象づけるためです。市はそんな人間を抱えていた。そう思わせ、市への不信感を募らせるという復讐の延長です」

黒木は目に一層力を込めた。

「もう一つは私の手で真相が明らかになれば、市に打撃を与えるとしても、突き進む職員がいると知らしめられるためです。志村市も捨てたものではない。そう志村市を見捨てさせないための手」

ここから飛び降りるのも、志村市を守る一手ですよね。続く言葉を黒木は呑み込んだ。遺書を用意し、家族が飛び降りた社宅から飛び降りる。自殺したからといって、陥没事故を引き起こした責任は免れないけれど、同情を買えるかもしれない。

佐川から返事はなかった。繰り返し、突きつけようとも思わなかった。返事のないのが答えだった。

市を壊す、市を守る。

矛盾する二つの行為。

黒木はそこに佐川の苦悩と哀しみを嗅ぎ取っていた。矛盾しながらも、目的地は同じだからだ。市を変えたい。他人の家族を奪うような性根を叩き直したい。そんな気概が感じられる。だが……。

「佐川さん、あなたはまだ演じ切っていません」

腹の底から込み上げてくる言葉を続けた。

「娘さんの分も奥さんの分も演じ切らなければならない。志村市が好きならば、まだ役割は残ってます。それは死ぬことじゃない。そんなのは手軽な幕引きです。責任を放り投げただけだ。このまま身を投げたとして、娘さんや奥さんに合わす顔がありますか」

偽善者。その言葉の重みを黒木は全身で受け止めていた。黒木は微動だにせず、佐川を見つめた。

数秒後、佐川の影が小刻みに震え、倒れるようにその場に崩れ落ちた。

そして、嗚咽が佐川から溢れ出た。

黒木はゆっくり歩み寄り、その肩に手をそっと置いた。

「どうせいつだって死ねます。償わねばなりません。佐川さんには一人の命を奪うきっかけを作った責任がある。最後まで責任を果たしてから死んで下さい」

「黒木、俺は、俺は……」

「死ぬより、しっかり生きる方が難しいですね」

やがて佐川の感情が静まっていった。風が吹いた。心地よい春の夜風だった。潮の香りがほのかにする。黒木は静かに切り出した。

「間に合って良かった。ここで死ぬのは無駄死ににになります。佐川さんは利用されるところだった。娘さんや奥さんを殺した、不作為にです」

佐川が顔を上げた。険しい双眸だった。

黒木は真っ直ぐ見返し、言った。

「行動しない。その選択肢が佐川さんを陥れる寸前だったんです。佐川さん、私と一緒に死んでもらいます。演じ切ってもらいます」

32

午前七時の陽光は眩く、空は青かった。庁舎は森閑としていて、空気にはまだ夜の気配が残っている。黒木は誰もいない広報課で新聞を広げた。市長の会見を受けた市民や識者の声で構成された記事が、各紙の社会面に掲載されている。

内線が鳴った。黒木は席を立った。廊下を歩くと自分の衣擦れと足音だけがした。会計課もしんと静まっている。そこに二人がいた。

「宮前もきたのか」

「データ閲覧をお願いしたのは、わたしですからね。だってこれ、ルール違反ですよ。か弱い女性一人にさせるわけにはいきません」

「か弱いって言われたの、生まれて初めてかも」

宮前の同期、千早が笑みを浮かべた。明るい笑みだった。

「ルール違反か。こういうのって高校時代を思い出すよね」

千早と宮前が目を合わせ、笑っている。黒木は思わず尋ねた。

「ひょっとして、通学とは別方向の電車に乗ったのって」

「わたしたちです」

二人の声が揃った。

千早はパソコンに向き直ると、キーボードを叩いた。画面に数字などが羅列された。互助会のデータだ。会計課の片隅に職員互助会は机を構えている。

一か月前、計三百万円が一括で返済されていた。

「あれ？ いつもは月賦なのにな」千早が首を傾げた。「宝くじにでも当たったんでしょうね」

これだけでは何の結論も導き出せないし、銀行口座の流れを押さえられる立場でもない。とはいえ、事実は事実だ。こうした細かな事実を土台に想像力で先を見据えて、真相を手繰り寄せるしかない。絵は完成しつつある。

別室に戻り、二枚の写真をポケットから出し、眺めた。昨晩、椎名に虎ビル前で撮影してもらったのだ。十数枚の中から、顔がはっきりと写る二枚を黒木が選んだ。写真を指で弾き、一本の電話を入れた。用件を告げ終えると、黒木は言い添えた。

「偽善者らしく死んでみる」

「骨は拾ってやるよ」阿南は言った。「写真はありがたく、メールで受け取った」

広報課に戻った。八時半、中村が登庁した。中村は口元を緩めていた。

「覚悟はできてるんだろうな。勘違いするなよ、殴られたことの意趣返しじゃない」

「課長も会見に出席されますよね」

「当たり前だ。佐川部長から司会を仰せつかった」

「それは良かった」

それから会見までの時間は短くもあり、長かった。九時四十五分、会見場から準備を終えた宮前が戻ってきて、目が合った。

「スガさんのように演じ切ってみるよ」

十時、権田、佐川に続いて黒木は会見場に入った。窓を開けているのに風はなく、熱でむっとした。昨日同様、新聞各社、テレビ各局が集まっていた。後方にはテレビカメラが並び、前方には写真部という腕章をつけたカメラマンが陣取っている。

すでに升嶋は最前列に座っていた。民放の記者の隣だ。大熊と志村海岸で棒刺し作業をしていた若手職員たちも、升嶋の背後にいる。ここぞと何かを話し、連中は一つのチームのようだった。

記者の集団には新村がいた。神浜新聞の藤原もいた。敵意を隠そうとしない記者団にあって、二人の視線は柔らかかった。

「それでは会見を始めます」中村が口火を切った。

権田がマイクに顔を近づける。

「本日は私ではなく、広報課の黒木が説明いたします」

その時、会見場に二人が入ってきた。阿南と山澤だった。阿南と目が合った。阿南が軽く首を横に振った。黒木は軽く目だけで頷き返した。もう一人、遅れて入ってきた。大熊だった。

黒木は頭を下げ、記者団を見据えた。

「志村市広報課の黒木です。まずは改めて亡くなった長田秀太君のご冥福を心よりお祈り申し上げます。また、市の職員として、ご遺族に深くお詫びいたします」

報道陣に反応はなかった。すでに謝罪は権田がしているからだろう。

「では、昨日の件に移ります。密談場面ではないとの証拠はございません」

会見場は一気にざわついた。黒木はそのざわつきに切り込んだ。

「しかしながら、皆様方に報告がございます」

頭は冷えていた。それでいて血は滾っている。いい感覚だった。ざわつきが消えた。

「升嶋市議が撮影した場面は密談場面ではありません。私は市長の特命を帯び、事故調査委員会とは別に、独自調査を進めておりました」

「隠蔽工作だったんだな」民放の記者が強い口調で言った。

「その通りです。その過程で突き止めた事実を、この場で明らかにしたい。この志村市を立て直すためにです」

にわかに会見場の温度が上がった。誰かの携帯電話が鳴った。その誰かは出なかった。

……まずは、こちらから特命を切り出せた。ここからだ。

黒木は息を止め、佐川と権田を見た。二人ともいい顔をしている。鳴り続けていた誰かの携帯電話が切れ、黒木は背筋を伸ばした。

経緯を話した。佐川の心情、自殺を図った件は省いたその行動、昨日の会見では出なかった権田の判断などを説明した。黒木が話し終えると、佐川と権田が立ち上がり、深々と頭を下げ、一人ずつ謝罪を述べた。傍らで聞いていても、心ある謝罪に思えた。

黒木は真空状態に放り込まれた気分だった。会見場は音もなく、記者も止まっている。ドッドッドッ。黒木は自分の鼓動を聞いた。ドッ……。鼓動の音がかき消えた。

誰かの電話が鳴っていた。

真空状態は、たちまち砕けた。携帯電話を握り締めた記者が、会見場を慌ただしく出入りしはじめた。最前列の升嶋も携帯を取り出した。激しく鳴っている。会見冒頭に鳴っていた呼び出し音だった。それを机に放りだすと、升嶋がガバッと立ち上がった。

「市長は即刻退陣しろ。犯罪者だ。恥ずかしくないのか」

「お座り下さい。話は終わってません」黒木は言った。「電話に出なくていいので？」

「そんな状況じゃないッ」

佐川部長の口から説明して下さい、市長、どういうことですか。記者から質問が押し寄せてくる。

皆さん、と黒木は声を張り上げた。

「まだ話は終わっておりません。まず私の話を全て聞いて下さい」

机を叩く強い音がした。升嶋の背後で、若手職員が跳ねるように立ち上がった。

「っざけるな。この場で三人とも辞めろ。これ以上、志村市の名前を汚すなっ」

若手職員の首には青筋が浮かび、眼はつり上がっている。今にも席を越え、飛びかかってきそうな形相だ。

「黒木さん、あんたは市長の犬だ。市民の敵だ。志村市役所の、志村市の恥だ」

お前の話はもう聞かなくていい。こっちは締め切りも迫ってんだよ。当事者の口から事情を話せ——。

あちこちから記者の怒号が飛んだ。部屋が燃え上がり、紅蓮の触手が志村市を貪り食わんとしているかのようだった。

おい、黒木。部屋を震わす大声だった。黒木はその源に視線が吸い寄せられた。

大熊だった。

蔑まれても、仕方がない。それだけのことをした……。

向き合う大熊の目に力が宿り、その口が動く。

「よく言った。俺は転職して良かった。黒木に会えて良かった。黒木を誇りに思う」

大熊……。黒木は奥歯をぐっと噛んだ。

新村がすっくと立ち上がった。

「志村市政クラブ幹事社の新村です。各社、聞きたいポイントは同じでしょう。時間も余りありません。だからこそ、まずは黒木さんの話を聞く。その上で、幹事社の私が代表して質問をする。それでいかがでしょうか」

その声は会議室を貫いた。だが、すぐさま記者がまたざわつきはじめ、新村の提案を押し流そうとした。

「異議なしっ」

ひときわ響き渡ったのは、藤原の野太い声だった。

「それでいこう。各社いいな。時間がない。俺が文句を言わせねえ」

迫力に満ちた藤原の物言いに、記者のざわつきはすぅっと消えた。

黒木は息が詰まり、目の奥が熱く、鼻の奥がツンとした。感情の波が体の底から突き上げていた。その場で踏ん張り、唇を嚙み締める。これじゃあ、下手な学芸会だな……。

黒木は自嘲した。そうでもしないと、とてもこの場にいられなかった。

一秒、二秒と時間が過ぎても、記者から反論は出なかった。二人とも座れ、目障りなんだよ。藤原が一喝すると、立ったままだった升嶋と若手職員が不服そうに座った。

「じゃあ、黒木さん、続けてくれ」

新村が言い、座った。

黒木は瞬きを止めた。新村に、藤原に、大熊に視線を送った。奥行きのある、熱い眼差しが返ってきた。いくぞ……。黒木は己に言い、胸を張り、腹に力を込めた。

壇の脇に立つ中村を見た。

「何もせずに最大限の効果を挙げたつもりですか」

「ああ？　何を言ってるんだ」

「あなたは佐川部長と同様に志村海岸の施工時、業者側から砂の流出で落とし穴が生じる可能性を告げられていた。なのに、報告すらしなかった」

中村の顔が固まった。

「記憶にない」

「潔く認めて下さい。先方は憶えていました」

元社長の田村は、伝えた二人は煙草を吸っていたと語った。その一人は礼儀正しかったと証言している。一方で笹原は、二人のうち一人はよく煙草を吸っていたと言った。海水溜まりのあちこちに吸い殻が捨てられていた、とも話している。

佐川は当時、まだ煙草を吸っていた。ただし、携帯灰皿に煙草を捨て、その辺に投げ捨てはしなかった。もう一人いた。市の担当者だった諏訪は煙草を吸わない。つまり、事情を聴いていた市職員が、もう一人いた。田村が言った『二人は』という意味は、三人のうち二人という意味だったのだ。全員、顔も憶えてねえし。田村はそう話してもいる。二人を全員とは言わない。

諏訪と佐川。

……もう一人は中村だ。

中村は煙草をその辺に投げ捨てていたのだ。田村はその印象が強かった。だからこそ、佐川の振る舞いが印象に残った。また、田村が佐川に伝える際、笹原は同席していなか

った。笹原は携帯灰皿の件を話していなかったし、相手の役職を憶える役割を担っても
いたのに、佐川の役職を憶えていないのは不自然だ。広報課は施工業務に関係ないが、
広報課長という役職が印象に残らないはずがない。途中、トラブルで何度か抜けたとも
言っていた。

中村が口を曲げた。

「冗談じゃない。そんなものは君の推測に過ぎない。先方の記憶違いだ」

「古い広報誌があります。写真のデータ記録を引っ張り出しました。十一月五日。課長が現場に行った事実が残っています。保存データ内の撮影者クレジットに中村という名前もきっちり残っていました。その時の広報課員で、中村姓はあなたしかいない」

宮前に探してもらった、もう一枚の写真だ。当時中村は広報課で、佐川に付き従う存在だった。自分がやった後、あえて同じ仕事をやらせた時もある、以前、そう佐川は話してもいた。

「記録があるんなら、施工現場には行ったんだろうが、砂の流出について聞いた憶えはない。そんなものは君の推測に過ぎないぞ」

「確かに口頭のやり取りでは何の証拠もありません。だから紙を残したのでは？」

中村の頬が引き攣った。すかさず黒木は突いた。

「諏訪さんに、自分には次があると話していたそうですね」

「知らん」

「升嶋市議に一筆書いてもらったのではないですか。市長を陥れる仕掛けがうまくいった場合は、何らかの見返りを得る内容があったのでは？　升嶋市議は一筆をとるのがお好きなようだから」

黒木は升嶋を一瞥した。表情を変えず、口を閉ざしたままだった。

「ふざけるな。私が何のためにそんな真似をしなきゃならない」

中村が声を荒らげた。

「金のためです」

黒木は二枚の写真を内ポケットから取り出した。椎名が撮影した写真。虎ビルに入る際と、出る際の中村の姿が写っている。

それを中村に向けた。

「このビルの最上階には、裏賭博場があります」

「知らん。ビルに入る店に飲みに行っただけだ」

「私が一軒一軒当たり、今の発言のウラを取ってみましょうか」

中村は明らかに言葉に詰まっていた。

黒木はそのまま押し込んでいく。

「常連だそうですね。経営者から話は聞いてあります」

「見間違いだろう。こんな顔はどこにでもいる」

「では、経営者に証言してもらいましょう。その度胸があなたにあるのなら」

中村は黙った。

「状況証拠はもう一つあります。借金の返済です。三百万を一括で互助会に返済されていますね。それも陥没事故が起きた直後です」

「たまたまだ」

「ここで認めるのと認めないのでは、後々に影響してきますよ」

「違うものは違う」

「そうですか、残念です」

「不愉快だ」

中村が黄色い歯を剝き出しにした。

「私も不愉快だな」升嶋が割り込んできた。「私まで中傷するつもりかね」

その時、阿南が会見場を出ていった。

黒木は一歩も退く気はなかった。この逃げ場のない状況は、こちらにとっても好都合なのだ。志村市を立て直すために中村から引き出すべき一言がある。逆にその狩り場にしてやればいい。それに仕掛けてきたのは升嶋だ。そっちが公開処刑する腹なら、返り討ちにしてやる。そう決めていた。

「市議、私が指摘したような一筆は存在しますか」

「そんなものはない。あるわけがない」

升嶋は憤然と言った。

阿南が戻ってきた。黒木は視線を送った。阿南がゆっくりと頷いた。

黒木は升嶋を見据えた。

「市議、ご報告があります。市議の会社、山鳥運送に県警がガサに入りました。不正軽油使用に関する容疑でしょう。先ほどから何度も鳴っている電話は、その連絡だったはずです」

一拍の間があいた。

「な。市長、あんた……」

升嶋の言葉は続かなかった。

「あんたも私もここまでだ。だが、志村市は死なない」

権田は落ち着いていた。

ガサは権田の親族の会社にも入っている。黒木には升嶋の事務所か自宅に証拠となる紙が存在する確信はあった。もっとも、自分で忍び込み、荒らすわけにはいかない。県警を動かし、発見させる必要があった。そのために不正軽油生産現場の写真などをメールで阿南に送り、阿南を介して環境犯罪課に提供した。権田も道連れになる。権田はそれを肯じた。二十年、市を率いた矜持がそうさせたのだろう。

黒木は腹からの声を叩きつけた。

「市議、あなたが存在しないと言った中村課長との覚書が、そのガサで見つかったそうです」

発見次第、それとなく知らせてくれるよう阿南に頼んでいた。先ほどの頷きだ。阿南はしっかり手配してくれていた。ガサは環境犯罪課が主導であっても、捜査一課も加わっている。陥没事故の絡みがあるからだ。

　黒木は中村を見た。

「そうだ、お母様ですが、お元気そうで何よりです。電話で伺いましたが、ここ十年、病気ひとつされてないそうですね。でも、変ですよね。お母様の治療費として市の職員互助会から借りていたお金は、どこに消えたのでしょう」

「金は返してる」

「それは当たり前です。借りる際の虚偽申告が問題なんですよ。哀しい出来事があり、ギャンブルに手を出したのでしょうが、そんなのは理由にならない」

　黒木が声を張ると、中村が息を呑んだ。

　間を置かず、黒木は鋭く言った。

「中村課長、あなたは、いずれ砂の流出が落とし穴状の陥没に繋がる可能性について、佐川さんが業者から聞いたことも知っていた」

　田村は言っていた。『最後の一人には、俺が別の職員に落とし穴になる危険を話したことも伝えた、その職員の名前を言って伝えたんだ』と。

「結局工期の延長もなければ、調査も行われずに工事は終わった。あなたは佐川さんが陥没の恐れについて上に報告していないと推測し、それを利用しようとした」

今ならわかる。長田秀太が亡くなった際に見せた、中村の態度だ。あれは自分が携わった責任に対する恐怖の表れだったのだ。決して許せはしないが、あんな態度に陥ったのは多少理解できる。

返事はなかった。

この期に及んで、ダンマリか……。黒木は長テーブルに手をついた。そのまま力任せに押しつけた。指先が赤くなり、白くなった。

志村市のために欲しい言葉は一つ。中村の謝罪だ。関わった人間の、公の場での心からの反省は市を立て直す土台になる。

黒木はそれを得るため、追い詰めるべく続けた。

「責任を問われる事態になっても、自分が報告しなくても佐川さんが報告していると思った――と言い逃れられる。そう踏んで、升嶋市議に取引を持ちかけたのでは？　市議としても、自分が仕掛けたわけじゃないので責任が及んでこないし、ここで手を組んでおけば、中村課長も改善に動かない。金が欲しい中村課長、市長の失点が欲しい升嶋市議。二人にとって非常にいい取引です。そこで一筆好きの升嶋市議が覚書を作った。違いますか」

なおも中村は黙ったままだった。升嶋も口を閉じている。

新村の険しい声が飛んできた。

「課長、もしくは市議。どんな覚書ですか。その内容次第ですよ」

中村が升嶋を見た。判断を仰ぐような顔つきだった。升嶋は反応しない。中村が助けを求めるように言った。

「八年前の五月、志村海岸が完成した時に作りました。二人がサインしています」

「だから内容は？」と新村が問い質した。「どうせ我々は県警に取材して、探り出しますよ。この場で明らかにして下さい」

その語気に突き飛ばされるように、中村は再び口を開いた。

「志村海岸で権田市長を追及できる事故が起きた場合、升嶋は金五百万を私に支払う。また、その有効期限は無期限とする。事故発生後、升嶋は私を、経営する運送会社に役員待遇で迎える。そんな内容です」

会見場に静寂が訪れた。携帯電話もぴたりと鳴りやんでいる。突如、中村がマイクスタンドを荒っぽく摑んだ。

「本当に事故が起きるとは思わなかった。ただの思いつきだよ。そもそも黙ってる佐川部長が悪い。施工業者だって悪い。人工海岸工事を決定した市長が悪い。私は何も悪くないんだ。そりゃ、砂の流出が落とし穴に繋がる恐れを聞いてはいた。だけど、私は素人だ。本当に事故が起きると予想できるわけがないじゃないか。第一、私に報告義務はなかった。それは担当課と管理職の、佐川部長の役割だったんだ。利用できるかもしれない、利用できるなら儲けもの。そう思って持ちかけただけだ」

中村が捲し立てた言葉は虚しく消えた。何をうだうだ……、黒木は拳を握り締めた。

いいかッ、と升嶋が吠えた。

「中村はともかく、この件で私は何も罪に問われん。何も事情を知らなかったんだ。単なる戯言だと思っていたんだ。私は何も悪くない。中村に巻き込まれただけだ」

限界だった。黒木はテーブルに拳を叩きつけた。

「ごちゃごちゃうるせえッ、いい加減にしろッ。他人のせいにするな。二人とも長田秀太君に対して、謝罪の一言もないのか。あんたらのために、長田秀太君は死んだわけじゃないッ」

喉が擦り切れたように痛んだ。腹の底が波打っていた。眉間が、こめかみが疼いている。

中村は黙し、反応はなかった。

くそったれ。黒木は歯をきつく食い縛った。無様だった。追い込めず、結局、剝き出しの感情を晒した。それなのに中村を陥没事故と正面から向き合わせられなかった。自分は陥没事故を決して忘れない。だが、それでは意味がない。関係者に刻みつけねば意味がないのだ。中村一人も動かせないで、何が偽善者だろうか。

長田、そして、楓の顔が浮かんだ。長田秀太が好きだった街を壊した。志村市という背負いきれないものを殺してしまった。どう償えばいいのか……。

と、その時だった。

中村の窪んだ眼が見開かれた。

おぅ、おう、お……。

海獣の鳴き声のようだった。周囲をはばかる様子もなく、中村が咽びだしている。黒木は身を乗り出し、中村の感情を見極めようとした。

それは、かすかな声だった。その声は次第に大きくなった。

申し……訳ない、本当に……起きる……とは……、思……わなかった……んだ。

咽ぶ合間に、中村の謝罪が漏れてきた。

33

楓の手を引いていた。温かい手だ。熱いほどだった。

ここに来るのは、事故以来になる——。長田は目をやった。志村海岸。海は凪ぎ、緩やかな潮風は肌に心地よく、海面は今日も銀色に輝いている。

誰が設置したのか、祭壇めいたものがある。

花束、ジュース、千羽鶴、野球の軟式球、グローブ。そこには誰かが秀太のために供えてくれたものが溢れていた。

長田は大きく息を吸った。

市の会見が昨日の夕刊で報じられていた。陥没が生まれる可能性を知りながら、職員は放置を仕向けた。そんな内容だった。他にも陥没が起こる恐れを知りながらも報告しなかった職員、知れる立場にいた市議がおり、二人の間で金銭授受があった旨も報じられていた。

かなり大きな扱いだった。各紙、非難めいた記事が並ぶ中、神浜新聞と東洋新聞は志村市を攻撃するだけではなく、組織改善への提言もしていた。

昨日の昼過ぎ、黒木から電話があった。

「二度と不幸な事故が起きないように市は体質改善、浄化に乗り出します。私は必ず実現させます。市職員の役割を演じ切ります」

黒木を信じようと決めた。

その電話の直後、長田のもとにはコメントを求める記者の電話が相次いだ。黒木を信じた以上は、記者に何も答えなかった。

怒りはある。けれど、沈黙を守るのが秀太の供養になる気がした。

いつしか悪戯電話はかかってこなくなったものの、妻の心身はまだ回復しておらず、今日も誘っていない。長田自身ですら海岸に行くのを躊躇う気持ちがあったくらいだ。

それでも——。

「いこうよ。おかあさんにはないしょ」

楓がそう言って聞かなかった。長田は怖かった。恐ろしかった。志村海岸を見た瞬間に取り乱し、泣き叫ぶのではないかと恐れていた。

だが。

自分でも驚くほど、心は凪いでいる。目の前に広がる海と同じだ。来て良かった、と心から思う。何もしないままでいるより、怖くても一歩を踏み出せば、何かが動き出す。動き出せば、感じていた怖さも消えるものなのかもしれない。

楓が覚束ない手つきで花束を壇に置いた。潮風でビニールが軋み、花の香りが舞う。カモメが鳴き、水平線を貨物船が進んでいる。

正直なところ、まだこの海岸への憎しみはある。しかし嫌いなままでいたくない。秀太はこの海岸が好きだった。秀太のために、もう一度好きになりたい。だから訪れ続けなければならない。

砂浜と海を見た途端、長田はそう思えていた。

長田は屈みこみ、静かに手を合わせ、しばらくそのままでいた。目尻から勝手に涙が沁みだしてきて、それは頰に温かかった。

パパ、またこようね。

帰り際、楓はそう言って何度も砂浜を振り返っていた。

本書は、二〇一四年五月に小社より刊行された単行本を加筆修正のうえ、文庫化したものです。

事故調（じこちょう）

伊兼源太郎（いがねげんたろう）

令和2年 8月25日 初版発行
令和6年 11月15日 再版発行

発行者●山下直久

発行●株式会社KADOKAWA
〒102-8177 東京都千代田区富士見2-13-3
電話 0570-002-301（ナビダイヤル）

角川文庫 22289

印刷所●株式会社KADOKAWA
製本所●株式会社KADOKAWA

表紙画●和田三造

●お問い合わせ
https://www.kadokawa.co.jp/ （「お問い合わせ」へお進みください）
※内容によっては、お答えできない場合があります。
※サポートは日本国内のみとさせていただきます。
※Japanese text only

ISBN 978-4-04-109314-6 C0193

角川文庫発刊に際して

角川源義

第二次世界大戦の敗北は、軍事力の敗北であった以上に、私たちの若い文化力の敗退であった。私たちの文化が戦争に対して如何に無力であり、単なるあだ花に過ぎなかったかを、私たちは身を以て体験し痛感した。西洋近代文化の摂取にとって、明治以後八十年の歳月は決して短かすぎたとは言えない。にもかかわらず、近代文化の伝統を確立し、自由な批判と柔軟な良識に富む文化層として自らを形成することに私たちは失敗して来た。そしてこれは、各層への文化の普及滲透を任務とする出版人の責任でもあった。

一九四五年以来、私たちは再び振出しに戻り、第一歩から踏み出すことを余儀なくされた。これは大きな不幸ではあるが、反面、これまでの混沌・未熟・歪曲の中にあった我が国の文化に秩序と確たる基礎を齎らすためには絶好の機会でもある。角川書店は、このような祖国の文化的危機にあたり、微力をも顧みず再建の礎石たるべき抱負と決意とをもって出発したが、ここに創立以来の念願を果すべく角川文庫を発刊する。これまで刊行されたあらゆる全集叢書文庫類の長所と短所とを検討し、古今東西の不朽の典籍を、良心的編集のもとに、廉価に、そして書架にふさわしい美本として、多くのひとびとに提供しようとする。しかし私たちは徒らに百科全書的な知識のジレッタントを作ることを目的とせず、あくまで祖国の文化に秩序と再建への道を示し、この文庫を角川書店の栄ある事業として、今後永久に継続発展せしめ、学芸と教養との殿堂として大成せんことを期したい。多くの読書子の愛情ある忠言と支持とによって、この希望と抱負とを完遂せしめられんことを願う。

一九四九年五月三日

角川文庫ベストセラー

見えざる網　伊兼源太郎

「あなたはSNSについてどう思いますか？」街頭インタビューで異論を呈した今光は、混雑した駅のホームで押されて落ちかけた。事件の意外な黒幕とは⁉ 第33回横溝正史ミステリ大賞受賞作。

いつか、虹の向こうへ　伊岡　瞬

尾木遼平、46歳、元刑事。職も家族も失った彼に残されたのは、3人の居候との奇妙な同居生活だけだ。家出中の少女と出会ったことがきっかけで、殺人事件に巻き込まれ……第25回横溝正史ミステリ大賞受賞作。

145gの孤独　伊岡　瞬

プロ野球投手の倉沢は、試合中の死球事故が原因で現役を引退した。その後彼が始めた仕事「付き添い屋」には、奇妙な依頼客が次々と訪れて……情感豊かな筆致で綴り上げた、ハートウォーミング・ミステリ。

瑠璃の雫　伊岡　瞬

深い喪失感を抱える少女・美緒。謎めいた過去を持つ老人・丈太郎。世代を超えた二人は互いに何かを見いだそうとした……家族とは何か。赦しとは何か。感涙必至のミステリ巨編。

教室に雨は降らない　伊岡　瞬

森島巧は小学校で臨時教師として働き始めた23歳だ。音大を卒業するも、流されるように教員の道に進んでしまう。腰掛け気分で働いていたが、学校で起こる様々な問題に巻き込まれ……傑作青春ミステリ。

角川文庫ベストセラー

代償　伊岡　瞬

不幸な境遇のため、遠縁の達也と暮らすことになった圭輔。新たな友人・寿人に安らぎを得たものの、魔の手は容赦なく圭輔を追いつめた。長じて弁護士となった圭輔に、収監された達也から弁護依頼が舞い込み。

犯罪者（上）（下）　太田　愛

白昼の駅前広場で4人が殺害される通り魔事件が発生。犯人は逮捕されたが、ひとり助かった青年・修司は再び襲撃を受ける。修司は刑事の相馬、その友人・鑓水と3人で、暗殺者に追われながら事件の真相を追う。

幻夏　太田　愛

少女失踪事件を捜査する刑事・相馬は現場で奇妙な印を発見した。それは23年前の夏、忽然と消えた親友の少年が残した印と同じだった。印の意味は？　やがて相馬の前に司法が犯した恐るべき罪が浮上してくる。

天上の葦（あし）（上）（下）　太田　愛

渋谷の交差点で空の一点を指さして老人が絶命した。同日に公安警察の山波が失踪。老人の調査を依頼された興信所の鑓水と修司、停職中の刑事・相馬の3人は、老人と山波がある施設で会っていたことを知る。

新装版　螺鈿迷宮　海堂　尊

「この病院、あまりにも人が死にすぎる」――終末医療の最先端施設として注目を集める桜宮病院。黒い噂のあるその病院に、東城大学の医学生・天馬が潜入した。だがそこでは、毎夜のように不審死が……。

角川文庫ベストセラー

モルフェウスの領域　海堂　尊

日比野涼子は未来医学探究センターで、「コールドスリープ」技術により眠る少年の生命維持を担当している。少年が目覚める際に重大な問題が発生することに気づいた涼子は、彼を守るための戦いを開始する……。

輝天炎上　海堂　尊

碧翠院桜宮病院の事件から1年。医学生・天馬はゼミの課題で「日本の死因究明制度」を調べることに。やがて制度の矛盾に気づき始める。その頃、桜宮一族の生き残りが活動を始め……『螺鈿迷宮』の続編登場！

アクアマリンの神殿　海堂　尊

未来医学探究センターで暮らす佐々木アツシは、正体を隠して学園生活を送っていた。彼の業務は、センターで眠る、ある女性を見守ること。だが彼女の目覚めが近づくにつれ、少年は重大な決断を迫られる――。

ライオン・ブルー　呉　勝浩

田舎町の交番に異動した耀司は、失踪した同期・長原の行方を探っていく。やがて町のゴミ屋敷から出火し、家主・毛利の遺体が見つかる。耀司は長原が失踪直前に毛利宅に巡回していたことを摑むが……。

真実の檻　下村敦史

亡き母は、他の人を愛していた。その相手こそが僕の本当の父、そして、殺人犯。しかし逮捕時の状況には謎が残っていた――。『闇に香る嘘』の著者が放つ渾身のリーガルミステリ。

角川文庫ベストセラー

サハラの薔薇　下村敦史

エジプトで発掘調査を行う考古学者・峰の乗るパリ行き飛行機が墜落。機内から脱出するとそこはサハラ砂漠だった。生存者のうち6名はオアシスを目指して砂漠を進み始めるが食料や進路を巡る争いが生じ⁉

余命二億円　周防柳

交通事故で植物状態になってしまった父親を巡り、延命治療を望む次男と、開業資金を必要とする長男で意見がぶつかり合う。やがてふたりの妻をも巻き込み、田村家は崩壊しようとしていたが……。

雪冤　大門剛明

死刑囚となった息子の冤罪を主張する父の元に、メロスと名乗る謎の人物から時効寸前に自首をしたいと連絡が。真犯人は別にいるのか？　緊迫と衝撃のラスト、死刑制度と冤罪に真正面から挑んだ社会派推理。

罪火　大門剛明

花火大会の夜、少女・花歩を殺めた男、若宮。被害者の花歩は母・理絵とともに、被害者が加害者と向き合う修復的司法に携わり、犯罪被害者支援に積極的にかかわっていた。驚愕のラスト、社会派ミステリ。

獄(ひとや)の棘(とげ)　大門剛明

新米刑務官の良太は、刑務所内で横行する「赤落ち」と呼ばれるギャンブルの調査を依頼される。ギャンブル調査をきっかけに、いじめや偽装結婚など、刑務所内にはびこる闇に近づいていく良太だったが――。

角川文庫ベストセラー

優しき共犯者　大門剛明

製鎖工場の女社長を務める翔子は、押し付けられた連帯保証債務によって自己破産の危機に追い込まれていた。翔子の父に恩のあるどろ焼き屋の店主・鳴川が金策に走るなか、債権者が死体で発見され――。

正義の天秤　大門剛明

スター弁護士を喪いピンチの巨大法律事務所。助っ人は、元医師で弁護士の鷹野和也。彼は事務所を「診断」し、無能な弁護士のリストラを宣言。しかも「絶対不可能な案件で、死刑求刑を回避する」と言い出し……。

逸脱　捜査一課・澤村慶司　堂場瞬一

10年前の連続殺人事件を模倣した、新たな殺人事件。県警を嘲笑うかのような犯人の予想外の一手。県警捜査一課の澤村は、上司と激しく対立し孤立を深める中、単身犯人像に迫っていくが……。

天国の罠　堂場瞬一

ジャーナリストの広瀬隆二は、代議士の今井から娘の香奈の行方を捜してほしいと依頼される。彼女の足跡を追ううちに明らかになる男たちの影と、隠された真実とは。警察小説の旗手が描く、社会派サスペンス！

歪　捜査一課・澤村慶司　堂場瞬一

長浦市で発生した2つの殺人事件。無関係かと思われた事件に意外な接点が見つかる。容疑者の男女は高校の同級生で、事件直後に故郷で密会していたのだ。県警捜査一課の澤村は、雪深き東北へ向かうが……。